人世间真是难处的地方。

1903年，鲁迅在日本东京弘文学院学习日语和科学技术，在这里深受新思潮影响，率先剪掉了被戏称为脑后"猪尾巴"的辫子，成为班上剪辫子的第一人。

1906年，正在仙台医专学习现代医学的鲁迅毅然决定离开仙台，弃医从文。本图是同学们为他（左一）举行话别会后的合影。

1925年，因为"女师大风潮"，鲁迅与陈西滢的"闲话之争"拉开帷幕，鲁迅与许广平也由此相识相恋。同年，鲁迅写下《伤逝》，是他唯一一篇以青年人恋爱婚姻为题材的小说。

1926年，被北洋政府通缉的鲁迅与许广平一起离开了北京。鲁迅赴厦门任教，"淡淡的哀愁"充斥了鲁迅在厦大的岁月。本图是鲁迅在厦门时所拍摄的照片。

1927年，鲁迅在去光华大学演讲的路上。

1927年10月，鲁迅偕许广平来到上海，二人正式建立家庭，跟三弟周建人比邻而居。本图即是10月鲁迅夫妇与周建人（前排左）、孙伏园（后排右）、林语堂（后排中）、孙福熙（后排左）的合影。

鲁迅、许广平及他们的孩子周海婴

1930年，鲁迅在五十寿辰之际与儿子拍摄的合影。照片的右下角写有一行小字："海婴与鲁迅，一岁与五十"。

1931年，柔石等5名"左联"成员遭国民党杀害，怀着满腔悲愤，鲁迅与冯雪峰秘密出版了《前哨》创刊号"纪念战死者专号"。两年之后鲁迅写下了《为了忘却的纪念》，伤感地说："前年的今日，我避在客栈里，他们却是走向刑场了；去年的今日，我在炮声中逃在英租界，他们则早已埋在不知哪里的地下了；今年的今日，我才坐在旧寓里……沉重地感到我失掉了很好的朋友，中国失掉了很好的青年。"

面对仇敌，鲁迅曾写道："我的怨敌可谓多矣，倘有新式的人问起我来，怎么回答呢？我想了一想，决定的是：让他们怨恨去，我也一个都不宽恕。"

1932年，鲁迅回北平探望患病的母亲。其间，在北京大学、辅仁大学、北平大学、女子文理学院、师范大学、中国大学等校进行了演讲。本图是他在北京师范大学演讲时的情景。

1933年2月，中国民权保障同盟总会欢迎英国作家萧伯纳合影。左起：史沫特莱、萧伯纳、宋庆龄、蔡元培、伊罗生、林语堂、鲁迅。摄于上海中山故居。

1936年10月8日，摄于上海八仙桥青年会，在第二回全国木刻流动展览会上，鲁迅与青年人座谈。

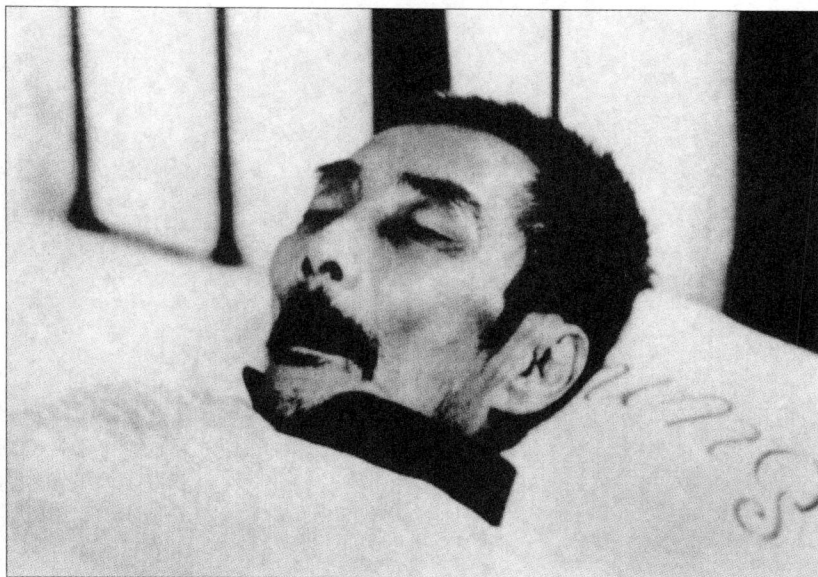

1936年10月19日晨5时25分，鲁迅在上海逝世。1936年9月，在重病之中，他写下文章《死》，交代了自己生命结束前的遗言。

鲁迅

人生感悟

Lu Xun: Reflection of Life

[鲁迅 著　郝永勃 编]

中国青年出版社

目录 CONTENTS

01

第一辑 世故三昧 -001

人世间真是难处的地方，说一个人"不通世故"，固然不是好话，但说他"深于世故"也不是好话。"世故"似乎也像"革命之不可不革，而亦不可太革"一样，不可不通，而亦不可太通的。

02

第二辑 自己的心音 -061

我靠了石栏远眺，听得自己的心音，四远还仿佛有无量悲哀，苦恼，零落，死灭，都杂入这寂静中，使它变成药酒，加色，加味，加香。这时，我曾经想写，但是不能写，无从写。这也就是我所谓"当我沉默着的时候，我觉得充实，我将开口，同时感到空虚"。

03

第三辑　为了忘却的纪念 –157

我也还有记忆的，但是，零落得很。我自己觉得我的记忆好像被刀刮过了的鱼鳞，有些还留在身体上，有些是掉在水里了，将水一搅，有几片还会翻腾，闪烁，然而中间混着血丝，连我自己也怕得因此污了鉴赏家的眼目。

04

第四辑 中国人的脸-229

青年们先可以将中国变成一个有声的中国。大胆地说话，勇敢地进行，忘掉了一切利害，推开了古人，将自己的真心的话发表出来。——真，自然是不容易的。……只有真的声音，才能感动中国的人和世界的人；必须有了真的声音，才能和世界的人同在世界上生活。

05

第五辑 老调子已经唱完–271

我想，凡有老旧的调子，一到有一个时候，是都应该唱完的，凡是有良心，有觉悟的人，到一个时候，自然知道老调子不该再唱，将它抛弃。

01

鲁迅

人生感悟

第一辑 世故三昧

人世间真是难处的地方，说一个人"不通世故"，固然不是好话，但说他"深于世故"也不是好话。"世故"似乎也像"革命之不可不革，而亦不可太革"一样，不可不通，而亦不可太通的。

随感录二十五[1]

我一直从前曾见严又陵[2]在一本什么书上发过议论，书名和原文都忘记了。大意是："在北京道上，看见许多孩子，辗转于车轮马足之间，很怕把他们碰死了，又想起他们将来怎样得了，很是害怕。"其实别的地方，也都如此，不过车马多少不同罢了。现在到了北京，这情形还未改变，我也时时发起这样的忧虑；一面又佩服严又陵究竟是"做"过赫胥黎《天演论》[3]的，的确与众不同：是一个十九世纪末年中国感觉锐敏的人。

穷人的孩子蓬头垢面的在街上转，阔人的孩子妖形妖势娇声娇气的在家里转。转得大了，都昏天黑地的在社会上转，同他们的父亲一样，或者还不如。

所以看十来岁的孩子，便可以逆料二十年后中国的情形；看二十多岁的青年，他们大抵有了孩子，尊为爹爹了，——便可以推测他儿子孙子，晓得50年后70年后中国的情形。

中国的孩子，只要生，不管他好不好，只要多，不管他才不才。生他的人，不负教他的责任。虽然"人口众多"这一句话，很可以闭了眼睛自负，然而这许多人口，便只在尘土中辗转，小的时候，不把他当人，大了以后，也做不了人。

中国娶妻早是福气，儿子多也是福气。所有小孩，只是他父母福气的材料，并非将来的"人"的萌芽，所以随便辗转，没人管他，因为无论如何，数目和材料的资格，总还存在。即使偶尔送进学堂，然而社会和家庭的习惯，尊长和伴侣的脾气，却多与教育反背，仍然使他与新时代不合。大了以后，幸而生存，也不过"仍旧贯如之何"⁴，照例是制造孩子的家伙，不是"人"的父亲，他生了孩子，便仍然不是"人"的萌芽。

最看不起女人的奥国人华宁该尔(Otto Weininger)⁵曾把女人分成两大类：一是"母妇"，一是"娼妇"。照这分法，男人便也可以分作"父男"和"嫖男"两类了。但这父男一类，却又可以分成两种：其一是孩子之父，其一是"人"之父。第一种只会生，不会教，还带点嫖男的气息。第二种是生了孩子，还要想怎样教育，才能使这生下来的孩子，将来成一个完全的人。

003

前清末年，某省初开师范学堂的时候，有一位老先生听了，很为诧异，便发愤说："师何以还须受教，如此看来，还该有父范学堂了！"这位老先生，便以为父的资格，只要能生。能生这件事，自然便会，何须受教呢。却不知中国现在，正须父范学堂；这位先生便须编入初等第一年级。

因为我们中国所多的是孩子之父；所以以后是只要"人"之父！

☆ ★ ☆

1 本篇最初发表于一九一八年九月十五日北京《新青年》第五卷第三号，署名唐俟。

2 严又陵（1858～1921） 名复，字又陵，又字几道，福建闽侯（今属福州）人，清末启蒙思想家、翻译家。一八七七年（清光绪三年）被派往英国学习海军，一八七九年回国后，曾任北洋水师学堂总教习等职。甲午（1894）中日战争中国失败后，他主张变法维新，致力于西方自然科学和资产阶级社会科学思想的介绍，先后翻译了英国赫胥黎（T.H.Huxley）的《天演论》，亚当·斯密（A.Smith）的《原富》，法国孟德斯鸠（C.L.montesquieu）的《法意》等书，对当时中国思想界影响很大。但他在戊戌政变以后，政治上日趋保守，一九一五年参加"筹安会"，拥护袁世凯称帝。鲁迅这里提到的一段话，见于严译孟德斯鸠《法意》第十八卷第二十五章的译者按语中，原文是："吾每行都会街巷中，见数十百小儿，蹒跚蹀躞于车轮马足间，辄为芒背，非虑其倾跌也，念三十年后，国民为如何众耳。呜呼，支那真不易为之国也！"

3 这里所说"做"《天演论》，是说严复翻译《天演论》，不是完全忠实地依照原文的意思。当时严复自己也把他的工作叫做"达恉"，而不称为翻译。他在该书的《译例言》中说："词句之间，时有所操到附益，不斤斤于字比句次，而意义则不倍本文。题曰达恉，不云笔译。"《天演论》，严复于一八九五年翻译的赫胥黎《进化论与伦理学及其他论文》前两篇的题名，一八九八年由湖北沔阳卢氏木刻印行。

4 "仍旧贯如之何" 语见《论语·先进》："鲁人为长府，闵子骞曰：'仍旧贯，如之何？何必改作！'"

5 华宁该尔（1880～1903） 奥地利人，仇视女性主义者。他在一九〇三年出版的《性与性格》一书中，力图证明妇女的地位应该低于男子。

随感录三十八[1]

　　中国人向来有点自大。——只可惜没有"个人的自大"，都是"合群的爱国的自大"。这便是文化竞争失败之后，不能再见振拔改进的原因。

　　"个人的自大"，就是独异，是对庸众宣战。除精神病学上的夸大狂外，这种自大的人，大抵有几分天才，——照Nordau[2]等说，也可说就是几分狂气，他们必定自己觉得思想见识高出庸众之上，又为庸众所不懂，所以愤世疾俗，渐渐变成厌世家，或"国民之敌"[3]。但一切新思想，多从他们出来，政治上宗教上道德上的改革，也从他们发端。所以多有这"个人的自大"的国民，真是多福气！多幸运！

　　"合群的自大"，"爱国的自大"，是党同伐异，是对少数的天才宣战；——至于对别国文明宣战，却尚在其次。他们自己毫无特别才能，可以夸示于人，所以把这国拿来做个影子；他们把国里的习惯制度抬得很高，赞美的了不得；他们的国粹，既然这样有荣光，他们自然也有荣光了！倘若遇见攻击，他们也不必自去应战，因为这种蹲在影子里张目摇舌的人，数目极多，只须用mob[4]的长技，一阵乱噪，便可制胜。胜了，我是一群中的人，自然也胜了；若败了时，一群中有许多人，未必是我受亏：大凡聚众滋事时，多具这种心理，也就是他们的心理。他们举动，看似猛烈，其实却很卑怯。至于所生结果，则复古，尊王，扶清灭洋等等，已领教得多了。所以多有这"合群的爱国的自大"的国民，真是可哀，真是不幸！

不幸中国偏只多这一种自大：古人所作所说的事，没一件不好，遵行还怕不及，怎敢说到改革？这种爱国的自大家的意见，虽各派略有不同，根柢总是一致，计算起来，可分作下列五种：

甲云："中国地大物博，开化最早；道德天下第一。"这是完全自负。

乙云："外国物质文明虽高，中国精神文明更好。"

丙云："外国的东西，中国都已有过；某种科学，即某子所说的云云"，这两种都是"古今中外派"的支流；依据张之洞[5]的格言，以"中学为体西学为用"的人物。

丁云："外国也有叫化子，——（或云）也有草舍，——娼妓，——臭虫。"这是消极的反抗。

戊云："中国便是野蛮的好。"又云："你说中国思想昏乱，那正是我民族所造成的事业的结晶。从祖先昏乱起，直要昏乱到子孙；从过去昏乱起，直要昏乱到未来。……（我们是四万万人，）你能把我们灭绝么？"[6]这比"丁"更进一层，不去拖人下水，反以自己的丑恶骄人；至于口气的强硬，却很有《水浒传》中牛二的态度[7]。

五种之中，甲乙丙丁的话，虽然已很荒谬，但同戊比较，尚觉情有可原，因为他们还有一点好胜心存在。譬如衰败人家的子弟，看见别家兴旺，多说大话，摆出大家架子；或寻求人家一点破绽，聊给自己解嘲。这虽然极是可笑，但比那一种掉了鼻子，还说是祖传老病，夸示于众的人，总要算略高一步了。

戊派的爱国论最晚出，我听了也最寒心；这不但因其居心可怕，实因他所说的更为实在的缘故。昏乱的祖先，养出昏乱的子孙，正是遗传的定理。民族根性造成之后，无论好坏，改变都不容易的。法国G.Le Bon[8]著《民族进化的心理》中，说及此事道（原文已忘，今但举其大意）——"我们一举一动，虽似自主，其实多受死鬼的牵制。将我们一代的人，和先前几百代的鬼比较起来，数目上就万不能敌了。"我们几百代的祖先里面，昏乱的人，定然不少：有讲道学[9]的儒生，也有讲阴阳五行[10]的道士，有静坐炼丹的仙人，也有打脸打把子[11]的戏子。所以我们现在虽想好好做"人"，难保血管里的昏乱分子不来作怪，我们也不由自主，一变而为研究丹田脸谱的人物：这真是大可寒心的事。但我总希望这昏乱思想遗传的祸害，不至于有梅毒那样猛烈，竟至百无一免。即使同梅毒一样，现在发明了六百零六，肉体上的病，既可医治；我希望也有一种七百零七的药，可以医治思想上的病。这药原来也已发明，就是"科学"一味。只希望那班精神上掉了鼻子的朋友，不要又打着"祖传老病"的旗号来反对吃药，中国的昏乱病，便也总有全愈的一天。祖先的势力虽大，但如从现代起，立意改变：扫除了昏乱的心思，和助成昏乱的物事（儒道两派的文书），再用了对症的药，即使不能立刻奏效，也可把那病毒略略羼淡。如此几代之后待我们成了祖先的时候，就可以分得昏乱祖先的若干势力，那时便有转机，Le Bon所说的事，也不足怕了。

以上是我对于"不长进的民族"的疗救方法；至于"灭绝"

一条，那是全不成话，可不必说。"灭绝"这两个可怕的字，岂是我们人类应说的？只有张献忠[12]这等人曾有如此主张，至今为人类唾骂；而且于实际上发生出什么效验呢？但我有一句话，要劝戌派诸公。"灭绝"这句话，只能吓人，却不能吓倒自然。他是毫无情面：他看见有自向灭绝这条路走的民族，便请他们灭绝，毫不客气。我们自己想活，也希望别人都活；不忍说他人的灭绝，又怕他们自己走到灭绝的路上，把我们带累了也灭绝，所以在此着急。倘使不改现状，反能兴旺，能得真实自由的幸福生活，那就是做野蛮也很好。——但可有人敢答应说"是"么？

☆ ★ ☆

1 本篇最初发表于一九一八年十一月十五日《新青年》第五卷第五号，署名迅。

2 Nordau 诺尔道（1849～1923），出生于匈牙利的德国医生，政论家、作家。著有政论《退化》、小说《感情的喜剧》等。

3 "国民之敌" 指挪威剧作家易卜生剧本《国民之敌》的主人公斯铎曼一类人。斯铎曼是一个热心于公共卫生工作的温泉浴场医官。有一次他发现浴场矿泉里含有大量传染病菌，建议把这个浴场加以改建。但市政当局和市民因怕经济利益受到损害，极力加以反对，最后把他革职，宣布他为"国民公敌"。

4 mob 英语：乌合之众。

5 张之洞（1837～1909） 字孝达，直隶南皮（今河北南皮）人，清末大官僚，洋务派首领之一。"中学为体西学为用"，见他所著《劝学篇·设学》："其学堂之法，约有五要：一曰新旧兼学。四书五经、中国史事、政书地图为旧学；西政、西艺、西史为新学。旧学为体，西学为用，不使偏废。"又在该书《会通》中说："中学为内学，西学为外学，中学治身心，西学应世事，不必尽索之于经文，而必无悖于经义。"

6 这里的"思想昏乱""是我们民族所造成的"等话，是针对《新青年》第五卷第二号（一九一八年八月十五日）《通信》栏任鸿隽（即任叔永）致胡适信中的议论而发的，该信中有"吾国的历史、文字、思想，无论如何昏乱，总是这一种不长进的民族造成功了留下来的。此种昏乱种子，不但存在文字历史上，且存在现在及将来子孙的心脑中。所以我敢大胆宣言，若要中国好，除非人（疑"使"字之误）中国人种先行灭绝！可惜主张废汉文汉语的，虽然走于极端，尚是未达一间呢！"等语。按任鸿隽，四川巴县人，科学家。这里所引的话，是他为了反对当时钱玄同等关于要废孔学、灭道教，驱除一般人幼稚、野蛮、顽固思想，必先废灭汉字的论点而发的。

7 牛二　小说《水浒》中的人物。他以蛮横无理的态度强迫杨志卖刀给他的故事，见该书第十二回《汴京城杨志卖刀》。

8 G. Le Bon　勒朋（1841～1931），法国医生和社会心理学家。他在所著《民族进化的心理定律》（即本文所说的《民族进化的心理》）一书的第一部第一章中说："吾人应该视种族为一超越时间之永久物，此永久物之组成不单为某一时期内之构成他的活的个体，而也为其长期连续不断的死者，即其祖先是也。欲了解种族之真义必将之同时伸长于过去与将来，死者较之生者是无限的更众多，也是较之他们更强有力。他们统治着无意之巨大范围，此无形的势力启示出智慧上与品性上之一切表现，乃是为其死者，较之为其生者更甚。在指导一民族，只有在他们身上才建筑起一个种族，一世纪过了又一世纪，他们造成了吾人之观念与情感，所以也造成了吾人行为之一切动机。过去的人们不单将他们生理上之组织加于吾人，他们也将其思想加诸吾人；死者乃是生者惟一无辩论余地之主宰，吾人负担着他们的过失之重担，吾人接受着他们的德行之报酬。"（据张公表译文，商务印书馆一九三五年四月初版）

9 道学　又称理学，是宋代周敦颐、程颢、程颐、朱熹等人阐释儒家学说而形成的唯心主义思想体系。它认为"理"是宇宙的本体，把"三纲五常"等封建伦理道德说成是"天理"，提出"存天理，灭人欲"的主张，以维护腐朽的封建统治。

10 阴阳五行　原是我国古代一种具有朴素的唯物主义和辩证法的自然观。它用水、火、木、金、土五种物质和"阴阳"的概念来解释自然界的起源、发展和变化。后来儒家和道家将阴阳五行学说加以歪曲和神秘化，用来附会解释王朝兴替和社会变动以至人的命运，宣扬唯心主义和神秘主义。

11 打脸　传统戏曲演员按照"脸谱"勾画花脸。"打把子"，传统戏曲中的武打。当时《新青年》上曾对"打脸"、"打把子"的存废问题，进行过讨论。

12 张献忠　明末农民起义领袖之一。

随感录四十一[1]

从一封匿名信里看见一句话，是"数麻石片"（原注江苏方言），大约是没有本领便不必提倡改革，不如去数石片的好的意思。因此又记起了本志通信栏内所载四川方言的"洗煤炭"[2]。想来别省方言中，相类的话还多；守着这专劝人自暴自弃的格言的人，也怕并不少。

凡中国人说一句话，做一件事，倘与传来的积习有若干抵触，须一个斤斗便告成功，才有立足的处所；而且被恭维得烙铁一般热。否则免不了标新立异的罪名，不许说话；或者竟成了大逆不道，为天地所不容。这一种人，从前本可以夷到九族[3]，连累邻居；现在却不过是几封匿名信罢了。但意志略略薄弱的人便不免因此萎缩，不知不觉的也入了"数麻石片"党。

所以现在的中国，社会上毫无改革，学术上没有发明，美术上也没有创作；至于多人继续的研究，前仆后继的探险，那更不必提了。国人的事业，大抵是专谋时式的成功的经营，以及对于一切的冷笑。

但冷笑的人，虽然反对改革，却又未必有保守的能力：即如文字一面，白话固然看不上眼，古文也不甚提得起笔。照他的学说，本该去"数麻石片"了；他却又不然，只是莫名其妙的冷笑。

中国的人，大抵在如此空气里成功，在如此空气里萎缩腐败，以至老死。

我想，人猿同源的学说，大约可以毫无疑义了。但我不懂，何以从前的古猴子，不都努力变人，却到现在还留着子孙，变把戏给人看。还是那时竟没有一匹想站起来学说人话呢？还是虽然有了几匹，却终被猴子社会攻击他标新立异，都咬死了；所以终于不能进化呢？

尼采[4]式的超人，虽然太觉渺茫，但就世界现有人种的事实看来，却可以确信将来总有尤为高尚尤近圆满的人类出现。到那时候，类人猿上面，怕要添出"类猿人"这一个名词。

所以我时常害怕，愿中国青年都摆脱冷气，只是向上走，不必听自暴自弃者流的话。能做事的做事，能发声的发声。有一分热，发一分光，就令萤火一般，也可以在黑暗里发一点光，不必等候炬火。

此后如竟没有炬火：我便是唯一的光。倘若有了炬火，出了太阳，我们自然心悦诚服的消失，不但毫无不平，而且还要随喜[5]赞美这炬火或太阳；因为他照了人类，连我都在内。

我又愿中国青年都只是向上走，不必理会这冷笑和暗箭。尼采说：

"真的，人是一个浊流。应该是海了，能容这浊流使他干净。

"咄，我教你们超人：这便是海，在他这里，能容下你们的大侮蔑。"（《札拉图如是说》的《序言》第三节）

011

纵令不过一洼浅水，也可以学学大海；横竖都是水，可以相通。几粒石子，任他们暗地里掷来；几滴秽水，任他们从背后泼来就是了。

这还算不到"大侮蔑"——因为大侮蔑也须有胆力。

☆ ★ ☆

1 本篇最初发表于一九一九年一月十五日《新青年》第六卷第一号，署名唐俟。

2 "洗煤炭" 见《新青年》第五卷第二号（一九一八年八月十五日）《通信》栏载任鸿隽给胡适的信："《新青年》一面讲改良文学，一面讲废灭汉文，是否自相矛盾？既要废灭不用，又用力去改良不用的物件。我们四川有句俗语说：你要没有事做，不如洗煤炭去罢。"

3 九族 指自身及自身以上的父、祖、曾祖、高祖和以下的子、孙、曾孙、玄孙。另一种说法是以父族四代、母族三代、妻族二代为九族。

4 尼采（F.Nietzsche）德国哲学家，唯意志论和超人哲学的鼓吹者。他认为个人的权力意志是创造一切、决定一切的动力，认为高踞于群众之上的所谓"超人"是人的生物进化的顶点；一切历史和文化都是由他们创造的，而人民群众则是低劣的"庸众"。下文所说的《札拉图如是说》，即《札拉图斯特拉如是说》，是他的一部主要哲学著作。

5 随喜 佛家语，《修忏要旨》说："随他修善，喜他得成。"意思是随着别人做善事，为别人获得善果而高兴。

随感录四十九[1]

凡有高等动物,倘没有遇着意外的变故,总是从幼到壮,从壮到老,从老到死。

我们从幼到壮,既然毫不为奇的过去了;自此以后,自然也该毫不为奇的过去。

可惜有一种人,从幼到壮,居然也毫不为奇的过去了;从壮到老,便有点古怪;从老到死,却更奇想天开,要占尽了少年的道路,吸尽了少年的空气。

少年在这时候,只能先行萎黄,且待将来老了,神经血管一切变质以后,再来活动。所以社会上的状态,先是"少年老成";直待弯腰曲背时期,才更加"逸兴遄飞"[2],似乎从此以后,才上了做人的路。

可是究竟也不能自忘其老;所以想求神仙。大约别的都可以老,只有自己不肯老的人物,总该推中国老先生算一甲一名[3]。

万一当真成了神仙,那便永远请他主持,不必再有后进,原也是极好的事。可惜他又究竟不成,终于个个死去,只留下造成的老天地,教少年驮着吃苦。

这真是生物界的怪现象!

我想种族的延长，——便是生命的连续，——的确是生物界事业里的一大部分。何以要延长呢？不消说是想进化了。但进化的途中总须新陈代谢。所以新的应该欢天喜地的向前走去，这便是壮，旧的也应该欢天喜地的向前走去，这便是死；各各如此走去，便是进化的路。

老的让开道，催促着，奖励着，让他们走去。路上有深渊，便用那个死填平了，让他们走去。

少的感谢他们填了深渊，给自己走去；老的也感谢他们从我填平的深渊上走去。——远了远了。

明白这事，便从幼到壮到老到死，都欢欢喜喜的过去；而且一步一步，多是超过祖先的新人。

这是生物界正当开阔的路！人类的祖先，都已这样做了。

☆ ★ ☆

1 本篇最初发表于一九一九年二月十五日《新青年》第六卷第六号，署名俟。

2 "逸兴遄飞" 语出唐王勃《滕王阁序》。

3 一甲一名 旧时科举考试进士科及第的第一名，也即"状元"。明清制例，会试中试的贡士须再进行殿试，以定甲第。一甲三名共分三甲。

随感录六十三 "与幼者" [1]

做了《我们现在怎样做父亲》的后两日，在有岛武郎《著作集》里看到《与幼者》[2]这一篇小说，觉得很有许多好的话。

"时间不住的移过去。你们的父亲的我，到那时候，怎样映在你们（眼）里，那是不能想像的了。大约像我在现在，嗤笑可怜那过去的时代一般，你们也要嗤笑可怜我的古老的心思，也未可知的。我为你们计，但愿这样子。你们若不是毫不客气的拿我做一个踏脚，超越了我，向着高的远的地方进去，那便是错的。

"人间很寂寞。我单能这样说了就算么？你们和我，像尝过血的兽一样，尝过爱了。去罢，为要将我的周围从寂寞中救出，竭力做事罢。我爱过你们，而且永远爱着。这并不是说，要从你们受父亲的报酬，我对于'教我学会了爱你们的你们'的要求，只是受取我的感谢罢了……像吃尽了亲的死尸，贮着力量的小狮子一样，刚强勇猛，舍了我，踏到人生上去就是了。

"我的一生就令怎样失败，怎样胜不了诱惑；但无论如何，使你们从我的足迹上寻不出不纯的东西的事，是要做的，是一定做的。你们该从我的倒毙的所在，跨出新的脚步去。但那里走，怎么走的事，你们也可以从我的足迹上探索出来。

"幼者呵！将又不幸又幸福的你们的父母的祝福，浸在胸中，上人生的旅路罢。前途很远，也很暗。然而不要怕。不怕的人的面前才有路。

"走罢！勇猛着！幼者呵！"

有岛氏是白桦派[3]，是一个觉醒的，所以有这等话；但里面也免不了带些眷恋凄怆的气息。

这也是时代的关系。将来便不特没有解放的话，并且不起解放的心，更没有什么眷恋和凄怆；只有爱依然存在。——但是对于一切幼者的爱。

☆ ★ ☆

1 本篇最初发表于一九一九年十一月一日《新青年》第六卷第六号，署名唐俟。

2 有岛武郎（1878～1923） 日本小说家。著作有《有岛武郎著作集》。《与幼者》见《著作集》第七辑，鲁迅曾译为中文，题为《与幼小者》，收入《现代日本小说集》中。

3 白桦派 近代日本的一个文学派别，以一九一〇年创刊《白桦》杂志而得名。他们标榜新理想主义和人道主义。有岛武郎是其重要成员。

随感录六十六 生命的路[1]

想到人类的灭亡是一件大寂寞大悲哀的事；然而若干人们的灭亡，却并非寂寞悲哀的事。

生命的路是进步的，总是沿着无限的精神三角形的斜面向上走，什么都阻止他不得。

自然赋与人们的不调和还很多，人们自己萎缩堕落退步的也还很多，然而生命决不因此回头。无论什么黑暗来防范思潮，什么悲惨来袭击社会，什么罪恶来褻渎人道，人类的渴仰完全的潜力，总是踏了这些铁蒺藜向前进。

生命不怕死，在死的面前笑着跳着，跨过了灭亡的人们向前进。

什么是路？就是从没路的地方践踏出来的，从只有荆棘的地方开辟出来的。

以前早有路了，以后也该永远有路。

人类总不会寂寞，因为生命是进步的，是乐天的。

昨天，我对我的朋友 L[2]说，"一个人死了，在死者自身和他的眷属是悲惨的事，但在一村一镇的人看起来不算什么；就是一省一国一种……"

L很不高兴，说，"这是Natur（自然）的话，不是人们的话。你应该小心些。"

　　我想，他的话也不错。

☆　★　☆

1 本篇最初发表于一九一九年十一月一日《新青年》第六卷第六号，署名唐俟。
2 这里和下文的"L"，最初发表时都作"鲁迅"。

自言自语[1]

一 序

水村的夏夜，摇着大芭蕉扇，在大树下乘凉，是一件极舒服的事。

男女都谈些闲天，说些故事。孩子是唱歌的唱歌，猜谜的猜谜。

只有陶老头子，天天独自坐着。因为他一世没有进过城，见识有限，无天可谈。而且眼花耳聋，问七答八，说三话四，很有点讨厌，所以没人理他。

他却时常闭着眼，自己说些什么。仔细听去，虽然昏话多，偶然之间，却也有几句略有意思的段落的。

夜深了，乘凉的都散了。我回家点上灯，还不想睡，便将听得的话写了下来，再看一回，却又毫无意思了。

其实陶老头子这等人，那里真会有好话呢，不过既然写出，姑且留下罢了。

留下又怎样呢？这是连我也答复不来。

中华民国八年八月八日灯下记。

二　火的冰

流动的火，是熔化的珊瑚么？

中间有些绿白，像珊瑚的心，浑身通红，像珊瑚的肉，外层带些黑，是珊瑚焦了。

好是好呵，可惜拿了要烫手。

遇着说不出的冷，火便结了冰了。

中间有些绿白，像珊瑚的心，浑身通红，像珊瑚的肉，外层带些黑，也还是珊瑚焦了。

好是好呵，可惜拿了便要火烫一般的冰手。

火，火的冰，人们没奈何他，他自己也苦么？

唉，火的冰。

唉，唉，火的冰的人！

三　古城

你以为那边是一片平地么？不是的。其实是一座沙山，沙山里面是一座古城。这古城里，一直从前住着三个人。

古城不很大，却很高。只有一个门，门是一个闸。

青铅色的浓雾，卷着黄沙，波涛一般的走。

少年说，"沙来了。活不成了。孩子快逃罢。"

老头子说，"胡说，没有的事。"

这样的过了三年和十二个月另八天。

少年说，"沙积高了，活不成了。孩子快逃罢。"

老头子说，"胡说，没有的事。"

少年想开闸，可是重了。因为上面积了许多沙了。

少年拼了死命，终于举起闸，用手脚都支着，但总不到二尺高。

少年挤那孩子出去说，"快走罢！"

老头子拖那孩子回来说，"没有的事！"

少年说，"快走罢！这不是理论，已经是事实了！"

青铅色的浓雾，卷着黄沙，波涛一般的走。

以后的事，我可不知道了。

你要知道，可以掘开沙山，看看古城。闸门下许有一个死尸。闸门里是两个还是一个？

四　螃蟹

老螃蟹觉得不安了，觉得全身太硬了。自己知道要蜕壳了。

他跑来跑去的寻。他想寻一个窟穴，躲了身子，将石子堵了穴口，隐隐的蜕壳。他知道外面蜕壳是危险的。身子还软，要被别的螃蟹吃去的。这并非空害怕，他实在亲眼见过。

他慌慌张张的走。

旁边的螃蟹问他说，"老兄，你何以这般慌？"

他说，"我要蜕壳了。"

"就在这里蜕不很好么？我还要帮你呢。""那可太怕人了。"

"你不怕窟穴里的别的东西，却怕我们同种么？"

"我不是怕同种。"

"那还怕什么呢？"

"就怕你要吃掉我。"

五　波儿

波儿气愤愤的跑了。

波儿这孩子，身子有矮屋一般高了，还是淘气，不知道从那里学了坏样子，也想种花了。

不知道从那里要来的蔷薇子，种在干地上，早上浇水，上午浇水，正午浇水。

正午浇水，土上面一点小绿，波儿很高兴，午后浇水，小绿不见了，许是被虫子吃了。

波儿去了喷壶，气愤愤的跑到河边，看见一个女孩子哭着。

波儿说，"你为什么在这里哭？"

女孩子说，"你尝河水什么味罢。"

波儿尝了水，说是"淡的"。

女孩子说，"我落下了一滴泪了，还是淡的，我怎么不哭呢。"

波儿说，"你是傻丫头！"

波儿气愤愤的跑到海边，看见一个男孩子哭着。

波儿说，"你为什么在这里哭？"

男孩子说，"你看海水是什么颜色？"

波儿看了海水，说是"绿的"。

男孩子说，"我滴下了一点血了，还是绿的，我怎么不哭呢。"

波儿说，"你是傻小子！"

波儿才是傻小子哩。世上那有半天抽芽的蔷薇花，花的种子还在土里呢。

便是终于不出，世上也不会没有蔷薇花。

六　我的父亲

我的父亲躺在床上，喘着气，脸上很瘦很黄，我有点怕敢看他了。

他眼睛慢慢闭了，气息渐渐平了。我的老乳母对我说，"你的爹要死了，你叫他罢。"

"爹爹。"

"不行，大声叫！"

"爹爹！"

我的父亲张一张眼，口边一动，彷佛有点伤心，——他仍然慢慢的闭了眼睛。

我的老乳母对我说，"你的爹死了。"

阿！我现在想，大安静大沈寂的死，应该听他慢慢到来。谁敢乱嚷，是大过失。

我何以不听我的父亲，徐徐入死，大声叫他。

阿！我的老乳母。你并无恶意，却教我犯了大过，扰乱我父亲的死亡，使他只听得叫"爹"，却没有听到有人向荒山大叫。

那时我是孩子，不明白什么事理。现在，略略明白，已经迟了。我现在告知我的孩子，倘我闭了眼睛，万不要在我的耳朵边叫了。

七　我的兄弟

我是不喜欢放风筝的，我的一个小兄弟是喜欢放风筝的。

我的父亲死去之后，家里没有钱了。我的兄弟无论怎么热心，也得不到一个风筝了。

一天午后，我走到一间从来不用的屋子里，看见我的兄弟，正躲在里面糊风筝，有几支竹丝，是自己削的，几张皮纸，是自己买的，有四个风轮，已经糊好了。

我是不喜欢放风筝的，也最讨厌他放风筝，我便生气，踏碎了风轮，拆了竹丝，将纸也撕了。

我的兄弟哭着出去了，悄然的在廊下坐着，以后怎样，我那时没有理会，都不知道了。

我后来悟到我的错处。我的兄弟却将我这错处全忘了，他总是很要好的叫我"哥哥"。

我很抱歉，将这事说给他听，他却连影子都记不起了。他仍是很要好的叫我"哥哥"。

阿！我的兄弟。你没有记得我的错处，我能请你原谅么？

然而还是请你原谅罢！

☆ ★ ☆

1 本篇最初连载于《国民公报》"新文艺"栏，署名神飞。第一、二节发表于一九一九年八月十九日；第三节发表于八月二十日；第四节发表于八月二十一日；第五节发表于九月七日；第六、七节发表于九月九日。第七节末原注"未完"。

忽然想到[1]（一至四）

一

做《内经》[2]的不知道究竟是谁。对于人的肌肉，他确是看过，但似乎单是剥了皮略略一观，没有细考校，所以乱成一片，说是凡有肌肉都发源于手指和足趾。宋的《洗冤录》[3]说人骨，竟至于谓男女骨数不同；老仵作之谈，也有不少胡说。然而直到现在，前者还是医家的宝典，后者还是检验的南针：这可以算得天下奇事之一。

牙痛在中国不知发端于何人？相传古人壮健，尧舜时代盖未必有；现在假定为起于二千年前罢。我幼时曾经牙痛，历试诸方，只有用细辛[4]者稍有效，但也不过麻痹片刻，不是对症药。至于拔牙的所谓"离骨散"，乃是理想之谈，实际上并没有。西法的牙医一到，这才根本解决了；但在中国人手里一再传，又每每只学得镶补而忘了去腐杀菌，仍复渐渐地靠不住起来。牙痛了二千年，敷敷衍衍的不想一个好方法，别人想出来了，却又不肯好好地学：这大约也可以算得天下奇事之二罢。

康圣人[5]主张跪拜，以为"否则要此膝何用"。走时的腿的动作，固然不易于看得分明，但忘记了坐在椅上时候的膝的曲直，则不可谓非圣人之疏于格物[6]也。身中间脖颈最细，古人则于此斫之，臀肉最肥，古人则于此打之，其格物都比康圣人精到，后人之爱不忍释，实非无因。所以僻县尚打小板子，去年北京戒严时亦尝恢复杀头，虽延国粹于一脉乎，而亦不可谓非天下奇事之三也！

一月十五日。

二

校着《苦闷的象征》[7]的排印样本时，想到一些琐事——

我于书的形式上有一种偏见，就是在书的开头和每个题目前后，总喜欢留些空白，所以付印的时候，一定明白地注明。但待排出寄来，却大抵一篇一篇挤得很紧，并不依所注的办。

查看别的书，也一样，多是行行挤得极紧的。

较好的中国书和西洋书，每本前后总有一两张空白的副页，上下的天地头也很宽。而近来中国的排印的新书则大抵没有副页，天地头又都很短，想要写上一点意见或别的什么，也无地可容，翻开书来，满本是密密层层的黑字；加以油臭扑鼻，使人发生一种压迫和窘促之感，不特很少"读书之乐"，且觉得仿佛人生已没有"余裕"，"不留余地"了。

或者也许以这样的为质朴罢。但质朴是开始的"陋"，精力弥满，不惜物力的。现在的却是复归于陋，而质朴的精神已失，所以只能算窳败，算堕落，也就是常谈之所谓"因陋就简"。在这样"不留余地"空气的围绕里，人们的精神大抵要被挤小的。

外国的平易地讲述学术文艺的书，往往夹杂些闲话或笑谈，使文章增添活气，读者感到格外的兴趣，不易于疲倦。但中国的有些译本，却将这些删去，单留下艰难的讲学语，使他复近于教科书。这正如折花者；除尽枝叶，单留花朵，折花固然是折花，然而花枝的活气却灭尽了。人们到了失去余裕心，或不自觉地满抱了不留余地心时，这民族的将来恐怕就可虑。

上述的那两样，固然是比牛毛还细小的事，但究竟是时代精神表现之一端，所以也可以类推到别样。例如现在器具之轻薄草率（世间误以为灵便），建筑之偷工减料，办事之敷衍一时，不要"好看"，不想"持久"，就都是出于同一病源的。即再用这来类推更大的事，我以为也行。

一月十七日。

三

我想，我的神经也许有些瞀乱了。否则，那就可怕。

我觉得仿佛久没有所谓中华民国。

我觉得革命以前，我是做奴隶；革命以后不多久，就受了奴隶的骗，变成他们的奴隶了。

我觉得有许多民国国民而是民国的敌人。

我觉得有许多民国国民很像住在德法等国里的犹太人，他们的意中别有一个国度。

我觉得许多烈士的血都被人们踏灭了，然而又不是故意的。

我觉得什么都要从新做过。

退一万步说罢，我希望有人好好地做一部民国的建国史给少年看，因为我觉得民国的来源，实在已经失传了，虽然还只有十四年！

二月十二日。

四

先前，听到二十四史不过是"相斫书"，是"独夫的家谱"[8]一类的话，便以为诚然。后来自己看起来，明白了：何尝如此。

历史上都写着中国的灵魂，指示着将来的命运，只因为涂饰太厚，废话太多，所以很不容易察出底细来。正如通过密叶投射在莓苔上面的月光，只看见点点的碎影。但如看野史和杂记，可更容易了然了，因为他们究竟不必太摆官的架子。

秦汉远了，和现在的情形相差已多，且不道。元人著作寥寥。至于唐宋明的杂史之类，则现在多有。试将记五代，南宋，明末的事情的，和现今的状况一比较，就当惊心动魄于何其相似之甚，仿佛时间的流驶，独与我们中国无关。现在的中华民国也还是五代，是宋末，是明季。

以明末例现在，则中国的情形还可以更腐败，更破烂，更凶酷，更残虐，现在还不算达到极点。但明末的腐败破烂也还未达到极点，因为李自成，张献忠[9]闹起来了。而张李的凶酷残虐也还未达到极点，因为满洲兵进来了。

难道所谓国民性者，真是这样地难于改变的么？倘如此，将来的命运便大略可想了，也还是一句烂熟的话：古已有之。

伶俐人实在伶俐，所以，决不攻难古人，摇动古例的。古人做过的事，无论什么，今人也都会做出来。而辩护古人，也就是辩护自己。况且我们是神州华胄，敢不"绳其祖武"[10]么？

幸而谁也不敢十分决定说：国民性是决不会改变的。在这"不可知"中，虽可有破例——即其情形为从来所未有——的灭亡的恐怖，也可以有破例的复生的希望，这或者可作改革者的一点慰藉罢。

但这一点慰藉，也会勾消在许多自诩古文明者流的笔上，淹死在许多诬告新文明者流的嘴上，扑灭在许多假冒新文明者流的言动上，因为相似的老例，也是"古已有之"的。

其实这些人是一类，都是伶俐人，也都明白，中国虽完，自己的精神是不会苦的，——因为都能变出合式的态度来。倘有不信，请看清朝的汉人所做的颂扬武功的文章去，开口"大兵"，闭口"我军"，你能料得到被这"大兵""我军"所败的就是汉人的么？你将以为汉人带了兵将别的一种什么野蛮腐败民族歼灭了。

然而这一流人是永远胜利的，大约也将永久存在。在中国，惟他们最适于生存，而他们生存着的时候，中国便永远免不掉反复着先前的运命。

"地大物博，人口众多"，用了这许多好材料，难道竟不过老是演一出轮回[11]把戏而已么？

二月十六日。

☆ ★ ☆

1 本篇最初分四次发表于一九二五年一月十七日、二十日、二月十四日、二十日《京报副刊》。

当第一节发表时，作者曾写有《附记》如下："我是一个讲师，略近于教授，照江震亚先生的主张，似乎也是不当署名的。但我也曾用几个假名发表过文章，后来却有人诘责我逃避责任；况且这回又带些攻击态度，所以终于署名了。但所署的也不是真名字；但也近于真名字，仍有露出讲师马脚的弊病，无法可想，只好这样罢。又为避免纠纷起见，还得声明一句，就是：我所指摘的中国古今人，乃是一部分，别有许多很好的古人不在内！然而这么一说，我的杂感真成了最无聊的东西了，要面面顾到，是能够这样使自己变成无价值。"按这里说的"不当署名"，系针对一九二五年一月十五日《京报副刊》所载署名江震亚的《学者说话不会错？》一文而发。江震亚在这篇文章中说："相信'学者说话不会错'，是评论界不应有的态度。我想要免除这个弊病，最好是发表文字不署名。"他认为"当一个重要问题发生时，总免不了有站在某某一边的人，来替某某辩论"。而且因为某某"是大学的教授，所以他的话不错"，某某"是一个大学生，所以他的话错了"。

2 《内经》 即《黄帝内经》，是我国现存最早的一部医学文献。约为战国秦汉时医家汇集古代及当时医学资料纂述而成。全书分《素问》和《灵枢》两部分，共十八卷。"肌肉都发源于手指和足趾"的说法，见《灵枢·经筋第十三》。

3 《洗冤录》 宋代宋慈著，共五卷，是一部较完整的法医学专著。"男女骨数不同"的说法见于该书《验骨》。

4 细辛 多年生草本植物，中医以全草入药。

5 康圣人 指康有为（1858～1927），字广厦，号长素，广东南海人，清末维新运动的领袖。一八九八年（清光绪二十四年）变法维新失败后，他坚持君主立宪的主张，组织保皇党，反对孙中山领导的民主革命运动。辛亥革命后又与北洋军阀张勋扶植清废帝溥仪复辟。梁启超在《康有为传》中说他"成童之时，便有志于圣贤之学，乡里俗子笑之，戏号之曰'圣人为'，盖以其开口辄曰圣人圣人也。""否则要此膝何用"一语，常见于康有为鼓吹尊孔的文电中，如他在《请饬全国祀孔仍行跪拜礼》中说："中国民不拜天，又不拜孔子，留此膝何为？"又在《以孔教为国教配天议》中说："中国人不敬天亦不敬教主，不知其留此膝以傲慢何为也？"

6 格物 推究事物的道理。《礼记·大学》中有"致知在格物，物格而后知至"的话。

7 《苦闷的象征》 文艺论文集，日本厨川白村著。曾由鲁迅译为中文，一九二四年十二月北京新潮社出版。

8 二十四史 指清代乾隆时"钦定"为"正史"的从《史记》到《明史》等二十四部史书。"相斫书"，意思是记载互相杀戮的书，语见《三国志·魏书》卷十三注引鱼豢

《魏略》："豢又常从（隗禧）问《左氏传》，禧答曰：'……《左氏》直相斫书耳，不足精意也。'" "**独夫的家谱**"，意思是记载帝王一姓世系的书，梁启超在《中国史界革命案》一文中曾说："二十四史非史也，二十四姓之家谱而已。"

9 **李自成**（1606～1645） 陕西米脂人，明末农民起义领袖。明崇祯二年（1629）起义，后被推为闯王。明崇祯十七年（1644）一月在西安建立大顺国，三月攻入北京。后明将吴三桂勾引清兵入关，李兵败退出北京，次年在湖北通山县九宫山被害。**张献忠**（1606～1646），延安柳树涧（今陕西定边东）人，明末农民起义领袖。明崇祯三年起义，一六四四年入川，在成都建立大西国。清顺治三年（1646）在川北盐亭界为清兵所害。旧时史书（包括野史和杂记）中都有渲染李、张好杀人的记载。

10 "**绳其祖武**" 语见《诗经·大雅·下武》。绳，继续；武，步伐。

11 **轮回** 佛家语。佛教以为生物各依其所作的"业"（修行的深浅、积德的多少、作恶的大小），永远在"六道"（天道、人道、阿修罗道、地狱道、饿鬼道、畜生道）中生生死死，循环转化不已。

杂感[1]

人们有泪，比动物进化，但即此有泪，也就是不进化，正如已经只有盲肠，比鸟类进化，而究竟还有盲肠，终不能很算进化一样。凡这些，不但是无用的赘物，还要使其人达到无谓的灭亡。

现今的人们还以眼泪赠答，并且以这为最上的赠品，因为他此外一无所有。无泪的人则以血赠答，但又各各拒绝别人的血。

人大抵不愿意爱人下泪。但临死之际，可能也不愿意爱人为你下泪么？无泪的人无论何时，都不愿意爱人下泪，并且连血也不要：他拒绝一切为他的哭泣和灭亡。

人被杀于万众聚观之中，比被杀在"人不知鬼不觉"的地方快活，因为他可以妄想，博得观众中的或人的眼泪。但是，无泪的人无论被杀在什么所在，于他并无不同。

杀了无泪的人，一定连血也不见。爱人不觉他被杀之惨，仇人也终于得不到杀他之乐：这是他的报恩和复仇。

死于敌手的锋刃，不足悲苦；死于不知何来的暗器，却是悲苦。但最悲苦的是死于慈母或爱人误进的毒药，战友乱发的流弹，病菌的并无恶意的侵入，不是我自己制定的死刑。

仰慕往古的，回往古去罢！想出世的，快出世罢！想上天的，快上天罢！灵魂要离开肉体的，赶快离开罢！现在的地上，应该是执着现在，执着地上的人们居住的。

但厌恶现世的人们还住着。这都是现世的仇仇，他们一日存在，现世即一日不能得救。

先前，也曾有些愿意活在现世而不得的人们，沉默过了，呻吟过了，叹息过了，哭泣过了，哀求过了，但仍然愿意活在现世而不得，因为他们忘却了愤怒。

勇者愤怒，抽刃向更强者；怯者愤怒，却抽刃向更弱者。

不可救药的民族中，一定有许多英雄，专向孩子们瞪眼。这些孱头们！

孩子们在瞪眼中长大了，又向别的孩子们瞪眼，并且想：

他们一生都过在愤怒中。因为愤怒只是如此，所以他们要愤怒一生，——而且还要愤怒二世，三世，四世，以至末世。

无论爱什么，——饭，异性，国，民族，人类等等，——只有纠缠如毒蛇，执着如怨鬼，二六时中[2]，没有已时者有望。但太觉疲劳时，也无妨休息一会罢；但休息之后，就再来一回罢，而且两回，三回……血书，章程，请愿，讲学，哭，电报，开会，挽联，演说，神经衰弱，则一切无用。

血书所能挣来的是什么？不过就是你的一张血书，况且并不好看。至于神经衰弱，其实倒是自己生了病，你不要再当作宝贝了，我的可敬爱而讨厌的朋友呀！

我们听到呻吟，叹息，哭泣，哀求，无须吃惊。见了酷烈的沉默，就应该留心了；见有什么像毒蛇似的在尸林中蜿蜒，怨鬼似的在黑暗中奔驰，就更应该留心了：这在豫告"真的愤怒"将要到来。那时候，仰慕往古的就要回往古去了，想出世的要出世去了，想上天的要上天了，灵魂要离开肉体的就要离开了！……

五月五日。

☆　★　☆

1 本篇最初发表于一九二五年五月八日北京《莽原》周刊第三期。

2 二六时中　即十二个时辰，整天整夜的意思。

无花的蔷薇[1]

1

又是Schopenhauer先生的话——

"无刺的蔷薇是没有的。——然而没有蔷薇的刺却很多。"[2]

题目改变了一点,较为好看了。

"无花的蔷薇"也还是爱好看。

2

去年,不知怎的这位晁本华尔先生忽然合于我们国度里的绅士们的脾胃了,便拉扯了他的一点《女人论》[3];我也就夹七夹八地来称引了好几回,可惜都是刺,失了蔷薇,实在大煞风景,对不起绅士们。

记得幼小时候看过一出戏,名目忘却了,一家正在结婚,而勾魂的无常鬼已到,夹在婚仪中间,一同拜堂,一同进房,一同坐床……实在大煞风景,我希望我还不至于这样。

3

有人说我是"放冷箭者"[4]。

我对于"放冷箭"的解释，颇有些和他们一流不同，是说有人受伤，而不知这箭从什么地方射出。所谓"流言"者，庶几近之。但是我，却明明站在这里。

但是我，有时虽射而不说明靶子是谁，这是因为初无"与众共弃"之心，只要该靶子独自知道，知道有了洞，再不要面皮鼓得急绷绷，我的事就完了。

4

蔡孑民[5]先生一到上海，《晨报》就据国闻社电报郑重地发表他的谈话，而且加以按语，以为"当为历年潜心研究与冷眼观察之结果，大足诏示国人，且为知识阶级所注意也。"

我很疑心那是胡适之先生的谈话，国闻社的电码有些错误了。

5

预言者，即先觉，每为故国所不容，也每受同时人的迫害，大人物也时常这样。他要得人们的恭维赞叹时，必须死掉，或者沉默，或者不在面前。

总而言之，第一要难于质证。

如果孔丘，释迦，耶稣基督还活着，那些教徒难免要恐慌。对于他们的行为，真不知道教主先生要怎样慨叹。

所以，如果活着，只得迫害他。

待到伟大的人物成为化石，人们都称他伟人时，他已经变了傀儡了。

有一流人之所谓伟大与渺小，是指他可给自己利用的效果的大小而言。

6

法国罗曼罗兰先生今年满六十岁了。晨报社为此征文，徐志摩先生于介绍之余，发感慨道："……但如其有人拿一些时行的口号，什么打倒帝国主义等等，或是分裂与猜忌的现象，去报告罗兰先生说这是新中国，我再也不能预料他的感想了。"6（《晨副》一二九九）

他住得远，我们一时无从质证，莫非从"诗哲"的眼光看来，罗兰先生的意思，是以为新中国应该欢迎帝国主义的么？

"诗哲"又到西湖看梅花去了，一时也无从质证。不知孤山的古梅，著花也未，可也在那里反对中国人"打倒帝国主义"？

037

7

志摩先生曰："我很少夸奖人的。但西滢就他学法郎士的文章说，我敢说，已经当得起一句天津话：'有根'了。"而且"像西滢这样，在我看来，才当得起'学者'的名词。"7（《晨副》一四二三）

西滢教授曰："中国的新文学运动，方在萌芽，可是稍有贡献的人，如胡适之，徐志摩，郭沫若，郁达夫，丁西林，周氏兄弟等等都是曾经研究过他国文学的人。尤其是志摩他非但在思想方面，就是在体制方面，他的诗及散文，都已经有一种中国文学里从来不曾有过的风格。"8（《现代》六三）

虽然抄得麻烦，但中国现今"有根"的"学者"和"尤其"的思想家及文人，总算已经互相选出了。

8

志摩先生曰："鲁迅先生的作品，说来大不敬得很，我拜读过很少，就只《呐喊》集里两三篇小说，以及新近因为有人尊他是中国的尼采他的《热风》集里的几页。他平常零星的东西，我即使看也等于白看，没有看进去或是没有看懂。"[9]（《晨副》一四三三）

西滢教授曰："鲁迅先生一下笔就构陷人家的罪状。……可是他的文章，我看过了就放进了应该去的地方——说句体己话，我觉得它们就不应该从那里出来——手边却没有。"[10]（同上）

虽然抄得麻烦，但我总算已经被中国现在"有根"的"学者"和"尤其"的思想家及文人协力踏倒了。

9

但我愿奉还"曾经研究过他国文学"的荣名。"周氏兄弟"之一，一定又是我了。我何尝研究过什么呢，做学生时候看几本外国小说和文人传记，就能算"研究过他国文学"么？

该教授——恕我打一句"官话"——说过，我笑别人称他们为"文士"，而不笑"某报天天鼓吹"我是"思想界的权威者"。现在不了，不但笑，简直唾弃它。

10

其实呢，被毁则报，被誉则默，正是人情之常。谁能说人的左颊既受爱人接吻而不作一声，就得援此为例，必须默默地将右颊给仇人咬一口呢？

　　我这回的竟不要那些西滢教授所颁赏陪衬的荣名，"说句体己话"罢，实在是不得已。我的同乡不是有"刑名师爷"的么？他们都知道，有些东西，为要显示他伤害你的时候的公正，在不相干的地方就称赞你几句，似乎有赏有罚，使别人看去，很像无私……。

　　"带住！"又要"构陷人家的罪状"了。只是这一点，就已经够使人"即使看也等于白看"，或者"看过了就放进了应该去的地方"了。

二月二十七日。

☆　★　☆

　　1 该篇最初发表于一九二六年三月八日《语丝》周刊第六十九期。

　　2 Schopenhauer　叔本华。这里的引文据一九一六年德文版《叔本华全集》第六卷《比喻·隐喻和寓言》，可译为："没有无刺的蔷薇。——但不是蔷薇的刺却很多。"

　　3《女人论》　即《妇人论》，叔本华诬蔑妇女的一篇文章。

　　4 "放冷箭者"　陈西滢在一九二六年一月三十日《晨报副刊》发表的《致志摩》中攻击鲁迅说："他没有一篇文章里不放几枝冷箭"。

　　5 蔡孑民（1868～1940）　蔡元培，字鹤卿，号孑民，浙江绍兴人，前清进士，近代教育家。早年与章太炎等组织光复会，后又参加同盟会。曾任北洋政府教育总长、北京大学校长、国民党政府中央研究院院长等职；"五四"时期，他赞成和支持新文化运动。一九二六年二月三日，他由欧洲回抵上海，对国闻社记者发表关于国内政治教育等问题的谈话，说"对政制赞可联省自治。对学生界现象极不满。谓现实问题，固应解决，尤须有人埋头研究，以规将来"等等（见一九二六年二月五日北京《晨报》），这与胡适的主张相似，鲁迅因而表示反对；这里说"疑心那是胡适之先生的谈话"，是对蔡的一种比较委婉的批评。

　　6 此段引自徐志摩在一九二五年十月三十一日《晨报副刊》发表的《罗曼罗兰》一文。文中说加尔各答大学教授卡立大斯拉格（Kaliadas　Nag）"专为法国罗曼罗兰明年六十整寿征文"写信给他，说"罗曼罗兰先生自己极想望从'新中国'听到他思想的回响"。

7 此段引自徐志摩在一九二六年一月十三日《晨报副刊》发表的《"闲话"引出来的闲话》。

8 此段引自陈西滢在《现代评论》第三卷第六十三期（一九二六年二月二十日）发表的《闲话》。

9 此段引自徐志摩在一九二六年一月三十日《晨报副刊》发表的《关于下面一束通信告读者们》。

10 此段引自陈西滢的《致志摩》。

无花的蔷薇之二[1]

1

英国勃尔根[2]贵族曰："中国学生只知阅英文报纸，而忘却孔子之教。英国之大敌，即此种极力诅咒帝国而幸灾乐祸之学生。……中国为过激党之最好活动场……。"（一九二五年六月三十日伦敦路透电。）

南京通信云："基督教城中会堂聘金大教授某神学博士讲演，中有谓孔子乃耶稣之信徒，因孔子吃睡时皆祷告上帝。当有听众……质问何所据而云然；博士语塞。时乃有教徒数人，突紧闭大门，声言'发问者，乃苏俄卢布买收来者'。当呼警捕之。……"（三月十一日《国民公报》。）

苏俄的神通真是广大，竟能买收叔梁纥[3]，使生孔子于耶稣之前，则"忘却孔子之教"和"质问何所据而云然"者，当然都受着卢布的驱使无疑了。

2

西滢教授曰："听说在'联合战线'中，关于我的流言特别多，并且据说我一个人每月可以领到三千元。'流言'是在口上流的，在纸上倒也不大见。"⁴（《现代》六十五。）

该教授去年是只听到关于别人的流言的，却由他在纸上发表；据说今年却听到关于自己的流言了，也由他在纸上发表。"一个人每月可以领到三千元"，实在特别荒唐，可见关于自己的"流言"都不可信。但我以为关于别人的似乎倒是近理者居多。

3

据说"孤桐先生"下台之后，他的什么《甲寅》居然渐渐的有了活气了。可见官是做不得的。⁵

然而他又做了临时执政府秘书长了，不知《甲寅》可仍然还有活气？如果还有，官也还是做得的……。

4

已不是写什么"无花的蔷薇"的时候了。

虽然写的多是刺，也还要些和平的心。

现在，听说北京城中，已经施行了大杀戮了。⁶当我写出上面这些无聊的文字的时候，正是许多青年受弹饮刃的时候。

呜呼，人和人的魂灵，是不相通的。

5

中华民国十五年三月十八日，段祺瑞政府使卫兵用步枪大刀，在国务院门前包围虐杀徒手请愿，意在援助外交之青年男女，至数百人之多。还要下令，诬之曰 "暴徒"！

如此残虐险狠的行为，不但在禽兽中所未曾见，便是在人类中也极少有的，除却俄皇尼古拉二世使可萨克兵击杀民众的事⁷，仅有一点相像。

6

中国只任虎狼侵食，谁也不管。管的只有几个年青的学生，他们本应该安心读书的，而时局漂摇得他们安心不下。假如当局者稍有良心，应如何反躬自责，激发一点天良？

然而竟将他们虐杀了！

7

假如这样的青年一杀就完，要知道屠杀者也决不是胜利者。

中国要和爱国者的灭亡一同灭亡。屠杀者虽然因为积有金资，可以比较长久地养育子孙，然而必至的结果是一定要到的。"子孙绳绳"[8]又何足喜呢？灭亡自然较迟，但他们要住最不适于居住的不毛之地，要做最深的矿洞的矿工，要操最下贱的生业……。

043

8

如果中国还不至于灭亡，则已往的史实示教过我们，将来的事便要大出于屠杀者的意料之外——

这不是一件事的结束，是一件事的开头。

墨写的谎说，决掩不住血写的事实。

血债必须用同物偿还。拖欠得愈久，就要付更大的利息！

9

以上都是空话。笔写的，有什么相干？

实弹打出来的却是青年的血。血不但不掩于墨写的谎语，不醉于墨写的挽歌；威力也压它不住，因为它已经骗不过，打不死了。

三月十八日，民国以来最黑暗的一天，写。

☆ ★ ☆

1 本篇最初发表于一九二六年三月二十九日《语丝》周刊第七十二期。

2 勃尔根 当时英国的印度内务部部长。这里引的是他在伦敦中央亚洲协会演说中的话（见一九二五年七月二日《京报》）。

3 叔梁纥 春秋时鲁国人，孔丘的父亲。按孔丘生于公元前五五一年，比耶稣生年早五百多年。

4 关于《现代评论》收受津贴一事，《猛进》周刊第三十一期（一九二五年十月二日）曾有一篇署名蔚麟的通信，其中说："《现代评论》因为受了段祺瑞、章士钊的几千块钱，吃着人的嘴软，拿着人的手软，对于段祺瑞、章士钊的一切胡作非为，绝不敢说半个不字。"又章川岛在《语丝》第六十八期（一九二六年三月一日）的一篇通信里也曾说到这津贴问题："据说现代评论社开办时，确曾由章士钊经手弄到一千元，大概不是章士钊自己掏腰包的，来路我也不明。……然而这也许是流言，正如西滢之捧章士钊是否由于大洋，我概不确知。"这两篇通信都揭露了当时《现代评论》收受津贴的事实；对于这两篇通信，陈西滢在《现代评论》第三卷第六十五期（一九二六年三月六日）的《闲话》里曾经加以辩解，说他个人并未"每月领到三千元"，只要有人能够证明他"领受过三百元，三十元，三元，三毛，甚而至于三个铜子"，那他"就不再说话"。但对于《现代评论》收受过段祺瑞津贴的事实，则避而不答。又，这里的"联合战线"一语，最初出自《莽原》周刊第二十期（一九二五年九月四日）霉江致鲁迅的信中："我今天上午着手草《联合战线》一文，致猛进社、语丝社、莽原社同人及全国的叛徒们的，目的是将三社同人及其他同志联合起来，印行一种刊物，注全力进攻我们本阶级的恶势力的代表：一系反动派的章士钊的《甲寅》，一系与反动派朋比为奸的《现代评论》。"

5 这是陈西滢的话，陈西滢在《现代评论》第三卷第五十九期（一九二六年一月二十三日）的《闲话》中为章士钊和他所主办的《甲寅》周刊吹嘘说："自从孤桐先生下台之后，《甲寅》虽然还没有恢复十年前的精神，也渐渐的有了生气了。可见做时事文章的人官实在是做不得的。"

6 指三一八惨案。一九二六年三月，在冯玉祥国民军与奉系军阀张作霖、李景林等作战期间，日本帝国主义者因见奉军战事失利，便公开出面援助，于十二日以军舰两艘驶进大沽口，炮击国民军守军，国民军亦开炮还击，于是日本便向段祺瑞政府提出抗议，并联合英、美、法、意、荷、比、西等国，借口维护《辛丑条约》，于三月十六日以八国名义提出最后通牒，要求停止津沽间的军事行动和撤除防务等等，并限于四十八小时以内答复，否则，"关系各国海军当局，决采所认为必要之手段"。北京各界人民为反对日本帝国主义这种侵犯中国主权的行为，于三月十八日在天安门集会抗议，会后结队赴段祺瑞执政府请愿；不料在国务院门前，段祺瑞竟命令卫队开枪射击，并用大刀铁棍追打砍杀，当场和事后因重伤而死者四十七人，伤者一百五十余人，造成了帝国主义和封建军阀互相勾结屠杀我国人民的大惨案。

7 一九○五年一月二十二日（俄历一月九日），彼得堡工人因反对开除工人和要求改善生活，带着眷属到冬宫请愿；俄皇尼古拉二世却命令士兵开枪。结果，有一千多人被击毙，两千多人受伤。这天是星期日，史称"流血的星期日"。

8 "子孙绳绳" 语见《诗经·大雅·抑》："子孙绳绳，万民靡不承。" 绳绳，相承不绝的样子。

小杂感[1]

　　蜜蜂的刺，一用即丧失了它自己的生命；犬儒[2]的刺，一用则苟延了他自己的生命。

　　他们就是如此不同。

　　约翰穆勒[3]说：专制使人们变成冷嘲。

　　而他竟不知道共和使人们变成沉默。

　　要上战场，莫如做军医；要革命，莫如走后方；要杀人，莫如做刽子手。既英雄，又稳当。

　　与名流学者谈，对于他之所讲，当装作偶有不懂之处。太不懂被看轻，太懂了被厌恶。偶有不懂之处，彼此最为合宜。

　　世间大抵只知道指挥刀所以指挥武士，而不想到也可以指挥文人。

　　又是演讲录，又是演讲录。[4]

但可惜都没有讲明他何以和先前大两样了；也没有讲明他演讲时，自己是否真相信自己的话。

阔的聪明人种种譬如昨日死。[5]
不阔的傻子种种实在昨日死。

曾经阔气的要复古，正在阔气的要保持现状，未曾阔气的要革新。
大抵如是。大抵！
他们之所谓复古，是回到他们所记得的若干年前，并非虞夏商周。

女人的天性中有母性，有女儿性；无妻性。
妻性是逼成的，只是母性和女儿性的混合。

047

防被欺。
自称盗贼的无须防，得其反倒是好人；自称正人君子的必须防，得其反则是盗贼。

楼下一个男人病得要死，那间壁的一家唱着留声机；对面是弄孩子。楼上有两人狂笑；还有打牌声。河中的船上有女人哭着她死去的母亲。
人类的悲欢并不相通，我只觉得他们吵闹。

每一个破衣服人走过，叭儿狗就叫起来，其实并非都是狗主人的意旨或使嗾。

叭儿狗往往比它的主人更严厉。

恐怕有一天总要不准穿破布衫，否则便是共产党。

革命，反革命，不革命。

革命的被杀于反革命的。反革命的被杀于革命的。不革命的
或当作革命的而被杀于反革命的，或当作反革命的而被杀于革命
的，或并不当作什么而被杀于革命的或反革命的。

革命，革革命，革革革命，革革……。

人感到寂寞时，会创作；一感到干净时，即无创作，他已经
一无所爱。

创作总根于爱。

杨朱无书。

创作虽说抒写自己的心，但总愿意有人看。

创作是有社会性的。

但有时只要有一个人看便满足：好友，爱人。

人往往憎和尚，憎尼姑，憎回教徒，憎耶教徒，而不憎道
士。

懂得此理者，懂得中国大半。

要自杀的人，也会怕大海的汪洋，怕夏天死尸的易烂。

但遇到澄静的清池，凉爽的秋夜，他往往也自杀了。

凡为当局所"诛"者皆有"罪"。

刘邦除秦苛暴，"与父老约，法三章耳。"

而后来仍有族诛，仍禁挟书，还是秦法。⁶

法三章者，话一句耳。

　　一见短袖子，立刻想到白臂膊，立刻想到全裸体，立刻想到生殖器，立刻想到性交，立刻想到杂交，立刻想到私生子。

　　中国人的想像惟在这一层能够如此跃进。

九月二十四日。

☆ ★ ☆

1 本篇最初发表于一九二七年十二月十七日《语丝》周刊第四卷第一期。

2 犬儒　原指古希腊昔匿克学派（Cynicism）的哲学家。他们过着禁欲的简陋的生活，被人讥诮为穷犬，所以又称犬儒学派。这些人主张独善其身，以为人应该绝对自由，否定一切伦理道德，以冷嘲热讽的态度看待一切。作者在一九二八年三月八日致章廷谦信中说："犬儒＝Cynic，它那'刺'便是'冷嘲'。"

3 约翰穆勒（J. S. Mill，1806～1873）　英国哲学家、经济学家。

4 这里所说的"演讲录"，指当时不断编印出售的蒋介石、汪精卫、吴稚晖、戴季陶等人的演讲集。作者在写本文后第二天（九月二十五日）致台静农信中说："现在是大卖戴季陶讲演录了，（蒋介石的也行了一时）。"他们当时在各地发表的演讲，内容和在"四一二"反革命政变以前的演讲很不相同：政变以前，他们不得不口是心非地拥护孙中山联俄、联共、扶助农工的三大政策；改变以后，他们便显露出真实面目，竭力鼓吹反苏、反共、压迫工农。

5 "阔的聪明人种种譬如昨日死"　也是指蒋介石、汪精卫等反革命派。"如昨日死"是引用曾国藩的话："从前种种如昨日死，从后种种如今日生。"一九二七年八月十八日广州《民国日报》就蒋（介石）汪（精卫）合流反共所发表的一篇社论中，也引用曾国藩的这句话，其中说："以前种种，譬如昨日死；以后种种，譬如今日生；今后所应负之责任益大且难，这真要我们真诚的不妥协的非投机的同志不念既往而真正联

049

合。"

6 "与父老约，法三章耳" 语见《史记·高祖本纪》："汉元年（前206）十月，沛公（刘邦）兵遂先诸侯至霸上。……遂西入咸阳……还军霸上。召诸县父老豪杰曰：'父老苦秦苛法久矣，诽谤者族，偶语者弃市。吾与诸侯约，先入关者王之，吾当王关中。与父老约，法三章耳：杀人者死，伤人及盗抵罪。余悉除去秦法。'"又《汉书·刑法志》载："汉兴，高祖初入关，约法三章……其后四夷未附，兵革未息，三章之法不足以御奸，于是相国萧何捃摭秦法，取其宜于时者，作律九章。"

今春的两种感想[1]

——十一月二十二日在北平辅仁大学讲

我是上星期到北平的，论理应当带点礼物送给青年诸位，不过因为奔忙匆匆未顾得及，同时也没有什么可带的。

我近来是在上海，上海与北平不同，在上海所感到的，在北平未必感到。今天又没豫备什么，就随便谈谈吧。

昨年东北事变详情我一点不知道，想来上海事变[2]诸位一定也不甚了然。就是同在上海也是彼此不知，这里死命的逃死，那里则打牌的仍旧打牌，跳舞的仍旧跳舞。

打起来的时候，我是正在所谓火线里面[3]，亲遇见捉去许多中国青年。捉去了就不见回来，是生是死也没人知道，也没人打听，这种情形是由来已久了，在中国被捉去的青年素来是不知下落的。东北事起，上海有许多抗日团体，有一种团体就有一种徽章。这种徽章，如被日军发现死是很难免的。然而中国青年的记性确是不好，如抗日十人团[4]，一团十人，每人有一个徽章，可是并不一定抗日，不过把它放在袋里。但被捉去后这就是死的证据。还有学生军[5]们，以前是天天练操，不久就无形中不练了，只有军装的照片存在，并且把操衣放在家中，自己也忘却了。然而一被日军查出时是又必定要送命的。像这一般青年被杀，大家大为不平，以为日人太残酷。其实这完全是因为脾气不同的缘故，日人太认真，而中国人却太不认真。中国的事情往往是招牌一挂就算成功了。日本则不然。他们不像中国这样只是作戏似的。日本人一看见有徽章，有操衣的，便以为他们一定是真在抗日的人，当然要认为是劲敌。这样不认真的同认真的碰在一起，倒霉是必然的。

中国实在是太不认真，什么全是一样。文学上所见的常有新主义，以前有所谓民族主义的文学[6]也者，闹得很热闹，可是自从日本兵一来，马上就不见了。我想大概是变成为艺术而艺术了吧。中国的政客，也是今天谈财政，明日谈照像，后天又谈交通，最后又忽然念起佛来了。外国不然。以前欧洲有所谓未来派艺术。未来派的艺术是看不懂的东西。但看不懂也并非一定是看者知识太浅，实在是它根本上就看不懂。文章本来有两种：一种是看得懂的，一种是看不懂的。假若你看不懂就自恨浅薄，那就是上当了。不过人家是不管看懂与不懂的——看不懂如未来派的文学，虽然看不懂，作者却是拚命的，很认真的在那里讲。但是中国就找不出这样例子。

还有感到的一点是我们的眼光不可不放大，但不可放的太大。

我那时看见日本兵不打了，就搬了回去，但忽然又紧张起来了。后来打听才知道是因为中国放鞭炮引起的。那天因为是月蚀，故大家放鞭炮来救她。在日本人意中以为在这样的时光，中国人一定全忙于救中国抑救上海，万想不到中国人却救的那样远，去救月亮去了。

我们常将眼光收得极近，只在自身，或者放得极远，到北极，或到天外，而这两者之间的一圈可是绝不注意的，譬如食物吧，近来馆子里是比较干净了，这是受了外国影响之故，以前不是这样。例如某家烧卖好，包子好，好的确是好，非常好吃，但盘子是极污秽的，去吃的人看不得盘子，只要专注在吃的包子烧卖就是，倘使你要注意到食物之外的一圈，那就非常为难了。

在中国做人，真非这样不成，不然就活不下去。例如倘使你讲个人主义，或者远而至于宇宙哲学，灵魂灭否，那是不要紧的。但一讲社会问题，可就要出毛病了。北平或者还好，如在上海则一讲社会问题，那就非出毛病不可，这是有验的灵药，常常有无数青年被捉去而无下落了。

在文学上也是如此。倘写所谓身边小说，说苦痛呵，穷呵，我爱女人而女人不爱我呵，那是很妥当的，不会出什么乱子。如要一谈及中国社会，谈及压迫与被压迫，那就不成。不过你如果再远一点，说什么巴黎伦敦，再远些，月界，天边，可又没有危险了。但有一层要注意，俄国谈不得。

上海的事又要一年了，大家好似早已忘掉了，打牌的仍旧打牌，跳舞的仍旧跳舞。不过忘只好忘，全记起来恐怕脑中也放不下。倘使只记着这些，其他事也没工夫记起了。不过也可以记一个总纲。如"认真点"，"眼光不可不放大但不可放的太大"，就是。这本是两句平常话，但我的确知道了这两句话，是在死了许多性命之后。许多历史的教训，都是用极大的牺牲换来的。譬如吃东西罢，某种是毒物不能吃，我们好像全惯了，很平常了。不过，这一定是以前有多少人吃死了，才知道的。所以我想，第一次吃螃蟹的人是很可佩服的，不是勇士谁敢去吃它呢？螃蟹有人吃，蜘蛛一定也有人吃过，不过不好吃，所以后人不吃了。像这种人我们当极端感谢的。

我希望一般人不要只注意在近身的问题，或地球以外的问题，社会上实际问题是也要注意些才好。

☆ ★ ☆

1 本篇记录稿最初发表于一九三二年十一月三十日北京《世界日报》"教育"栏。发表前曾经鲁迅修订。

2 东北事变 指一九三一年九一八事变。上海事变，指一九三二年一二八事变。

3 一二八事变时，鲁迅寓所在上海北四川路，临近战区。

4 抗日十人团 九一八事变后上海各界自发成立的一种爱国群众组织。

5 学生军 又称学生义勇军。九一八事变后各地大、中学校成立的学生组织。

6 民族主义的文学 一九三〇年六月由国民党当局策划的文学运动，发起人是潘公展、范争波、朱应鹏、傅彦长、王平陵等人，曾出版《前锋周报》、《前锋月刊》等刊物，假借"民族主义"的名义反对无产阶级革命文学，提倡反共反人民的法西斯文学。九一八事变后，又为蒋介石的投降卖国政策效劳。

夜颂[1]

爱夜的人，也不但是孤独者，有闲者，不能战斗者，怕光明者。

人的言行，在白天和在深夜，在日下和在灯前，常常显得两样。夜是造化所织的幽玄的天衣，普覆一切人，使他们温暖，安心，不知不觉的自己渐渐脱去人造的面具和衣裳，赤条条地裹在这无边际的黑絮似的大块里。

虽然是夜，但也有明暗。有微明，有昏暗，有伸手不见掌，有漆黑一团糟。爱夜的人要有听夜的耳朵和看夜的眼睛，自在暗中，看一切暗。君子们从电灯下走入暗室中，伸开了他的懒腰；爱侣们从月光下走进树阴里，突变了他的眼色。夜的降临，抹杀了一切文人学士们当光天化日之下，写在耀眼的白纸上的超然，混然，恍然，勃然，粲然的文章，只剩下乞怜，讨好，撒谎，骗人，吹牛，捣鬼的夜气，形成一个灿烂的金色的光圈，像见于佛画上面似的，笼罩在学识不凡的头脑上。

爱夜的人于是领受了夜所给与的光明。

高跟鞋的摩登女郎在马路边的电光灯下，阁阁的走得很起劲，但鼻尖也闪烁着一点油汗，在证明她是初学的时髦，假如长在明晃晃的照耀中，将使她碰着"没落"的命运。一大排关着的店铺的昏暗助她一臂之力，使她放缓开足的马力，吐一口气，这时才觉得沁人心脾的夜里的拂拂的凉风。

爱夜的人和摩登女郎，于是同时领受了夜所给与的恩惠。

一夜已尽，人们又小心翼翼的起来，出来了；便是夫妇们，面目和五六点钟之前也何其两样。从此就是热闹，喧嚣。而高墙后面，大厦中间，深闺里，黑狱里，客室里，秘密机关里，却依然弥漫着惊人的真的大黑暗。

现在的光天化日，熙来攘往，就是这黑暗的装饰，是人肉酱缸上的金盖，是鬼脸上的雪花膏。只有夜还算是诚实的。我爱夜，在夜间作《夜颂》。

六月八日。

☆ ★ ☆

1 本篇最初发表于一九三三年六月十日《申报·自由谈》。

世故三昧[1]

人世间真是难处的地方，说一个人"不通世故"，固然不是好话，但说他"深于世故"也不是好话。"世故"似乎也像"革命之不可不革，而亦不可太革"一样，不可不通，而亦不可太通的。

然而据我的经验，得到"深于世故"的恶谥者，却还是因为"不通世故"的缘故。

现在我假设以这样的话，来劝导青年人——

"如果你遇见社会上有不平事，万不可挺身而出，讲公道话，否则，事情倒会移到你头上来，甚至于会被指作反动分子的。如果你遇见有人被冤枉，被诬陷的，即使明知道他是好人，也万不可挺身而出，去给他解释或分辩，否则，你就会被人说是他的亲戚，或得了他的贿路；倘使那是女人，就要被疑为她的情人的；如果他较有名，那便是党羽。例如我自己罢，给一个毫不相干的女士做了一篇信札集的序[2]，人们就说她是我的小姨；绍介一点科学的文艺理论，人们就说得了苏联的卢布。亲戚和金钱，在目下的中国，关系也真是大，事实给与了教训，人们看惯了，以为人人都脱不了这关系，原也无足深怪的。

"然而，有些人其实也并不真相信，只是说着玩玩，有趣有趣的。即使有人为了谣言,弄得凌迟碎剐,像明末的郑鄤³那样了,和自己也并不相干,总不如有趣的紧要。这时你如果去辨正,那就是使大家扫兴,结果还是你自己倒楣。我也有一个经验,那是十多年前,我在教育部里做"官僚"⁴,常听得同事说,某女学校的学生,是可以叫出来嫖的⁵,连机关的地址门牌,也说得明明白白。有一回我偶然走过这条街,一个人对于坏事情,是记性好一点的,我记起来了,便留心着那门牌,但这一号,却是一块小空地,有一口大井,一间很破烂的小屋,是几个山东人住着卖水的地方,决计做不了别用。待到他们又在谈着这事的时候,我便说出我的所见来,而不料大家竟笑容尽敛,不欢而散了,此后不和我谈天者两三月。我事后才悟到打断了他们的兴致,是不应该的。

"所以,你最好是莫问是非曲直,一味附和着大家;但更好是不开口;而在更好之上的是连脸上也不显出心里的是非的模样来……"

这是处世法的精义,只要黄河不流到脚下,炸弹不落在身边,可以保管一世没有挫折的。但我恐怕青年人未必以我的话为然;便是中年,老年人,也许要以为我是在教坏了他们的子弟。呜呼,那么,一片苦心,竟是白费了。

然而倘说中国现在正如唐虞盛世,却又未免是"世故"之谈。耳闻目睹的不算,单是看看报章,也就可以知道社会上有多少不平,人们有多少冤抑。但对于这些事,除了有时或有同业,同乡,同族的人们来说几句呼吁的话之外,利害无关的人的义愤的声音,我们是很少听到的。这很分明,是大家不开口;或者以为和自己不相干;或者连"以为和自己不相干"的意思也全没有。"世故"深到不自觉其"深于世故",这才真是"深于世故"的了。这是中国处世法的精义中的精义。

而且，对于看了我的劝导青年人的话，心以为非的人物，我还有一下反攻在这里。他是以我为狡猾的。但是，我的话里，一面固然显示着我的狡猾，而且无能，但一面也显示着社会的黑暗。他单责个人，正是最稳妥的办法，倘使兼责社会，可就得站出去战斗了。责人的"深于世故"而避开了"世"不谈，这是更"深于世故"的玩艺，倘若自己不觉得，那就更深更深了，离三昧[6]境盖不远矣。

不过凡事一说，即落言筌[7]，不再能得三昧。说"世故三昧"者，即非"世故三昧"。三昧真谛，在行而不言；我现在一说"行而不言"，却又失了真谛，离三昧境盖益远矣。

一切善知识[8]，心知其意可也，唵[9]！

十月十三日。

☆　★　☆

1 本篇最初发表于一九三三年十一月十五日《申报月刊》第二卷第十一号，署名洛文。

2 毫不相干的女士　指金淑姿。一九三二年程鼎兴为亡妻金淑姿刊行遗信集，托人请鲁迅写序。鲁迅所作的序，后编入《集外集》，题为《〈淑姿的信〉序》。

3 郑鄤　号峚阳，江苏武进（今常州市）人，明代天启年间进士。崇祯时温体仁诬告他不孝杖母，被凌迟处死。

4 "官僚"　陈西滢攻击作者的话，见一九二六年一月三十日北京《晨报副刊》所载《致志摩》。

5 在一九二五年女师大风潮中，陈西滢诬蔑女师大学生可以"叫局"，一九二六年初，北京《晨报副刊》、《语丝》等不断载有谈论此事的文字。

6 三昧　佛家语，佛家修身方法之一，也泛指事物的诀要或精义。

7 言筌　言语的迹象。《庄子·外物》："荃（筌）者所以在鱼，得鱼而忘荃；言者所以在意，得意而忘言。"

8 善知识　佛家语，据《法华文句》解释："闻名为知，见形为识，是人益我菩提（觉悟）之道，名善知识。"

9 唵　梵文om的音译，佛语咒语的发声词。

02

鲁迅

人生感悟

第二辑　自己的心音

我靠了石栏远眺，听得自己的心音，四远还仿佛有无量悲哀，苦恼，零落，死灭，都杂入这寂静中，使它变成药酒，加色，加味，加香。这时，我曾经想写，但是不能写，无从写。这也就是我所谓"当我沉默着的时候，我觉得充实，我将开口，同时感到空虚"。

立论[1]

我梦见自己正在小学校的讲堂上预备作文，向老师请教立论的方法。

"难！"老师从眼镜圈外斜射出眼光来，看着我，说。"我告诉你一件事——

"一家人家生了一个男孩，合家高兴透顶了。满月的时候，抱出来给客人看，——大概自然是想得一点好兆头。

"一个说：'这孩子将来要发财的。'他于是得到一番感谢。

"一个说：'这孩子将来是要死的。'他于是得到一顿大家合力的痛打。

"说要死的必然，说富贵的许谎。但说谎的得好报，说必然的遭打。你……"

"我愿意既不说谎，也不遭打。那么，老师，我得怎么说呢？"

"那么，你得说：'啊呀！这孩子呵！您瞧！那么……。阿唷！哈哈！Hehe！ he，hehe hehe！'[2]"

一九二五年七月八日。

1 本篇最初发表于一九二五年七月十三日《语丝》周刊第三十五期。

2 hehe！he、hehehehe 象声词，即嘿嘿！嘿，嘿嘿嘿嘿！

学界的三魂[1]

从《京报副刊》上知道有一种叫《国魂》[2]的期刊，曾有一篇
文章说章士钊固然不好，然而反对章士钊的"学匪"们也应该打
倒。我不知道大意是否真如我所记得？但这也没有什么关系，因
为不过引起我想到一个题目，和那原文是不相干的。意思是，中
国旧说，本以为人有三魂六魄，或云七魄；国魂也该这样。而这
三魂之中，似乎一是"官魂"，一是"匪魂"，还有一个是什么
呢？也许是"民魂"罢，我不很能够决定。又因为我的见闻很偏
隘，所以未敢悉指中国全社会，只好缩而小之曰"学界"。

中国人的官瘾实在深，汉重孝廉而有埋儿刻木，[3]宋重理学[4]
而有高帽破靴，清重帖括[5]而有"且夫""然则"。总而言之：那
魂灵就在做官，——行官势，摆官腔，打官话。顶着一个皇帝做
傀儡，得罪了官就是得罪了皇帝，于是那些人就得了雅号曰"匪
徒"。学界的打官话是始于去年，凡反对章士钊的都得了"土
匪"，"学匪"，"学棍"的称号，但仍然不知道从谁的口中说
出，所以还不外乎一种"流言"。

但这也足见去年学界之糟了，竟破天荒的有了学匪。以大点
的国事来比罢，太平盛世，是没有匪的；待到群盗如毛时，看旧

史，一定是外戚，宦官，奸臣，小人当国，即使大打一通官话，那结果也还是"呜呼哀哉"。当这"呜呼哀哉"之前，小民便大抵相率而为盗，所以我相信源增[6]先生的话："表面上看只是些土匪与强盗，其实是农民革命军。"（《国民新报副刊》四三）那么，社会不是改进了么？并不，我虽然也是被谥为"土匪"之一，却并不想为老前辈们饰非掩过。农民是不来夺取政权的，源增先生又道："任三五热心家将皇帝推倒，自己过皇帝瘾去。"但这时候，匪便被称为帝，除遗老外，文人学者却都来恭维，又称反对他的为匪了。

所以中国的国魂里大概总有这两种魂：官魂和匪魂。这也并非硬要将我辈的魂挤进国魂里去，贪图与教授名流的魂为伍，只因为事实仿佛是这样。社会诸色人等，爱看《双官诰》[7]，也爱看《四杰村》[8]，望偏安巴蜀的刘玄德成功，也愿意打家劫舍的宋公明[9]得法；至少，是受了官的恩惠时候则艳羡官僚，受了官的剥削时候便同情匪类。但这也是人情之常；倘使连这一点反抗心都没有，岂不就成为万劫不复的奴才了？

然而国情不同，国魂也就两样。记得在日本留学时候，有些同学问我在中国最有大利的买卖是什么，我答道："造反。"他们便大骇怪。在万世一系的国度里，那时听到皇帝可以一脚踢落，就如我们听说父母可以一棒打杀一般。为一部分士女所心悦诚服的李景林[10]先生，可就深知此意了，要是报纸上所传非虚。今天的《京报》即载着他对某外交官的谈话道：

"予预计于旧历正月间，当能与君在天津晤谈；若天津攻击竟至失败，则拟俟三四月间卷土重来，若再失败，则暂投土匪，徐养兵力，以待时机"云。但他所希望的不是做皇帝，那大概是因为中华民国之故罢。

所谓学界，是一种发生较新的阶级，本该可以有将旧魂灵略加湔洗之望了，但听到"学官"的官话，和"学匪"的新名，则似乎还走着旧道路。那末，当然也得打倒的。这来打倒他的是"民魂"，是国魂的第三种。先前不很发扬，所以一闹之后，终不自取政权，而只"任三五热心家将皇帝推倒，自己过皇帝瘾去"了。

惟有民魂是值得宝贵的，惟有他发扬起来，中国才有真进步。但是，当此连学界也倒走旧路的时候，怎能轻易地发挥得出来呢？在乌烟瘴气之中，有官之所谓"匪"和民之所谓匪；有官之所谓"民"和民之所谓民；有官以为"匪"而其实是真的国民，有官以为"民"而其实是衙役和马弁。所以貌似"民魂"的，有时仍不免为"官魂"，这是鉴别魂灵者所应该十分注意的。

话又说远了，回到本题去。去年，自从章士钊提了"整顿学风"[11]的招牌，上了教育总长的大任之后，学界里就官气弥漫，顺我者"通"[12]，逆我者"匪"，官腔官话的余气，至今还没有完。但学界却也幸而因此分清了颜色；只是代表官魂的还不是章士钊，因为上头还有"减膳"执政[13]在，他至多不过做了一个官魄；现在是在天津"徐养兵力，以待时机"了。[14]我不看《甲寅》[15]，不知道说些什么话：官话呢，匪话呢，民话呢，衙役马弁话呢？……

一月二十四日。

☆ ★ ☆

1 本篇最初发表于一九二六年二月一日《语丝》周刊第六十四期。

本文发表时篇末有作者的《附记》如下："今天到东城去教书，在新潮社看见陈源教授的信，在北京大学门口看见《现代评论》，那《闲话》里正议论着章士钊的《甲寅》，说'也渐渐的有了生气了。可见做时事文章的人官实在是做不得的，……自然有些"土匪"不妨同时做官僚，……'这么一来，我上文的'逆我者"匪"'，'官腔官话的余气'云云，就又有了'放冷箭'的嫌疑了。现在特地声明：我原先是不过就一般而言，如果陈教授觉得痛了，那是中了流弹。要我在'至今还没有完'之后，加一句'如陈源等辈就是'，自然也可以。至于'顺我者"通"'的通字，却是此刻所改的，那根据就在章士钊之曾称陈源为'通品'。别人的褒奖，本不应拿来讥笑本人，然而陈源现就用着'土匪'的字样。有一回的《闲话》（《现代评论》五十）道：'我们中国的批评家实在太宏博了。他们……在地上找寻窃贼，以致整大本的剽窃，他们倒往往视而不见。要举个例吗？还是不说吧，我实在不敢再开罪"思想界的权威"。'按照他这回的慷慨激昂例，如果要免于'卑劣'且有'半分人气'，是早应该说明谁是土匪，积案怎样，谁是剽窃，证据如何的。现在倘有记得那括弧中的'思想界的权威'六字，即曾见于《民报副刊》广告上的我的姓名之上，就知道这位陈源教授的'人气'有几多。

"从此，我就以别人所说的'东吉祥派'、'正人君子'、'通品'等字样，加于陈源之上了，这回是用了一个'通'字；我要'以眼还眼以牙还牙'，或者以半牙，以两牙还一牙，因为我是人，难于上帝似的铢两悉称。如果我没有做，那是我的无力，并非我大度，宽恕了加害于我的敌人。还有，有些下贱东西，每以秽物掷人，以为人必不屑较，一计较，倒是你自己失了人格。我可要照样的掷过去，要是他掷来。但对于没有这样举动的人，我却不肯先动手；而且也以文字为限，'捏造事实'和'散布"流言"'的鬼蜮的长技，自信至今还不屑为。在马弁们的眼里虽然是'土匪'，然而'盗亦有道'的。记起一件别的事来了。

前几天九校'索薪'的时候，我也当作一个代表，因此很会见了几个前'公理维持会'即'女大后援会'中人。幸而他们倒并不将我捆送三贝子花园或运入深山，'投畀豺虎'，也没有实行'割席'，将板凳锯开。终于'学官''学匪'，都化为'学丐'，同聚一堂，大讨其欠账，——自然是讨不来。记得有一个洋鬼子说过：中国先是官国，后来是土匪国，将来是乞丐国。单就学界而论，似乎很有点上这轨道了。想来一定有些人要后悔，去年竟抱了'有奶不是娘'主义，来反对章士钊的罢。

一月二十五日东壁灯下写。"

2　《国魂》　国家主义派所办的一种旬刊，一九二五年十月在北京创刊，次年一月改为周刊。该刊第九期（一九二五年十二月三十日）载有姜华的《学匪与学阀》一文，主要意思是煽动北京的学生起来打倒马裕藻一派的所谓"学匪"（按马裕藻是当时反对章士钊、杨荫榆的女师大教员之一）；但又故作公正地小骂了章士钊几句。这里说到《京报副刊》，是因为一九二六年一月十日该刊载有何曾亮（即周作人）驳斥姜华的《国魂之学匪观》一文。

3 汉朝选用人材的制度中，有推举"孝子"和"廉士"做官的一项办法，因此社会上就产生了许多虚伪矫情的事情。《太平御览》卷四一一引刘向《孝子图》记郭巨埋儿的事说："郭巨，河内温人。甚富，父没，分财二千万为两，分与两弟，己独取母供养。……妻产男，虑养之则妨供养，乃令妻抱儿，欲掘地埋之。于土中得金一釜，上有铁券云：'赐孝子郭巨。'……遂得兼养儿。"又卷四八二引干宝《搜神记》记丁兰刻木的事说："丁兰，河内野王人。年十五，丧母，乃刻木作母事之，供养如生。邻人有所借，木母颜和则与，不和不与。后邻人忿兰，盗斫木母，应刀血出。兰乃殡殓，报仇。汉宣帝嘉之，拜中大夫。"

4 **理学**　亦称道学，即宋代程颢、程颐、朱熹等人阐释儒家学说而形成的唯心主义思想体系。当时那些理学家在服装上也往往和一般人不同。如《程氏外书》记程颐的服装说："先生常服苴袍，高帽檐劣半寸，系绦。曰：此野人之服也。"

5 **帖括**　科举考试文体之名。唐代考试制度，明经科以"帖经"试士。《文献通考·选举二》："凡举司课试之法：帖经者，以所习之经，掩其两端，中间惟开一行，裁纸为帖。"后考生因帖经难记，就总括经文编成歌诀，叫帖括。后世因称科举应试的文章为帖括；这里是指清代的制义，即八股文。"且夫"、"然则"，是这一类文字中的滥调。

6 **源增**　姓谷，山东文登人，北京大学法文系学生。一九二六年一月二十日《国民新报副刊》载有他翻译的《帝国主义与帝国主义国家的工人阶级》一文，这里的引文即见于该文的译后记中。

7 **《双官诰》**　戏曲名。明代杨善之著有传奇《双官诰》。后来京剧中也有此剧，内容是：薛广出外经商，讹传已死，他的第二妾王春娥守节抚养儿子薛倚。后来薛广做了高官回家，薛倚也及第还乡，由此王春娥便得了双重的官诰。

8 **《四杰村》**　京剧名。故事出自清代无名氏著《绿牡丹》。内容是：骆宏勋被历城县知县贺世赖诬为强盗，在解往京城途中，又被四杰村恶霸朱氏兄弟将囚车夺去，欲加杀害，幸为几个绿林好汉将他救出，并放火烧了四杰村。

9 **刘玄德**　刘备（161～223），字玄德，涿郡涿县（今属河北）人，三国时在西蜀称帝。长篇小说《三国演义》以他作为主要人物之一。**宋公明**，长篇小说《水浒传》中的主要人物宋江，其原型是北宋末山东一带农民起义的领袖。

10 **李景林** 字芳岑，河北枣强人，奉系军阀，曾任直隶督军。一九二五年冬，奉军郭松龄倒戈与张作霖作战，冯玉祥国民军也乘机对李景林发动攻击，占领天津。李逃匿租界，后于一九二六年一月到济南收拾残部，与张宗昌联合，称为直鲁联军，准备反攻。他对某外交官的谈话，就是这时发表的。

11 **"整顿学风"** 一九二五年八月二十五日，段祺瑞政府内阁会议通过了章士钊草拟的"整顿学风令"，对教员学生大加恫吓："迩来学风不靖。屡次变端。一部分不职之教职员。与旷课滋事之学生。交相结托。破坏学纪。……倘有故酿风潮。蔑视政令。则火烈水懦之喻。孰杀谁嗣之谣。前例具存。所宜取则。本执政敢先父兄之教。不博宽大之名。依法从事。决不姑贷。"。

12 **顺我者"通"** 这是作者对章士钊、陈西滢等人的讽刺。当时北洋政府教育总长章士钊，在他主编的《甲寅》周刊第一卷第二号（一九二五年七月二十五日）发表的《孤桐杂记》中曾称赞陈西滢说："《现代评论》有记者自署西滢。无锡陈源之别字也。陈君本字通伯。的是当今通品。"

13 **"减膳"执政** 指段祺瑞。一九二五年五月，北京学生因章士钊禁止纪念"五七"国耻，于九日向北洋政府临时执政段祺瑞提出罢免章士钊的要求；章即采取以退为进的手段，于十一日向段祺瑞辞职，并在辞呈中向段献媚说："钊诚举措失当。众怒齐撄。一人之祸福安危。自不足计。万一钧座因而减膳。时局为之不宁。……钊有百身。亦何能赎。"

14 一九二五年十一月二十八日，北京群众为反对关税会议要求关税自主举行游行示威，提出"驱逐段祺瑞"、"打死朱深、章士钊"等口号，章士钊即潜逃天津。

15 **《甲寅》** 指《甲寅》周刊。章士钊主编的杂志。章士钊曾于一九一四年五月在日本东京发行《甲寅》月刊，两年后出至第十期停刊。《甲寅》周刊是他任教育总长之后，一九二五年七月在北京出版的，至一九二七年二月停刊，共出四十五期。其内容杂载公文、通讯，正如鲁迅所说，是"自己广告性的半官报"。他办这个刊物的主旨，一方面为了提倡古文，宣扬封建思想，一方面则为了压制学生和他的反对者，以巩固自己的地位。刊物中除一般地宣传复古外，还有不少诬蔑青年学生、为当时的所谓执政（段祺瑞）捧场和吹嘘他自己的文章。

由聋而哑[1]

医生告诉我们：有许多哑子，是并非喉舌不能说话的，只因为从小就耳朵聋，听不见大人的言语，无可师法，就以为谁也不过张着口呜呜哑哑，他自然也只好呜呜哑哑了。所以勃兰兑斯[2]叹丹麦文学的衰微时，曾经说：文学的创作，几乎完全死灭了。人间的或社会的无论怎样的问题，都不能提起感兴，或则除在新闻和杂志之外，绝不能惹起一点论争。我们看不见强烈的独创的创作。加以对于获得外国的精神生活的事，现在几乎绝对的不加顾及。于是精神上的"聋"，那结果，就也招致了"哑"来。（《十九世纪文学的主潮》第一卷自序）

这几句话，也可以移来批评中国的文艺界，这现象，并不能全归罪于压迫者的压迫，五四运动时代的启蒙运动者和以后的反对者，都应该分负责任的。前者急于事功，竟没有译出什么有价值的书籍来，后者则故意迁怒，至骂翻译者为媒婆[3]，有些青年更推波助澜，有一时期，还至于连人地名下注一原文，以便读者参考时，也就诋之曰"衒学"。

今竟何如？三开间店面的书铺，四马路上还不算少，但那里面满架是薄薄的小本子，倘要寻一部巨册，真如披沙拣金之难。

自然，生得又高又胖并不就是伟人，做得多而且繁也决不就是名著，而况还有"剪贴"。但是，小小的一本"什么ＡＢＣ[4]"里，却也决不能包罗一切学术文艺的。一道浊流，固然不如一杯清水的干净而澄明，但蒸溜了浊流的一部分，却就有许多杯净水在。

因为多年买空卖空的结果，文界就荒凉了，文章的形式虽然比较的整齐起来，但战斗的精神却较前有退无进。文人虽因捐班或互捧，很快的成名，但为了出力的吹，壳子大了，里面反显得更加空洞。于是误认这空虚为寂寞，像煞有介事的说给读者们；其甚者还至于摆出他心的腐烂来，算是一种内面的宝贝。散文，在文苑中算是成功的，但试看今年的选本，便是前三名，也即令人有"貂不足，狗尾续"[5]之感。用秕谷来养青年，是决不会壮大的，将来的成就，且要更渺小，那模样，可看尼采[6]所描写的"末人"。

但绍介国外思潮，翻译世界名作，凡是运输精神的粮食的航路，现在几乎都被聋哑的制造者们堵塞了，连洋人走狗，富户赘郎，也会来哼哼的冷笑一下。他们要掩住青年的耳朵，使之由聋而哑，枯涸渺小，成为"末人"，非弄到大家只能看富家儿和小瘪三所卖的春宫，不肯罢手。甘为泥土的作者和译者的奋斗，是已经到了万不可缓的时候了，这就是竭力运输些切实的精神的粮食，放在青年们的周围，一面将那些聋哑的制造者送回黑洞和朱门里面去。

八月二十九日。

☆ ★ ☆

1 本篇最初发表于一九三三年九月八日《申报·自由谈》。

2 勃兰兑斯（G.Brandes，1842～1927） 丹麦文学批评家。他的主要著作《十九世纪文学的主潮》，共六卷，出版于一八七二年至一八九〇年。

3 一九二一年二月郭沫若在《民铎》杂志第二卷第五号发表致李石岑函，其中有这样的话："我觉得国内人士只注重媒婆，而不注重处子；只注重翻译，而不注重产生。"

4 ＡＢＣ 入门、初步的意思。当时上海世界书局出版过一套"ＡＢＣ丛书"，内收各方面的入门书多种。

5 "貂不足，狗尾续" 语见《晋书·赵王伦传》，原意是讽刺司马懿第九子司马伦封爵过滥，连家中奴仆差役都受封，"每朝会，貂蝉盈座，时人为之谚曰：'貂不足，狗尾续'。"

6 尼采（F.Nietzsche，1844～1900） 德国哲学家，唯意志论和超人哲学的鼓吹者。"末人"（Der Letzte Mensch），见尼采所著《查拉图斯特拉如是说》的《序言》，意思是指一种无希望、无创造、平庸畏葸、浅陋渺小的人。鲁迅曾经把这篇《序言》译成中文，发表于一九二〇年六月《新潮》杂志第二卷第五号。

一点比喻¹

在我的故乡不大通行吃羊肉，阖城里，每天大约不过杀几匹山羊。北京真是人海，情形可大不相同了，单是羊肉铺就触目皆是。雪白的群羊也常常满街走，但都是胡羊，在我们那里称绵羊的。山羊很少见；听说这在北京却颇名贵了，因为比胡羊聪明，能够率领羊群，悉依它的进止，所以畜牧家虽然偶而养几匹，却只用作胡羊们的领导，并不杀掉它。

这样的山羊我只见过一回，确是走在一群胡羊的前面，脖子上还挂着一个小铃铎，作为智识阶级的徽章。通常，领的赶的却多是牧人，胡羊们便成了一长串，挨挨挤挤，浩浩荡荡，凝着柔顺有余的眼色，跟定他匆匆地竞奔它们的前程。我看见这种认真的忙迫的情形时，心里总想开口向它们发一句愚不可及的疑问——

"往那里去？！"

人群中也很有这样的山羊，能领了群众稳妥平静地走去，直到他们应该走到的所在。袁世凯²明白一点这种事，可惜用得不大巧，大概因为他是不很读书的，所以也就难于熟悉运用那些的奥妙。后来的武人可更蠢了，只会自己乱打乱割，乱得哀号之声，洋洋盈耳，结果是除了残虐百姓之外，还加上轻视学问，荒废教育的恶名。然而"经一事，长一智"，二十世纪已过了四分之一，脖子上挂着小铃铎的聪明人是总要交到红运的，虽然现在表面上还不免有些小挫折。

那时候，人们，尤其是青年，就都循规蹈矩，既不嚣张，也不浮动，一心向着"正路"前进了，只要没有人问——

"往那里去？！"

君子若曰："羊总是羊，不成了一长串顺从地走，还有什么别的法子呢？君不见夫猪乎？拖延着，逃着，喊着，奔突着，终于也还是被捉到非去不可的地方去，那些暴动，不过是空费力气而已矣。"

这是说：虽死也应该如羊，使天下太平，彼此省力。

这计划当然是很妥帖，大可佩服的。然而，君不见夫野猪乎？它以两个牙，使老猎人也不免于退避。这牙，只要猪脱出了牧豕奴所造的猪圈，走入山野，不久就会长出来。

Schopenhauer[3]先生曾将绅士们比作豪猪，我想，这实在有些失体统。但在他，自然是并没有什么别的恶意的，不过拉扯来作一个比喻。《Parerga und Paralipomena》里有着这样意思的话：有一群豪猪，在冬天想用了大家的体温来御寒冷，紧靠起来了，但它们彼此即刻又觉得刺的疼痛，于是乎又离开。然而温暖的必要，再使它们靠近时，却又吃了照样的苦。但它们在这两种困难中，终于发见了彼此之间的适宜的间隔，以这距离，它们能够过得最平安。人们因为社交的要求，聚在一处，又因为各有

073

可厌的许多性质和难堪的缺陷，再使他们分离。他们最后所发见的距离，——使他们得以聚在一处的中庸的距离，就是"礼让"和"上流的风习"。有不守这距离的，在英国就这样叫，"Keep your distance!"[4]

但即使这样叫，恐怕也只能在豪猪与豪猪之间才有效力罢，因为它们彼此的守着距离，原因是在于痛而不在于叫的。

假使豪猪们中夹着一个别的，并没有刺，则无论怎么叫，它们总还是挤过来。孔子说：礼不下庶人[5]。照现在的情形看，该是并非庶人不得接近豪猪，却是豪猪可以任意刺着庶人而取得温暖。受伤是当然要受伤的，但这也只能怪你自己独独没有刺，不足以让他守定适当的距离。孔子又说：刑不上大夫。这就又难怪人们的要做绅士。

这些豪猪们，自然也可以用牙角或棍棒来抵御的，但至少必须挤出背一条豪猪社会所制定的罪名："下流"或"无礼"。

一月二十五日。

☆ ★ ☆

1 本篇最初发表于一九二六年二月二十五日《莽原》半月刊第四期。

2 袁世凯（1859～1916）　字慰亭，河南项城人，原是清朝直隶总督兼北洋大臣、内阁总理大臣。民国成立后，窃取了中华民国临时大总统、大总统职位，一九一六年一月复辟帝制，自称"洪宪"皇帝。同年六月在全国人民的愤怒声讨中死去。袁在复辟的阴谋活动中，曾指使杨度等所谓"六君子"组织筹安会，赤裸裸地鼓吹帝制，遭到人民强烈反对。所以这里说袁世凯"用得不大巧"。

3 Schopenhauer　叔本华。下文的《Parerga und Paralipomena》（《副业和补遗》），叔本华一八五一年出版的一本杂文集。

4 "Keep your distance!"　英语："保持你的距离！"即不要太亲近的意思。

5 "礼不下庶人"和下文的"刑不上大夫"二句，见《礼记·曲礼》。

文学和出汗¹

上海的教授对人讲文学，以为文学当描写永远不变的人性，否则便不久长²。例如英国，莎士比亚和别的一两个人所写的是永久不变的人性，所以至今流传，其余的不这样，就都消灭了云。

这真是所谓"你不说我倒明白，你越说我越胡涂"了。英国有许多先前的文章不流传，我想，这是总会有的，但竟没想到它们的消灭，乃因为不写永久不变的人性。现在既然知道了这一层，却更不了解它们既已消灭，现在的教授何从看见，却居然断定它们所写的都不是永久不变的人性。

只要流传的便是好文学，只要消灭的便是坏文学；抢得天下的便是王，抢不到天下的便是贼。莫非中国式的历史论，也将沟通了中国人的文学论欤？

而且，人性是永久不变的么？

类人猿，类猿人，原人，古人，今人，未来的人……，如果生物真会进化，人性就不能永久不变。

不说类猿人，就是原人的脾气，我们大约就很难猜得着，则我们的脾气，恐怕未来的人也未必会明白。

要写永久不变的人性，实在难哪。

譬如出汗罢，我想，似乎于古有之，于今也有，将来一定暂时也还有，该可以算得较为"永久不变的人性"了。然而"弱不禁风"的小姐出的是香汗，"蠢笨如牛"的工人出的是臭汗。不知道倘要做长留世上的文字，要充长留世上的文学家，是描写香汗好呢，还是描写臭汗好？这问题倘不先行解决，则在将来文学史上的位置，委实是"岌岌乎殆哉"[3]。

听说，例如英国，那小说，先前是大抵写给太太小姐们看的，其中自然是香汗多；到十九世纪后半，受了俄国文学的影响，就很有些臭汗气了。那一种的命长，现在似乎还在不可知之数。

在中国，从道士听论道，从批评家听谈文，都令人毛孔痉挛，汗不敢出[4]。然而这也许倒是中国永久不变的人性罢。

二七，一二，二三。

☆ ★ ☆

1 本篇最初发表于一九二八年一月十四日《语丝》周刊第四卷第五期。

2 指梁实秋。他在一九二六年十月二十七、二十八日《晨报副刊》发表的《文学批评辩》一文中说："物质的状态是变动的，人生的态度是歧异的；但人性的质素是普遍的，文学的品味是固定的。所以伟大的文学作品能禁得起时代和地域的试验。《依里亚德》在今天尚有人读，莎士比亚的戏剧，到现在还有人演，因为普遍的人性是一切伟大的作品之基础。"这种超阶级的"人性论"，是他在一九二七年前后数年间所写的文艺批评的根本思想。

3 "岌岌乎殆哉" 语出《孟子·万章》："天下殆哉，岌岌乎！"即危险不安的意思。

4 汗不敢出 见《世说新语·言语》："战战栗栗，汗不敢出。"

怎么写¹——夜记之一

写什么是一个问题，怎么写又是一个问题。

今年不大写东西，而写给《莽原》²的尤其少。我自己明白这原因。说起来是极可笑的，就因为它纸张好。有时有一点杂感，仔细一看，觉得没有什么大意思，不要去填黑了那么洁白的纸张，便废然而止了。好的又没有。我的头里是如此地荒芜，浅陋，空虚。

可谈的问题自然多得很，自宇宙以至社会国家，高超的还有文明，文艺。古来许多人谈过了，将来要谈的人也将无穷无尽。但我都不会谈。记得还是去年躲在厦门岛上的时候，因为太讨人厌了，终于得到"敬鬼神而远之"式的待遇，被供在图书馆楼上的一间屋子里。白天还有馆员，钉书匠，阅书的学生，夜九时后，一切星散，一所很大的洋楼里，除我以外，没有别人。我沉静下去了。寂静浓到如酒，令人微醺。望后窗外骨立的乱山中许多白点，是丛冢；一粒深黄色火，是南普陀寺的琉璃灯。前面则海天微茫，黑絮一般的夜色简直似乎要扑到心坎里。我靠了石栏远眺，听得自己的心音，四远还仿佛有无量悲哀，苦恼，零落，死灭，都杂入这寂静中，使它变成药酒，加色，加味，加香。这时，我曾经想要写，但是不能写，无从写。这也就是我所谓"当我沉默着的时候，我觉得充实，我将开口，同时感到空虚"[3]。

莫非这就是一点"世界苦恼"[4]么？我有时想。然而大约又不是的，这不过是淡淡的哀愁，中间还带些愉快。我想接近它，但我愈想，它却愈渺茫了，几乎就要发见仅只我独自倚着石栏，此外一无所有。必须待到我忘了努力，才又感到淡淡的哀愁。

那结果却大抵不很高明。腿上钢针似的一刺，我便不假思索地用手掌向痛处直拍下去，同时只知道蚊子在咬我。什么哀愁，什么夜色，都飞到九霄云外去了，连靠过的石栏也不再放在心里。而且这还是现在的话，那时呢，回想起来，是连不将石栏放在心里的事也没有想到的。仍是不假思索地走进房里去，坐在一把唯一的半躺椅——躺不直的藤椅子——上，抚摩着蚊喙的伤，直到它由痛转痒，渐渐肿成一个小疙瘩。我也就从抚摩转成搔，搔，直到它由痒转痛，比较地能够打熬。

此后的结果就更不高明了，往往是坐在电灯下吃柚子。

虽然不过是蚊子的一叮，总是本身上的事来得切实。能不写自然更快活，倘非写不可，我想，也只能写一些这类小事情，而还万不能写得正如那一天所身受的显明深切。而况千叮万叮，而况一刀一枪，那是写不出来的。

尼采爱看血写的书[5]。但我想，血写的文章，怕未必有罢。文章总是墨写的，血写的倒不过是血迹。它比文章自然更惊心动魄，更直截分明，然而容易变色，容易消磨。这一点，就要任凭文学逞能，恰如冢中的白骨，往古来今，总要以它的永久来傲视少女颊上的轻红似的。

能不写自然更快活，倘非写不可，我想，就是随便写写罢，横竖也只能如此。这些都应该和时光一同消逝，假使会比血迹永远鲜活，也只足证明文人是侥幸者，是乖角儿。但真的血写的书，当然不在此例。

当我这样想的时候，便觉得"写什么"倒也不成什么问题了。"怎样写"的问题，我是一向未曾想到的。初知道世界上有着这么一个问题，还不过两星期之前。那时偶然上街，偶然走进丁卜书店去，偶然看见一叠《这样做》[6]，便买取了一本。这是一种期刊，封面上画着一个骑马的少年兵士。我一向有一种偏见，凡书面上画着这样的兵士和手捏铁锄的农工的刊物，是不大去涉略的，因为我总疑心它是宣传品。发抒自己的意见，结果弄成带些宣传气味了的伊孛生[7]等辈的作品，我看了倒并不发烦。但对于先有了"宣传"两个大字的题目，然后发出议论来的文艺作品，却总有些格格不入，那不能直吞下去的模样，就和雒诵[8]教训文学的时候相同。但这《这样做》却又有些特别，因为我还记得日报上曾经说过，是和我有关系的。也是凡事切己，则格外关心的一例罢，我便再不怕书面上的骑马的英雄，将它买来了。回来后一检查剪存的旧报，还在的，日子是三月七日，可惜没有注明报纸的名目，但不是《民国日报》，便是《国民新闻》[9]，因为我那时所看的只有这两种。下面抄一点报上的话：

"自鲁迅先生南来后，一扫广州文学之寂寞，先后创办者有《做什么》，《这样做》两刊物。闻《这样做》为革命文学社定期出版物之一，内容注重革命文艺及本党主义之宣传。……"

开首的两句话有些含混，说我都与闻其事的也可以，说因我"南来"了而别人创办的也通。但我是全不知情。当初将日报剪存，大概是想调查一下的，后来却又忘却，搁下了。现在还记得

《做什么》[10]出版后，曾经送给我五本。我觉得这团体是共产青年主持的，因为其中有"坚如"，"三石"等署名，该是毕磊[11]，通信处也是他。他还曾将十来本《少年先锋》[12]送给我，而这刊物里面则分明是共产青年所作的东西。果然，毕磊君大约确是共产党，于四月十八日从中山大学被捕。据我的推测，他一定早已不在这世上了，这看去很是瘦小精干的湖南的青年。

《这样做》却在两星期以前才见面，已经出到七八期合册了。第六期没有，或者说被禁止，或者说未刊，莫衷一是，我便买了一本七八合册和第五期。看日报的记事便知道，这该是和《做什么》反对，或对立的。我拿回来，倒看上去，通讯栏里就这样说："在一般CP[13]气焰盛张之时，……而你们一觉悟起来，马上退出CP，不只是光退出便了事，尤其值得CP气死的，就是破天荒的接二连三的退出共产党登报声明。……"那么，确是如此了。

这里又即刻出了一个问题。为什么这么大相反对的两种刊物，都因我"南来"而"先后创办"呢？这在我自己，是容易解答的：因为我新来而且灰色。但要讲起来，怕又有些话长，现在姑且保留，待有相当的机会时再说罢。

这回且说我看《这样做》。看过通讯，懒得倒翻上去了，于是看目录。忽而看见一个题目道：《郁达夫[14]先生休矣》，便又起了好奇心，立刻看文章。这还是切己的琐事总比世界的哀愁关心的老例，达夫先生是我所认识的，怎么要他"休矣"了呢？急于要知道。假使说的是张龙赵虎，或是我素昧平生的伟人，老实说罢，我决不会如此留心。

原来是达夫先生在《洪水》[15]上有一篇《在方向转换的途

中》，说这一次的革命是阶级斗争的理论的实现，而记者则以为是民族革命的理论的实现。大约还有英雄主义不适宜于今日等类的话罢，所以便被认为"中伤"和"挑拨离间"，非"休矣"不可了。

我在电灯下回想，达夫先生我见过好几面，谈过好几回，只觉他稳健和平，不至于得罪于人，更何况得罪于国。怎么一下子就这么流于"偏激"了？我倒要看看《洪水》。

这期刊，听说在广西是被禁止的了，广东倒还有。我得到的是第三卷第二十九至三十二期。照例的坏脾气，从三十二期倒看上去，不久便翻到第一篇《日记文学》，也是达夫先生做的，于是便不再去寻《在方向转换的途中》，变成看谈文学了。我这种模模胡胡的看法，自己也明知道是不对的，但"怎么写"的问题，却就出在那里面。

作者的意思，大略是说凡文学家的作品，多少总带点自叙传的色彩的，若以第三人称来写出，则时常有误成第一人称的地方。而且叙述这第三人称的主人公的心理状态过于详细时，读者会疑心这别人的心思，作者何以会晓得得这样精细？于是那一种幻灭之感，就使文学的真实性消失了。所以散文作品中最便当的体裁，是日记体，其次是书简体。

这诚然也值得讨论的。但我想，体裁似乎不关重要。上文的第一缺点，是读者的粗心。但只要知道作品大抵是作者借别人以叙自己，或以自己推测别人的东西，便不至于感到幻灭，即使有时不合事实，然而还是真实。其真实，正与用第三人称时或误用第一人称时毫无不同。倘有读者只执滞于体裁，只求没有破绽，那就以看新闻记事为宜，对于文艺，活该幻灭。而其幻灭也不足惜，因为这不是真的幻灭，正如查不出大观园的遗迹，而不满于《红楼梦》[16]者相同。倘作者如此牺牲了抒写的自由，即使极小部分，也无异于削足适履的。

第二种缺陷，在中国也已经是颇古的问题。纪晓岚攻击蒲留仙的《聊斋志异》，[17]就在这一点。两人密语，决不肯泄，又不为第三人所闻，作者何从知之？所以他的《阅微草堂笔记》，竭力只写事状，而避去心思和密语。但有时又落了自设的陷阱，于是只得以《春秋左氏传》的"浑良夫梦中之噪"来解嘲。[18]他的支绌的原因，是在要使读者信一切所写为事实，靠事实来取得真实性，所以一与事实相左，那真实性也随即灭亡。如果他先意识到这一切是创作，即是他个人的造作，便自然没有一切挂碍了。

一般的幻灭的悲哀，我以为不在假，而在以假为真。记得年幼时，很喜欢看变戏法，猢狲骑羊，石子变白鸽，最末是将一个孩子刺死，盖上被单，一个江北口音的人向观众装出撒钱模样道：Huazaa！Huazaa！[19]大概是谁都知道，孩子并没有死，喷出来的是装在刀柄里的苏木汁[20]，Huazaa一够，他便会跳起来的。但还是出神地看着，明明意识着这是戏法，而全心沉浸在这戏法中。万一变戏法的定要做得真实，买了小棺材，装进孩子去，哭着抬走，倒反索然无味了。这时候，连戏法的真实也消失了。

我宁看《红楼梦》，却不愿看新出的《林黛玉日记》[21]，它一页能够使我不舒服小半天。《板桥家书》[22]我也不喜欢看，不如读他的《道情》。我所不喜欢的是他题了家书两个字。那么，为什么刻了出来给许多人看的呢？不免有些装腔。幻灭之来，多不在假中见真，而在真中见假。日记体，书简体，写起来也许便当得多罢，但也极容易起幻灭之感；而一起则大抵很厉害，因为它起先模样装得真。

《越缦堂日记》[23]近来已极风行了，我看了却总觉得他每次要留给我一点很不舒服的东西。为什么呢？一是钞上谕。大概是受了何焯[24]的故事的影响的，他提防有一天要蒙"御览"。二是许多墨涂。写了尚且涂去，该有许多不写的罢？三是早给人家看，钞，自以为一部著作了。我觉得从中看不见李慈铭的心，却时时看到一些做作，仿佛受了欺骗。翻翻一部小说，虽是很荒唐，浅陋，不合理，倒从来不起这样的感觉的。

听说后来胡适之先生也在做日记，并且给人传观了。照文学进化的理论讲起来，一定该好得多。我希望他提前陆续的印出。

但我想，散文的体裁，其实是大可以随便的，有破绽也不妨。做作的写信和日记，恐怕也还不免有破绽，而一有破绽，便破灭到不可收拾了。与其防破绽，不如忘破绽。

☆ ★ ☆

1 本篇最初发表于一九二七年十月十日北京《莽原》半月刊第十八、十九期合刊。

2 《莽原》 文艺刊物，一九二五年四月二十四日在北京创刊，初为周刊，附《京报》发行，鲁迅编辑。一九二六年一月改为半月刊，由未名社出版发行。同年八月鲁迅离开北京后，由韦素园编辑，出至一九二七年十二月停刊。

3 这几句是作者在《野草·题辞》中所说的话。

4 "世界苦恼"（Weltschmerz） 原为奥地利诗人莱瑙（N.lenau，1802~1850）的话，意思说人们生活在世上是苦恼的；后来有一些资产阶级文艺家引用它来解释文艺创作，认为创作起因于这种苦恼的感觉。

5 尼采（F.Nietzsche，1844~1900） 德国哲学家，唯意志论和"超人哲学"的鼓吹者。他在《扎拉图斯特拉如是说·读与写》中说："在一切著作中，吾所爱者，惟用血写之著作。"（据萧赣译文，商务印书馆出版）

6 《这样做》 旬刊，一九二七年三月二十七日在广州创刊，孔圣裔（共产党的叛徒）主编，"革命文学社"编辑发行。它以"努力革命文化的宣传"为幌子，配合国民党的白色恐怖，猖狂反共反人民。

7 伊孛生（H.Ibsen，1828~1906） 通译易卜生，挪威剧作家。他的作品对资产阶级社会的虚伪、庸俗作了猛烈的批判，提出了婚姻、家庭和社会的改革问题。剧本有《玩偶之家》、《国民公敌》等。

8 雒诵 一作洛诵，语见《庄子·大宗师》，反复诵读的意思。

9《民国日报》 一九二三年国民党在广州创办的报纸，一九三七年改名为《中山日报》。《国民新闻》，一九二五年国民党人在广州创办的报纸，初期宣传革命，"四·一二"政变后被国民党反动派控制，成为反革命宣传的喉舌。

10《做什么》 周刊，中国共产党广东区委学生运动委员会的机关刊物，一九二七年二月七日创刊，毕磊主编，广州国光书店发行。

11 毕磊（1902~1927） 笔名坚如、三石，湖南长沙人。当时为中山大学英文系学生，曾任中共广东区委学生运动委员会副书记，在广州"四·一五"反革命事件中被捕牺牲。

12《少年先锋》 旬刊，中国共产主义青年团广东区委员会机关刊物，一九二六年九月一日创刊，李伟森等先后主编，广州国光书店发行。

13 C.P. 英语Communist Party的缩写，即共产党。

14 郁达夫（1896~1945） 浙江富阳人，作家，创造社主要成员之一。他在《洪水》第三卷第二十九期（一九二七年四月）发表《在方向转换的途中》，认为第一次国内革命战争是"中国全民众的要求解放运动"，"是马克斯的阶级斗争理论的实现"，而"足以破坏我们目下革命运动的最大危险"是"封建时代的英雄主义"。并说："光凭一两个英雄，来指使民众，利用民众，是万万办不到的事情。真正识时务的革命领导者，应该一步不离开民众，以民众的利害为利害，以民众的敌人为敌人，万事要听民众的指挥，要服从民众的命令才行。若有一二位英雄，以为这是迂阔之谈，那么你们且看着，且看你们个人独裁的高压政策，能够持续几何时。"这些话是对当时蒋介石反革命派的批判，所以《这样做》第七、八期合刊（一九二七年六月）就发表了孔圣裔的《郁达夫先生休矣》一文，对郁进行攻击说："我意料不到，万万意料不到郁达夫先生的论调，竟是中国共产党攻击我们劳苦功高的蒋介石同志的论调，什么英雄主义，个人独裁的高压政策。""郁达夫先生！你现在做了共产党的工具，还是想跑去武汉方面升官发财，特使来托托共产党的大脚？"

15《洪水》 创造社刊物，一九二四年八月二十日创办于上海，初为周刊，仅出一期；一九二五年九月改出半月刊，一九二七年十二月停刊。

16 《红楼梦》 长篇小说，清代曹雪芹著。通行本为一百二十回，后四十回一般认为是高鹗续作。大观园是书中人物活动的场所。

17 纪晓岚（1724~1805） 名昀，字晓岚，直隶献县（今属河北）人，清代文学家。著有笔记小说《阅微草堂笔记》（包括《滦阳消夏录》、《如是我闻》、《槐西杂志》、《姑妄听之》、《滦阳续录》五种）。他的门人盛时彦在《姑妄听之》的《跋》中，记有他攻击《聊斋志异》的话："先生（按指纪昀）尝曰，'《聊斋志异》，盛行一时，然才子之笔，非著书者之笔也……小说既述见闻，即属叙事，不比戏场关目，随意装点，……今燕昵之词，媟狎之态，细微曲折，摹绘如生，使出自言，似无此理；使出作者代言，则何从而闻见之，又所未解也。'"蒲留仙（1640~1715），名松龄，字留仙，山东淄川（今淄博）人，清代小说家。《聊斋志异》是他的一部短篇小说集。

18 纪晓岚在《阅微草堂笔记·槐西杂志》中，记了旁人所谈的一个读书人受鬼奚落的故事，末段是："余曰：'此先生玩世之寓言耳。此语既未亲闻，又旁无闻者，岂此士人为鬼揶揄，尚肯自述耶？'先生掀髯曰：'鉏麑槐下之辞，浑良夫梦中之噪，谁闻之欤！'""浑良夫梦中之噪"，见《春秋左氏传》哀公十七年："（秋，七月）卫侯梦于北宫，见人登昆吾之观，被长发北面而噪曰：'登此昆吾之虚，绵绵生之瓜。余为浑良夫，叫天无辜！'"按浑良夫原系卫臣，这年春天被卫太子所杀，所以书中说卫侯在梦中见他披发大叫。《春秋左氏传》，是一部用史实解释《春秋》的书，相传为春秋时鲁国人左丘明撰。

19 Huazaa 用拉丁字母拼写的象声词，译音似"哗嚓"，形容撒钱的声音。

20 苏木汁 苏木是常绿小乔木，心材称"苏方"。苏木汁即用"苏方"制成的红色溶液，可作染料。

21 《林黛玉日记》 一部假托《红楼梦》中人物林黛玉口吻的日记体小说，喻血轮作，内容庸俗拙劣，一九一八年上海广文书局出版。

22《板桥家书》 清代郑燮作。郑燮（1693~1765），字克柔，号板桥，江苏兴化人，文学家、书画家。他的《家书》收书信十封。另有《道情》，收《老渔翁》等十首。
道情，原系道士唱的歌曲，后来演变为一种民间曲调。

23 《越缦堂日记》 清代李慈铭著，一九二〇年商务印书馆曾经影印出版。

24 何焯（1661~1722） 字屺瞻，江苏长洲（今吴县）人，清代校勘家。康熙时官至编修，因事入狱，所藏书籍（包括他自己的著作）都被没收。康熙帝对这些书曾亲作检查，因未发现罪证，准予免罪并发还藏书。

在钟楼上[1]——夜记之二

也还是我在厦门的时候，柏生[2]从广州来，告诉我说，爱而[3]君也在那里了。大概是来寻求新的生命的罢，曾经写了一封长信给K委员[4]，说明自己的过去和将来的志望。

"你知道有一个叫爱而的么？他写了一封长信给我，我没有看完。其实，这种文学家的样子，写长信，就是反革命的！"有一天，K委员对柏生说。

又有一天，柏生又告诉了爱而，爱而跳起来道：

"怎么？……怎么说我是反革命的呢？！"

厦门还正是和暖的深秋，野石榴开在山中，黄的花——不知道叫什么名字——开在楼下。我在用花刚石墙包围着的楼屋里听到这小小的故事，K委员的眉头打结的正经的脸，爱而的活泼中带着沉闷的年青的脸，便一齐在眼前出现，又仿佛如见当K委员的眉头打结的面前，爱而跳了起来，——我不禁从窗隙间望着远天失笑了。

但同时也记起了苏俄曾经有名的诗人，《十二个》的作者勃洛克[5]的话来：

"共产党不妨碍做诗，但于觉得自己是大作家的事却有妨碍。大作家者，是感觉自己一切创作的核心，在自己里面保持着规律的。"

共产党和诗，革命和长信，真有这样地不相容么？我想。

以上是那时的我想。这时我又想，在这里有插入几句声明的必要：

我不过说是变革和文艺之不相容，并非在暗示那时的广州政府是共产政府或委员是共产党。这些事我一点不知道。只有若干已经"正法"的人们，至今不听见有人鸣冤或冤鬼诉苦，想来一定是真的共产党罢。至于有一些，则一时虽然从一方面得了这样的谥号，但后来两方相见，杯酒言欢，就明白先前都是误解，其实是本来可以合作的。

必要已毕，于是放心回到本题。却说爱而君不久也给了我一封信，通知我已经有了工作了。信不甚长，大约还有被冤为"反革命"的余痛罢。但又发出牢骚来：一，给他坐在饭锅旁边，无聊得很；二，有一回正在按风琴，一个漠不相识的女郎来送给他一包点心，就弄得他神经过敏，以为北方女子太死板而南方女子太活泼，不禁"感慨系之矣"[6]了。

关于第一点，我在秋蚊围攻中所写的回信中置之不答。夫面前无饭锅而觉得无聊，觉得苦痛，人之常情也，现在已见饭锅，还要无聊，则明明是发了革命热。老实说，远地方在革命，不相识的人们在革命，我是的确有点高兴听的，然而——没有法子，索性老实说罢，——如果我的身边革起命来，或者我所熟识的人去革命，我就没有这么高兴听。有人说我应该拚命去革命，我自然不敢不以为然，但如叫我静静地坐下，调给我一杯罐头牛奶喝，我往往更感激。但是，倘说，你就死心塌地地从饭锅里装

087

饭吃罢，那是不像样的；然而叫他离开饭锅去拼命，却又说不出口，因为爱而是我的极熟的熟人。于是只好袭用仙传的古法，装聋作哑，置之不问不闻之列。只对于第二点加以猛烈的教诫，大致是说他"死板"和"活泼"既然都不赞成，即等于主张女性应该不死不活，那是万分不对的。

约略一个多月之后，我抱着和爱而一类的梦，到了广州，在饭锅旁边坐下时，他早已不在那里了，也许竟并没有接到我的信。

我住的是中山大学中最中央而最高的处所，通称"大钟楼"。一月之后，听得一个戴瓜皮小帽的秘书说，才知道这是最优待的住所，非"主任"之流是不准住的。但后来我一搬出，又听说就给一位办事员住进去了，莫明其妙。不过当我住在那里的时候，总还是非主任之流即不准住的地方，所以直到知道办事员搬进去了的那一天为止，我总是常常又感激，又惭愧。

然而这优待室却并非容易居住的所在，至少的缺点，是不很能够睡觉的。一到夜间，便有十多匹——也许二十来匹罢，我不能知道确数——老鼠出现，驰骋文坛，什么都不管。只要可吃的，它就吃，并且能开盒子盖，广州中山大学里非主任之流即不准住的楼上的老鼠，仿佛也特别聪明似的，我在别地方未曾遇到过。到清晨呢，就有"工友"们大声唱歌，——我所不懂的歌。

白天来访的本省的青年，却大抵怀着非常的好意的。有几个热心于改革的，还希望我对于广州的缺点加以激烈的攻击。这热诚很使我感动，但我终于说是还未熟悉本地的情形，而且已经革命，觉得无甚可以攻击之处，轻轻地推却了。那当然要使他们很失望的。过了几天，尸一[7]君就在《新时代》上说：

"……我们中几个很不以他这句话为然，我们以为我们还有许多可骂的地方，我们正想骂骂自己，难道鲁迅先生竟看不出我们的缺点么？……"

其实呢，我的话一半是真的。我何尝不想了解广州，批评广州呢，无奈慨自被供在大钟楼上以来，工友以我为教授，学生以我为先生，广州人以我为"外江佬"，孤子特立，无从考查。而最大的阻碍则是言语。直到我离开广州的时候止，我所知道的言语，除一二三四……等数目外，只有一句凡有"外江佬"几乎无不因为特别而记住的Hanbaran（统统）和一句凡有学习异地言语者几乎无不最容易学得而记住的骂人话Tiu-na-ma而已。

这两句有时也有用。那是我已经搬在白云路寓屋里的时候了，有一天，巡警捉住了一个窃取电灯的偷儿，那管屋的陈公便跟着一面骂，一面打。骂了一大套，而我从中只听懂了这两句。然而似乎已经全懂得，心里想："他所说的，大约是因为屋外的电灯几乎Hanbaran被他偷去，所以要Tiu-na-ma了。"于是就仿佛解决了一件大问题似的，即刻安心归坐，自去再编我的《唐宋传奇集》。

089

但究竟不知道是否真如此。私自推测是无妨的，倘若据以论广州，却未免太卤莽罢。

但虽只这两句，我却发见了吾师太炎先生[8]的错处了。记得先生在日本给我们讲文字学时，曾说《山海经》上"其州在尾上"的"州"是女性生殖器。这古语至今还留存在广东，读若Tiu。故Tiuhei二字，当写作"州戏"，名词在前，动词在后的。我不记得他后来可曾将此说记在《新方言》里，但由今观之，则"州"乃动词，非名词也。

至于我说无甚可以攻击之处的话，那可的确是虚言。其实是，那时我于广州无爱憎，因而也就无欣戚，无褒贬。我抱着梦幻而来，一遇实际，便被从梦境放逐了，不过剩下些索漠。我觉得广州究竟是中国的一部分，虽然奇异的花果，特别的语言，可以淆乱游子的耳目，但实际是和我所走过的别处都差不多的。倘说中国是一幅画出的不类人间的图，则各省的图样实无不同，差异的只在所用的颜色。黄河以北的几省，是黄色和灰色画的，江浙是淡墨和淡绿，厦门是淡红和灰色，广州是深绿和深红。我那时觉得似乎其实未曾游行，所以也没有特别的骂詈之辞，要专一倾注在素馨和香蕉上。——但这也许是后来的回忆的感觉，那时其实是还没有如此分明的。

到后来，却有些改变了，往往斗胆说几句坏话。然而有什么用呢？在一处演讲时，我说广州的人民并无力量，所以这里可以做"革命的策源地"，也可以做反革命的策源地……当译成广东话时，我觉得这几句话似乎被删掉了。给一处做文章⁹时，我说青天白日旗插远去，信徒一定加多。但有如大乘佛教¹⁰一般，待到居士¹¹也算佛子的时候，往往戒律荡然，不知道是佛教的弘通，还是佛教的败坏？……然而终于没有印出，不知所往了……。

广东的花果，在"外江佬"的眼里，自然依然是奇特的。我所最爱吃的是"杨桃"，滑而脆，酸而甜，做成罐头的，完全失却了本味。汕头的一种较大，却是"三廉"¹²，不中吃了。我常常宣传杨桃的功德，吃的人大抵赞同，这是我这一年中最卓著的成绩。

在钟楼上的第二月，即戴了"教务主任"的纸冠¹³的时候，是忙碌的时期。学校大事，盖无过于补考与开课也，与别的一切学校同。于是点头开会，排时间表，发通知书，秘藏题目，分配卷子，……于是又开会，讨论，计分，发榜。工友规矩，下午五点以后是不做工的，于是一个事务员请门房帮忙，连夜贴一丈多长的榜。但到第二天的早晨，就被撕掉了，于是又写榜。于是辩论：分数多寡的辩论；及格与否的辩论；教员有无私心的辩论；优待革命青年，优待的程度，我说已优，他说未优的辩论；补救落第，我说权不在我，他说在我，我说无法，他说有法的辩论；试题的难易，我说不难，他说太难的辩论；还有因为有族人在台湾，自己也可以算作台湾人，取得优待"被压迫民族"的特权与否的辩论；还有人本无名，所以无所谓冒名顶替的玄学底辩论……。这样地一天一天的过去，而每夜是十多匹——或二十匹——老鼠的驰骋，早上是三位工友的响亮的歌声。

现在想起那时的辩论来，人是多么和有限的生命开着玩笑呵。然而那时却并无怨尤，只有一事觉得颇为变得特别：对于收到的长信渐渐有些仇视了。

这种长信，本是常常收到的，一向并不为奇。但这时竟渐嫌其长，如果看完一张，还未说出本意，便觉得烦厌。有时见熟人在旁，就托付他，请他看后告诉我信中的主旨。

"不错。'写长信，就是反革命的！'"我一面想。

我当时是否也如K委员似的眉头打结呢，未曾照镜，不得而知。仅记得即刻也自觉到我的开会和辩论的生涯，似乎难以称为"在革命"，为自便计，将前判加以修正了：

"不。'反革命'太重，应该说是'不革命'的。然而还太重。其实是，——写长信，不过是吃得太闲空罢了。"

有人说，文化之兴，须有余裕，据我在钟楼上的经验，大致是真的罢。闲人所造的文化，自然只适宜于闲人，近来有些人磨拳擦掌，大鸣不平，正是毫不足怪，——其实，便是这钟楼，也何尝不造得蹀躞。但是，四万万男女同胞，侨胞，异胞之中，有的是"饱食终日，无所用心"[14]，有的是"群居终日，言不及义"[15]。怎不造出相当的文艺来呢？只说文艺，范围小，容易些。那结论只好是这样：有余裕，未必能创作；而要创作，是必须有余裕的。故"花呀月呀"，不出于啼饥号寒者之口，而"一手奠定中国的文坛"[16]，亦为苦工猪仔所不敢望也。

我以为这一说于我倒是很好的，我已经自觉到自己久已不动笔，但这事却应该归罪于匆忙。

大约就在这时候，《新时代》上又发表了一篇《鲁迅先生往那里躲》，宋云彬[17]先生做的。文中有这样的对于我的警告：

"他到了中大，不但不曾恢复他'呐喊'的勇气，并且似乎在说'在北方时受着种种迫压，种种刺激，到这里来没有压迫和刺激，也就无话可说了'。噫嘻！异哉！鲁迅先生竟跑出了现社会，躲向牛角尖里去了。旧社会死去的苦痛，新社会生出的苦痛，多多少放在他眼前，他竟熟视无睹！他把人生的镜子藏起来了，他把自己回复到过去时代去了，噫嘻！异哉！鲁迅先生躲避了。"

而编辑者还很客气，用案语声明着这是对于我的好意的希望和怂恿，并非恶意的笑骂的文章。这是我很明白的，记得看见时颇为感动。因此也曾想如上文所说的那样，写一点东西，声明我虽不呐喊，却正在辩论和开会，有时一天只吃一顿饭，有时只吃一条鱼，也还未失掉了勇气。《在钟楼上》就是豫定的题目。然而一则还是因为辩论和开会，二则因为篇首引有拉狄克[18]的两句话，另外又引起了我许多杂乱的感想，很想说出，终于反而搁下了。那两句话是：

"在一个最大的社会改变的时代，文学家不能做旁观者！"

但拉狄克的话，是为了叶遂宁[19]和梭波里[20]的自杀而发的。他那一篇《无家可归的艺术家》译载在一种期刊上时，曾经使我发生过暂时的思索。我因此知道凡有革命以前的幻想或理想的革命诗人，很可有碰死在自己所讴歌希望的现实上的运命；而现实的革命倘不粉碎了这类诗人的幻想或理想，则这革命也还是布告上的空谈。但叶遂宁和梭波里是未可厚非的，他们先后给自己唱了挽歌，他们有真实。他们以自己的沉没，证明着革命的前行。他们到底并不是旁观者。

但我初到广州的时候，有时确也感到一点小康。前几年在北方，常常看见迫压党人，看见捕杀青年，到那里可都看不见了。后来才悟到这不过是"奉旨革命"的现象，然而在梦中时是委实有些舒服的。假使我早做了《在钟楼上》，文字也许不如此。无奈已经到了现在，又经过目睹"打倒反革命"的事实，纯然的那时的心情，实在无从追蹑了。现在就只好是这样罢。

☆ ★ ☆

1 本篇最初发表于一九二七年十二月十七日上海《语丝》第四卷第一期。

2 柏生 即孙伏园（1894~1966），浙江绍兴人，曾任北京《晨报副刊》、《京报副刊》、《语丝》的编辑。当时在厦门大学工作。

3 爱而 指李遇安，《语丝》、《莽原》的投稿者。一九二六年为广州中山大学职员，不久离去。

4 K委员 指顾孟余，国民党政客。当时任中山大学委员会副主任委员。

5 勃洛克 （1880~1921） 苏联诗人。《十二个》是他一九一八年创作的反映十月革命的长诗。这里的引语，原出娜杰日达·帕夫洛维奇的《回忆勃洛克》（见《凤凰·文艺·科学与哲学论文集》第一集，一九二二年莫斯科篝火出版社出版）。

6 **"感慨系之矣"** 语见晋代王羲之《兰亭集序》。

7 **尸一** 即梁式，广东台山人，当时广州《国民新闻》副刊《新时代》的编辑，抗日战争时期堕落为汉奸。这里的引文，见他所作的《鲁迅先生在茶楼上》。

8 **太炎先生** 章炳麟（1869～1936），号太炎，浙江余杭人，清末革命家、学者。作者留学日本时曾听他讲授《说文解字》。《新方言》是章太炎关于语言文字的著作之一，共十一卷，书末附有《岭外三州语》一卷，现收入《章氏丛书》。"**其州在尾上**"，原语出《山海空·北山经》；章太炎对于"州"字的解释，见《新方言·释形体》。

9 指《庆祝沪宁克服的那一边》，载一九二七年五月五日《国民新闻》副刊《新出路》，现收入《集外集拾遗补编》。

10 **大乘佛教** 公元一、二世纪间形成的佛教宗派。大乘是对小乘而言。小乘佛教主张"自我解脱"，要求苦行修炼；大乘佛教则主张"救度一切众生"，强调尽人皆可成佛，一切修行应以利他为主。

11 **居士** 这里指在家修行的佛教徒。

12 **三廉** 形似杨桃而略大的水果。

13 **纸冠** 高长虹在《狂飙》第五期（一九二六年十一月七日）《1925北京出版界形势指掌图》中，攻击鲁迅说："直到实际的反抗者从哭声中被迫出校后……鲁迅遂戴其纸糊的权威者的假冠入于身心交病之状况矣！"

14 **"饱食终日，无所用心"** 语见《论语·阳货》。

15 **"群居终日，言不及义"** 语见《论语·卫灵公》。

16 **"一手奠定中国的文坛"** 这是新月书店吹嘘徐志摩的话。一九二七年春该店创办时，在《开幕纪念刊》的"第一批出版新书预告"中，介绍徐志摩的诗，说他"一只手奠定了一个文坛的基础"。

17 **宋云彬**（1897～1979） 浙江海宁人，作家。当时任《黄埔日报》编辑。

18 **拉狄克**（1885～？） 苏联政论家。早年曾参加无产阶级革命运动，一九三七年以"阴谋颠覆苏联"罪受审。他写的《无家可归的艺术家》，刘一声译，载《中国青年》第六卷第二十、二十一期合刊（一九二六年十二月）。

19 **叶遂宁**（1895～1925） 通译叶赛宁，苏联诗人。他以描写宗法制度下农村田园生活的抒情诗著称，作品多流露忧郁情调，曾参加资产阶级意象派文学团体。十月革命时向往革命，写过一些赞扬革命的诗如《苏维埃俄罗斯》等，但革命后陷入苦闷，终于自杀。

20 梭波里（1888～1926） 苏联"同路人"作家。他在十月革命后曾经接近革命，但终因不满于当时现实而自杀。

扁[1]

中国文艺界上可怕的现象，是在尽先输入名词，而并不绍介这名词的函义。

于是各各以意为之。看见作品上多讲自己，便称之为表现主义；多讲别人，是写实主义；见女郎小腿肚作诗，是浪漫主义；见女郎小腿肚不准作诗，是古典主义；天上掉下一颗头，头上站着一头牛，爱呀，海中央的青霹雳呀……是未来主义……等等。

还要由此生出议论来。这个主义好，那个主义坏……等等。

乡间一向有一个笑谈：两位近视眼要比眼力，无可质证，便约定到关帝庙去看这一天新挂的扁额。他们都先从漆匠探得字句。但因为探来的详略不同，只知道大字的那一个便不服，争执起来了，说看见小字的人是说谎的。又无可质证，只好一同探问一个过路的人。那人望了一望，回答道："什么也没有。扁还没有挂哩。"[2]

我想，在文艺批评上要比眼力，也总得先有那块扁额挂起来才行。空空洞洞的争，实在只有两面自己心里明白。

四月十日。

☆ ★ ☆

1 本篇最初发表于一九二八年四月二十三日《语丝》第四卷第十七期"随感录"栏。
2 这个笑话，在清代崔述的《考信录提要》中有记载。

上海文艺之一瞥[1]
——八月十二日在社会科学研究会讲

　　上海过去的文艺，开始的是《申报》[2]。要讲《申报》，是必须追溯到六十年以前的，但这些事我不知道。我所能记得的，是三十年以前，那时的《申报》，还是用中国竹纸的，单面印，而在那里做文章的，则多是从别处跑来的"才子"。

　　那时的读书人，大概可以分他为两种，就是君子和才子。君子是只读四书五经，做八股，非常规矩的。而才子却此外还要看小说，例如《红楼梦》，还要做考试上用不着的古今体诗[3]之类。这是说，才子是公开的看《红楼梦》的，但君子是否在背地里也看《红楼梦》，则我无从知道。有了上海的租界，——那时叫作"洋场"，也叫"夷场"，后来有怕犯讳的，便往往写作"彝场"——有些才子们便跑到上海来，因为才子是旷达的，那里都去；君子则对于外国人的东西总有点厌恶，而且正在想求正路的功名，所以决不轻易的乱跑。孔子曰，"道不行，乘桴浮于海"，从才子们看来，就是有点才子气的，所以君子们的行径，在才子就谓之"迂"。

　　才子原是多愁多病，要闻鸡生气，见月伤心的。一到上海，又遇见了婊子。去嫖的时候，可以叫十个二十个的年青姑娘聚集在一处，样子很有些像《红楼梦》，于是他就觉得自己好像贾宝玉；自己是才子，那么婊子当然是佳人，于是才子佳人的书就产生了。内容多半是，惟才子能怜这些风尘沦落的佳人，惟佳人能识坎轲不遇的才子，受尽千辛万苦之后，终于成了佳偶，或者是都成了神仙。

他们又帮申报馆印行些明清的小品书出售，自己也立文社，出灯谜，有入选的，就用这些书做赠品，所以那流通很广远。也有大部书，如《儒林外史》[4]，《三宝太监西洋记》[5]，《快心编》[6]等。现在我们在旧书摊上，有时还看见第一页印有"上海申报馆仿聚珍板印"字样的小本子，那就都是的。

佳人才子的书盛行的好几年，后一辈的才子的心思就渐渐改变了。他们发见了佳人并非因为"爱才若渴"而做婊子的，佳人只为的是钱。然而佳人要才子的钱，是不应该的，才子于是想了种种制伏婊子的妙法，不但不上当，还占了她们的便宜，叙述这各种手段的小说就出现了，社会上也很风行，因为可以做嫖学教科书去读。这些书里面的主人公，不再是才子＋（加）呆子，而是在婊子那里得了胜利的英雄豪杰，是才子＋流氓。

在这之前，早已出现了一种画报，名目就叫《点石斋画报》，是吴友如[7]主笔的，神仙人物，内外新闻，无所不画，但对于外国事情，他很不明白，例如画战舰罢，是一只商船，而舱面上摆着野战炮；画决斗则两个穿礼服的军人在客厅里拔长刀相击，至于将花瓶也打落跌碎。然而他画"老鸨虐妓"，"流氓拆梢"之类，却实在画得很好的，我想，这是因为他看得太多了的缘故；就是在现在，我们在上海也常常看到和他所画一般的脸孔。这画报的势力，当时是很大的，流行各省，算是要知道"时

务"——这名称在那时就如现在之所谓"新学"——的人们的耳
目。前几年又翻印了,叫作《吴友如墨宝》,而影响到后来也实
在利害,小说上的绣像[8]不必说了,就是在教科书的插画上,也常
常看见所画的孩子大抵是歪戴帽,斜视眼,满脸横肉,一副流氓
气。在现在,新的流氓画家又出了叶灵凤[9]先生,叶先生的画是从
英国的毕亚兹莱(Aubrey Beardsley)剥来的,毕亚兹莱是"为
艺术的艺术"派,他的画极受日本的"浮世绘"(Ukiyoe)[10]的
影响。浮世绘虽是民间艺术,但所画的多是妓女和戏子,胖胖的
身体,斜视的眼睛——Erotic(色情的)眼睛。不过毕亚兹莱画
的人物却瘦瘦的,那是因为他是颓废派(Decadence)的缘故。
颓废派的人们多是瘦削的,颓丧的,对于壮健的女人他有点惭
愧,所以不喜欢。我们的叶先生的新斜眼画,正和吴友如的老斜
眼画合流,那自然应该流行好几年。但他也并不只画流氓的,有
一个时期也画过普罗列塔利亚,不过所画的工人也还是斜视眼,
伸着特别大的拳头。但我以为画普罗列塔利亚应该是写实的,照
工人原来的面貌,并不须画得拳头比脑袋还要大。

　　现在的中国电影,还在很受着这"才子+流氓"式的影响,
里面的英雄,作为"好人"的英雄,也都是油头滑脑的,和一些
住惯了上海,晓得怎样"拆梢","揩油","吊膀子"[11]的滑
头少年一样。看了之后,令人觉得现在倘要做英雄,做好人,也
必须是流氓。

　　才子+流氓的小说,但也渐渐的衰退了。那原因,我想,一
则因为总是这一套老调子——妓女要钱,嫖客用手段,原不会写
不完的;二则因为所用的是苏白,如什么倪=我,耐=你,阿是
=是否之类,除了老上海和江浙的人们之外,谁也看不懂。

然而才子＋佳人的书，却又出了一本当时震动一时的小说，那就是从英文翻译过来的《迦茵小传》（H．R．Haggard：Joan Haste）[12]。但只有上半本，据译者说，原本从旧书摊上得来，非常之好，可惜觅不到下册，无可奈何了。果然，这很打动了才子佳人们的芳心，流行得很广很广。后来还至于打动了林琴南先生，将全部译出，仍旧名为《迦茵小传》。而同时受了先译者的大骂[13]，说他不该全译，使迦茵的价值降低，给读者以不快的。于是才知道先前之所以只有半部，实非原本残缺，乃是因为记着迦茵生了一个私生子，译者故意不译的。其实这样的一部并不很长的书，外国也不至于分印成两本。但是，即此一端，也很可以看出当时中国对于婚姻的见解了。

这时新的才子＋佳人小说便又流行起来，但佳人已是良家女子了，和才子相悦相恋，分拆不开，柳阴花下，像一对胡蝶，一双鸳鸯一样，但有时因为严亲，或者因为薄命，也竟至于偶见悲剧的结局，不再都成神仙了，——这实在不能不说是一个大进步。到了近来是在制造兼可擦脸的牙粉了的天虚我生先生所编的月刊杂志《眉语》[14]出现的时候，是这鸳鸯胡蝶式文学[15]的极盛时期。后来《眉语》虽遭禁止，势力却并不消退，直待《新青年》[16]盛行起来，这才受了打击。这时有伊孛生的剧本的绍介[17]和胡适之先生的《终身大事》[18]的别一形式的出现，虽然并不是故意的，然而鸳鸯胡蝶派作为命根的那婚姻问题，却也因此而诺拉（Nora）似的跑掉了。

这后来，就有新才子派的创造社[19]的出现。创造社是尊贵天才的，为艺术而艺术的，专重自我的，崇创作，恶翻译，尤其憎恶重译的，与同时上海的文学研究会[20]相对立。那出马的第一个广告上[21]，说有人"垄断"着文坛，就是指着文学研究会。文学研究会却也正相反，是主张为人生的艺术的，是一面创作，一面也看重翻译的，是注意于绍介被压迫民族文学的，这些都是小国度，没有人懂得他们的文字，因此也几乎全都是重译的。并且因为曾经声援过《新青年》，新仇夹旧仇，所以文学研究会这时就受了三方面的攻击。一方面就是创造社，既然是天才的艺术，那么看那为人生的艺术的文学研究会自然就是多管闲事，不免有些"俗"气，而且还以为无能，所以倘被发见一处误译，有时竟至于特做一篇长长的专论[22]。一方面是留学过美国的绅士派，他们以为文艺是专给老爷太太们看的，所以主角除老爷太太之外，只配有文人，学士，艺术家，教授，小姐等等，要会说Yes，No，这才是绅士的庄严，那时吴宓[23]先生就曾经发表过文章，说是真不懂为什么有些人竟喜欢描写下流社会。第三方面，则就是以前说过的鸳鸯胡蝶派，我不知道他们用的是什么方法，到底使书店老板将编辑《小说月报》[24]的一个文学研究会会员撤换，还出了《小说世界》[25]，来流布他们的文章。这一种刊物，是到了去年才停刊的。

101

　　创造社的这一战，从表面看来，是胜利的。许多作品，既和当时的自命才子们的心情相合，加以出版者的帮助，势力雄厚起来了。势力一雄厚，就看见大商店如商务印书馆，也有创造社员的译著的出版，——这是说，郭沫若[26]和张资平两位先生的稿件。这以来，据我所记得，是创造社也不再审查商务印书馆出版物的误译之处，来作专论了。这些地方，我想，是也有些才子＋流氓式的。然而，"新上海"是究竟敌不过"老上海"的，创造社员在凯歌声中，终于觉到了自己就在做自己们的出版者的商品，种种努力，在老板看来，就等于眼镜铺大玻璃窗里纸人的眨眼，不过是"以广招徕"。待到希图独立出版的时候，老板就给吃了一场官司，虽然也终于独立，说是一切书籍，大加改订，另行印刷，从新开张了，然而旧老板却还是永远用了旧版子，只是印，卖，而且年年是什么纪念的大廉价。

商品固然是做不下去的，独立也活不下去。创造社的人们的去路，自然是在较有希望的"革命策源地"的广东。在广东，于是也有"革命文学"这名词的出现，然而并无什么作品，在上海，则并且还没有这名词。

到了前年，"革命文学"这名目这才旺盛起来了，主张的是从"革命策源地"回来的几个创造社元老和若干新份子。革命文学之所以旺盛起来，自然是因为由于社会的背景，一般群众，青年有了这样的要求。当从广东开始北伐的时候，一般积极的青年都跑到实际工作去了，那时还没有什么显著的革命文学运动，到了政治环境突然改变，革命遭了挫折，阶级的分化非常显明，国民党以"清党"之名，大戮共产党及革命群众，而死剩的青年们再入于被迫压的境遇，于是革命文学在上海这才有了强烈的活动。所以这革命文学的旺盛起来，在表面上和别国不同，并非由于革命的高扬，而是因为革命的挫折；虽然其中也有些是旧文人解下指挥刀来重理笔墨的旧业，有些是几个青年被从实际工作排出，只好借此谋生，但因为实在具有社会的基础，所以在新份子里，是很有极坚实正确的人存在的。但那时的革命文学运动，据我的意见，是未经好好的计划，很有些错误之处的。例如，第一，他们对于中国社会，未曾加以细密的分析，便将在苏维埃政权之下才能运用的方法，来机械地运用了。再则他们，尤其是成仿吾先生，将革命使一般人理解为非常可怕的事，摆着一种极左倾的凶恶的面貌，好似革命一到，一切非革命者就都得死，令人对革命只抱着恐怖。其实革命是并非教人死而是教人活的。这种令人"知道点革命的厉害"，只图自己说得畅快的态度，也还是中了才子＋流氓的毒。

激烈得快的，也平和得快，甚至于也颓废得快。倘在文人，他总有一番辩护自己的变化的理由，引经据典。譬如说，要人帮忙时候用克鲁巴金的互助论，要和人争闹的时候就用达尔文的生存竞争说。无论古今，凡是没有一定的理论，或主张的变化并无线索可寻，而随时拿了各种各派的理论来作武器的人，都可以称之为流氓。例如上海的流氓，看见一男一女的乡下人在走路，他就说，"喂，你们这样子，有伤风化，你们犯了法了！"他用的是中国法。倘看见一个乡下人在路旁小便呢，他就说，"喂，这是不准的，你犯了法，该捉到捕房去！"这时所用的又是外国法。但结果是无所谓法不法，只要被他敲去了几个钱就都完事。

在中国，去年的革命文学者和前年很有点不同了。这固然由于境遇的改变，但有些"革命文学者"的本身里，还藏着容易犯到的病根。"革命"和"文学"，若断若续，好像两只靠近的船，一只是"革命"，一只是"文学"，而作者的每一只脚就站在每一只船上面。当环境较好的时候，作者就在革命这一只船上踏得重一点，分明是革命者，待到革命一被压迫，则在文学的船上踏得重一点，他变了不过是文学家了。所以前年的主张十分激烈，以为凡非革命文学，统得扫荡的人，去年却记得了列宁爱看冈却罗夫[27]（I. A.Gontcharov）的作品的故事，觉得非革命文学，意义倒也十分深长；还有最彻底的革命文学家叶灵凤先生，

103

他描写革命家，彻底到每次上茅厕时候都用我的《呐喊》去揩屁股[28]，现在却竟会莫名其妙的跟在所谓民族主义文学家屁股后面了。

类似的例，还可以举出向培良[29]先生来。在革命渐渐高扬的时候，他是很革命的；他在先前，还曾经说，青年人不但嗥叫，还要露出狼牙来。这自然也不坏，但也应该小心，因为狼是狗的祖宗，一到被人驯服的时候，是就要变而为狗的。向培良先生现在在提倡人类的艺术了，他反对有阶级的艺术的存在，而在人类中分出好人和坏人来，这艺术是"好坏斗争"的武器。狗也是将人分为两种的，豢养它的主人之类是好人，别的穷人和乞丐在它的眼里就是坏人，不是叫，便是咬。然而这也还不算坏，因为究竟还有一点野性，如果再一变而为吧儿狗，好像不管闲事，而其实在给主子尽职，那就正如现在的自称不问俗事的为艺术而艺术的名人们一样，只好去点缀大学教室了。

这样的翻着筋斗的小资产阶级，即使是在做革命文学家，写着革命文学的时候，也最容易将革命写歪；写歪了，反于革命有害，所以他们的转变，是毫不足惜的。当革命文学的运动勃兴时，许多小资产阶级的文学家忽然变过来了，那时用来解释这现象的，是突变之说。但我们知道，所谓突变者，是说A要变B，几个条件已经完备，而独缺其一的时候，这一个条件一出现，于是就变成了B。譬如水的结冰，温度须到零点，同时又须有空气的振动，倘没有这，则即便到了零点，也还是不结冰，这时空气一振动，这才突变而为冰了。所以外面虽然好像突变，其实是并非突然的事。倘没有应具的条件的，那就是即使自说已变，实际上却并没有变，所以有些忽然一天晚上自称突变过来的小资产阶级革命文学家，不久就又突变回去了。

去年左翼作家联盟在上海的成立，是一件重要的事实。因为这时已经输入了蒲力汗诺夫，卢那卡尔斯基等的理论，给大家能够互相切磋，更加坚实而有力，但也正因为更加坚实而有力了，就受到世界上古今所少有的压迫和摧残，因为有了这样的压迫和摧残，就使那时以为左翼文学将大出风头，作家就要吃劳动者供献上来的黄油面包了的所谓革命文学家立刻现出原形，有的写悔过书，有的是反转来攻击左联，以显出他今年的见识又进了一步。这虽然并非左联直接的自动，然而也是一种扫荡，这些作者，是无论变与不变，总写不出好的作品来的。

但现存的左翼作家，能写出好的无产阶级文学来么？我想，也很难。这是因为现在的左翼作家还都是读书人——智识阶级，他们要写出革命的实际来，是很不容易的缘故。日本的厨川白村（H. Kuriyagawa）曾经提出过一个问题，说：作家之所以描写，必得是自己经验过的么？他自答道，不必，因为他能够体察。[30]所以要写偷，他不必亲自去做贼，要写通奸，他不必亲自去私通。但我以为这是因为作家生长在旧社会里，熟悉了旧社会的情形，看惯了旧社会的人物的缘故，所以他能够体察；对于和他向来没有关系的无产阶级的情形和人物，他就会无能，或者弄成错误的描写了。所以革命文学家，至少是必须和革命共同着生命，或深切地感受着革命的脉搏的。（最近左联的提出了"作家的无产阶级化"的口号，就是对于这一点的很正确的理解。）

在现在中国这样的社会中，最容易希望出现的，是反叛的小资产阶级的反抗的，或暴露的作品。因为他生长在这正在灭亡着的阶级中，所以他有甚深的了解，甚大的憎恶，而向这刺下去的刀也最为致命与有力。固然，有些貌似革命的作品，也并非要将本阶级或资产阶级推翻，倒在憎恨或失望于他们的不能改良，不能较长久的保持地位，所以从无产阶级的见地看来，不过是"兄弟阋于墙"，两方一样是敌对。但是，那结果，却也能在革命的潮流中，成为一粒泡沫的。对于这些的作品，我以为实在无须称之为无产阶级文学，作者也无须为了将来的名誉起见，自称为无产阶级的作家的。

　　但是，虽是仅仅攻击旧社会的作品，倘若知不清缺点，看不透病根，也就于革命有害，但可惜的是现在的作家，连革命的作家和批评家，也往往不能，或不敢正视现社会，知道它的底细，尤其是认为敌人的底细。随手举一个例罢，先前的《列宁青年》[31]上，有一篇评论中国文学界的文章，将这分为三派，首先是创造社，作为无产阶级文学派，讲得很长，其次是语丝社，作为小资产阶级文学派，可就说得短了，第三是新月社，作为资产阶级文学派，却说得更短，到不了一页。这就在表明：这位青年批评家对于愈认为敌人的，就愈是无话可说，也就是愈没有细看。自然，我们看书，倘看反对的东西，总不如看同派的东西的舒服，爽快，有益；但倘是一个战斗者，我以为，在了解革命和敌人上，倒是必须更多的去解剖当面的敌人的。要写文学作品也一样，不但应该知道革命的实际，也必须深知敌人的情形，现在的各方面的状况，再去断定革命的前途。惟有明白旧的，看到新的，了解过去，推断将来，我们的文学的发展才有希望。我想，这是在现在环境下的作家，只要努力，还可以做得到的。

　　在现在，如先前所说，文艺是在受着少有的压迫与摧残，广泛地现出了饥馑状态。文艺不但是革命的，连那略带些不平色彩的，不但是指摘现状的，连那些攻击旧来积弊的，也往往就受迫害。这情形，即在说明至今为止的统治阶级的革命，不过是争夺一把旧椅子。去推的时候，好像这椅子很可恨，一夺到手，就又觉得是宝贝了，而同时也自觉了自己正和这"旧的"一气。二十多年前，都说朱元璋（明太祖）[32]是民族的革命者，其实是并不然的，他做了皇帝以后，称蒙古朝为"大元"，杀汉人比蒙古人还利害。奴才做了主人，是决不肯废去"老爷"的称呼的，他的摆架子，恐怕比他的主人还十足，还可笑。这正如上海的工人赚了几文钱，开起小小的工厂来，对付工人反而凶到绝顶一样。

在一部旧的笔记小说——我忘了它的书名了——上，曾经载有一个故事，说明朝有一个武官叫说书人讲故事，他便对他讲檀道济——晋朝的一个将军，讲完之后，那武官就吩咐打说书人一顿，人问他什么缘故，他说道："他既然对我讲檀道济，那么，对檀道济是一定去讲我的了。"[33]现在的统治者也神经衰弱到像这武官一样，什么他都怕，因而在出版界上也布置了比先前更进步的流氓，令人看不出流氓的形式而却用着更厉害的流氓手段：用广告，用诬陷，用恐吓；甚至于有几个文学者还拜了流氓做老子[34]，以图得到安稳和利益。因此革命的文学者，就不但应该留心迎面的敌人，还必须防备自己一面的三翻四复的暗探了，较之简单地用着文艺的斗争，就非常费力，而因此也就影响到文艺上面来。

现在上海虽然还出版着一大堆的所谓文艺杂志，其实却等于空虚。以营业为目的的书店所出的东西，因为怕遭殃，就竭力选些不关痛痒的文章，如说"命固不可以不革，而亦不可以太革"之类，那特色是在令人从头看到末尾，终于等于不看。至于官办的，或对官场去凑趣的杂志呢，作者又都是乌合之众，共同的目的只在捞几文稿费，什么"英国维多利亚朝的文学"呀；"论刘易士得到诺贝尔奖金"呀，连自己也并不相信所发的议论，连自己也并不看重所做的文章。所以，我说，现在上海所出的文艺杂志都等于空虚，革命者的文艺固然被压迫了，而压迫者所办的文艺杂志上也没有什么文艺可见。然而，压迫者当真没有文艺么？有是有的，不过并非这些，而是通电，告示，新闻，民族主义的"文学"[35]，法官的判词等。例如前几天，《申报》上就记着一个女人控诉她的丈夫强迫鸡奸并殴打得皮肤上成了青伤的事，而法官的判词却道，法律上并无禁止丈夫鸡奸妻子的明文，而皮肤打得发青，也并不算毁损了生理的机能，所以那控诉就不能成立。现在是那男人反在控诉他的女人的"诬告"了。法律我不知道，至于生理学，却学过一点，皮肤被打得发青，肺，肝，或肠胃的生理的机能固然不至于毁损，然而发青之处的皮肤的生理的机能却是毁损了的。这在中国的现在，虽然常常遇见，不算什么稀奇事，但我以为这就已经能够很明白的知道社会上的一部分现象，胜于一篇平凡的小说或长诗了。

除以上所说之外，那所谓民族主义文学，和闹得已经很久了的武侠小说之类，是也还应该详细解剖的。但现在时间已经不够，只得待将来有机会再讲了。今天就这样为止罢。

☆ ★ ☆

1 本篇最初发表于一九三一年七月二十七日和八月三日上海《文艺新闻》第二十期和二十一期，收入本书时，作者曾略加修改。据《鲁迅日记》，讲演日期应是一九三一年七月二十日，副标题所记八月十二日有误。

2 《申报》 该报最初的内容，除国内外新闻记事外，还刊载一些竹枝词、俗语、灯谜、诗文唱和等；这类作品的撰稿者多为当时所谓"才子"之类。

3 古今体诗 古体诗和今体诗。格律严格的律诗、绝句、排律等，形成于唐代，唐代人称之为今体诗（或近体诗）；而对产生较早，格律较自由的古诗、古风，则称为古体诗。后人也沿用这一称呼。

4 《儒林外史》 长篇小说，清代吴敬梓著，共五十五回。书中对科举制度和封建礼教作了讽刺和批判。

5 《三宝太监西洋记》 即《三宝太监西洋记通俗演义》，明代罗懋登著，共二十卷，一百回。

6 《快心编》 清末较流行的通俗小说之一，署名天花才子编辑，四桔居士评点，共三集，三十二回。

7 《点石斋画报》 旬刊，附属于《申报》发行的一种石印画报，一八八四年创刊，一八九八年停刊。由申报馆附设的点石斋石印书局出版，吴友如主编。后来吴友如把他在该刊所发表的作品汇辑出版，分订成册，题为《吴友如墨宝》。吴友如（？—约1893），名猷（又作嘉猷），字友如，江苏元和（今吴县）人，清末画家。

8 绣像 指明、清以来通俗小说卷头的书中人物的白描画像。

9 叶灵凤 一九二六年至一九二七年初，他在上海办《幻洲》半月刊，鼓吹"新流氓主义"。

10 "浮世绘" 日本德川幕府时代（1603～1867）的一种民间版画，题材多取自下层市民社会的生活。十八世纪末期逐渐衰落。

11 "拆梢" 即敲诈；"揩油"，指对妇女的猥亵行为；"吊膀子"，即勾引妇女。这些都是上海方言。

12 《迦茵小传》 英国哈葛德所作长篇小说。该书最初有署名蟠溪子的译文，仅为原著的下半部，一九〇三年上海文明书局出版，当时流行很广。后由林琴南根据魏易口述，译出全文，一九〇五年商务印书馆出版。

13 先译者的大骂 当指寅半生作《读迦因小传两译本书后》一文（载一九〇六年杭州出版的《游戏世界》第十一期），其中说："蟠溪子不知几费踌躇，几费斟酌，始得有孕一节为迦因隐去。……不意有林畏庐者，不知与迦因何仇，凡蟠溪子百计所弥缝而曲为迦因讳者，必欲另补之以彰其丑。……呜呼！迦因何幸而得蟠溪子为之讳其短而显其长，而使读迦因小传者咸神往于迦因也；迦因何不幸而复得林畏庐为之暴其行而贡其

109

丑，而使读迦因小传者咸轻薄夫迦因也。"

14 天虚我生　即陈蝶仙，鸳鸯蝴蝶派作家。九一八事变后，在全国人民抵制日货声中，他经营的家庭工业社制造了取代日本"金钢石"牙粉的"无敌牌"牙粉，因盛销各地而致富。按天虚我生曾于一九二〇年编辑《申报·自由谈》，不是《眉语》主编。《眉语》，鸳鸯蝴蝶派的月刊，高剑华主编，一九一四年十月创刊，一九一六年出至第十八期停刊。

15 鸳鸯胡蝶式文学　指鸳鸯蝴蝶派作品，多用文言文描写迎合小市民趣味的才子佳人故事。鸳鸯蝴蝶派兴起于清末民初，先后办过《小说时报》、《民权素》、《小说丛报》、《礼拜六》等刊物；因《礼拜六》影响较大，故又称礼拜六派。代表作家有包天笑、陈蝶仙、徐枕亚、周瘦鹃、张恨水等。

16 《新青年》　综合性月刊。"五四"时期倡导新文化运动、传播马克思主义的重要刊物。一九一五年九月创刊于上海，由陈独秀主编。第一卷名《青年杂志》，第二卷起改名《新青年》。从一九一八年一月起，李大钊等参加该刊编辑工作。一九二二年七月休刊。

17 伊孛生　即易卜生。他的剧本《玩偶之家》，写娜拉（诺拉）不甘做丈夫的玩偶而离家出走的故事，"五四"时期译成中文并上演，产生较大影响。其他主要剧作也曾在当时译成中文，《新青年》第四卷第六号（一九一八年六月）并出版了介绍他生平、思想及作品的专号。

18 《终身大事》　以婚姻问题为题材的剧本，发表于《新青年》第六卷第三号（一九一九年三月）。

19 创造社　新文学运动中著名的文学团体，一九二〇年至一九二一年间成立，主要成员有郭沫若、郁达夫、成仿吾等。

20 文学研究会　著名的文学团体，一九二一年一月成立于北京，由沈雁冰、郑振铎、叶绍钧等人发起，主张"为人生的艺术"，提倡现实主义的为改造社会服务的新文学，反对把文学当作游戏或消遣的东西。同时努力介绍俄国和东欧、北欧及其他"弱小民族"的文学作品。该会当时的活动，对于中国新文学运动，曾起了很大的推动作用。编有《小说月报》、《文学旬刊》、《文学周报》和《文学研究会丛书》多种。鲁迅是这个文学团体的支持者。

21 创造社"出马的第一个广告"　指《创造》季刊的出版广告，载于一九二一年九月二十九日《时事新报》，其中有"自文化运动发生后，我国新文艺为一、二偶像所垄

110

断"等话。

22 这里说的批评误译的专论，指成仿吾在《创造季刊》第二卷第一期（一九二三年五月）发表的《"雅典主义"》的文章。它对佩韦（王统照）的《今年纪念的几个文学家》（载一九二二年十二月《小说月报》）一文中将无神论（Atheism）误译为"雅典主义"加以批评。

23 吴宓（1894～1978）　字雨僧，陕西泾阳人。曾留学美国，后任东南大学教授。一九二一年他同梅光迪、胡先骕等人创办《学衡》杂志，提倡复古主义，是反对新文化运动的代表人物之一。

24 《小说月报》　一九一〇年（清宣统二年）创刊于上海，商务印书馆出版，开始由王蕴章、恽铁樵先后主编，是礼拜六派的主要刊物之一。一九二一年一月第十二卷第一期起，由沈雁冰主编，内容大加改革，因此遭到礼拜六派的攻击。一九二三年一月第十四卷起改由郑振铎主编。一九三一年十二月出至第二十二卷第十二期停刊。

25 《小说世界》　周刊，鸳鸯蝴蝶派为对抗革新后的《小说月报》创办的刊物，叶劲风主编。一九二三年一月创刊于上海，商务印书馆出版。一九二九年十二月停刊。

26 郭沫若（1892～1978）　四川乐山人，文学家、历史学家和社会活动家。早年从事革命文化活动，为著名的文学团体创造社主要发起人。一九二六年投身北伐战争，一九二七年参加八一南昌起义，失败后旅居日本，从事中国古代史和古文字学的研究。抗日战争爆发后回国，在中国共产党领导下，组织和团结国统区进步文化人士从事抗日和民主运动。他的著作丰富，对我国新文化运动作出了巨大贡献。

27 冈却罗夫（1812～1891）　通译冈察洛夫，俄国作家。著有长篇小说《奥勃洛摩夫》等。列宁在《论苏维埃共和国的国内外形势》等文中曾多次提到奥勃洛摩夫这个艺术形象。

28 指叶灵凤的小说《穷愁的自传》，载《现代小说》第三卷第二期（一九二九年十一月）。小说中的主角魏日青说："照着老例，起身后我便将十二枚铜元从旧货摊上买来的一册《呐喊》撕下三页到露台上去大便。"

29 向培良（1905～1961）　湖南黔阳人，狂飙社主要成员之一，后来投靠国民党。他在《狂飙》第五期（一九二六年十一月）《论孤独者》一文中曾说：青年们"愤怒而且嗥叫，像一个被追逐的狼，回过头来，露出牙……。"一九二九年他在上海主编《青春月刊》，反对革命文学运动，提倡所谓"人类底艺术"。所著《人类的艺术》一书，一九三〇年五月由国民党南京拔提书店出版。

111

30 厨川白村的这些话，见于他所作《苦闷的象征》第三部分中的《短篇〈项链〉》一节。

31 《列宁青年》 中国共产主义青年团的机关刊物。一九二三年十月在上海创刊，原名《中国青年》，一九二七年十一月改为《无产青年》，一九二八年十月又改为《列宁青年》，一九三二年停刊。这里所说的文章，指载于该刊第一卷第十一期（一九二九年三月）得钊的《一年来中国文艺界述评》。

32 朱元璋（1328～1398） 濠州钟离（今安徽凤阳）人，元末农民起义军领袖之一，明朝第一个皇帝。辛亥革命前夕，同盟会机关报《民报》上曾登过他的画像，称他为"中国大民族革命伟人"、"中国革命之英雄"。

33 按这里说的檀道济当为韩信，见宋代江少虞著《事实类苑》："党进不识文字，……过市，见缚栏为戏者，驻马问汝所诵何言。优者曰：'说韩信。'进大怒曰：'汝对我说韩信，见韩信即当说我；此三面两头之人。'即令杖之。"

34 拜了流氓做老子 指和上海流氓帮口头子有勾结，并拜他们做师父和干爹的所谓"文学家"。

35 民族主义的"文学" 当时由国民党当局策划的反动文学。

答北斗杂志社问[1]
——创作要怎样才会好?

编辑先生:

来信的问题,是要请美国作家和中国上海教授们做的,他们满肚子是"小说法程"和"小说作法"。[2]我虽然做过二十来篇短篇小说,但一向没有"宿见",正如我虽然会说中国话,却不会写"中国语法入门"一样。不过高情难却,所以只得将自己所经验的琐事写一点在下面——

一,留心各样的事情,多看看,不看到一点就写。

二,写不出的时候不硬写。

三,模特儿[3]不用一个一定的人,看得多了,凑合起来的。

四,写完后至少看两遍,竭力将可有可无的字,句,段删去,毫不可惜。宁可将可作小说的材料缩成Sketch[4],决不将Sketch材料拉成小说。

五,看外国的短篇小说,几乎全是东欧及北欧作品,也看日本作品。

六,不生造除自己之外,谁也不懂的形容词之类。

七,不相信"小说作法"之类的话。

八,不相信中国的所谓"批评家"之类的话,而看看可靠的外国批评家的评论。

　　现在所能说的，如此而已。此复，即请编安！

十二月二十七日。

☆　★　☆

　　1 本篇最初发表于一九三二年一月二十日《北斗》第二卷第一期。

　　《北斗》，文艺月刊，"左联"的机关刊物之一，丁玲主编。一九三一年九月在上海创刊，一九三二年七月出至第二卷第三、四期合刊后停刊，共出八期。一九三一年十二月，该刊以"创作不振之原因及其出路"为题向许多作家征询意见。本文是作者所作的答复。

　　2 关于小说创作法方面的书，当时出版很多，如美国人哈米顿著、华林一译的《小说法程》，孙俍工编的《小说作法讲义》等。

　　3 模特儿　英语Model的音译。原意是"模型"，这里指文学作品中人物的原型。

　　4 Sketch　英语：速写。

我怎么做起小说来¹

我怎么做起小说来？——这来由，已经在《呐喊》的序文上，约略说过了。这里还应该补叙一点的，是当我留心文学的时候，情形和现在很不同：在中国，小说不算文学，做小说的也决不能称为文学家，所以并没有人想在这一条道路上出世。我也并没有要将小说抬进"文苑"里的意思，不过想利用他的力量，来改良社会。

但也不是自己想创作，注重的倒是在绍介，在翻译，而尤其注重于短篇，特别是被压迫的民族中的作者的作品。因为那时正盛行着排满论，有些青年，都引那叫喊和反抗的作者为同调的。所以"小说作法"之类，我一部都没有看过，看短篇小说却不少，小半是自己也爱看，大半则因了搜寻绍介的材料。也看文学史和批评，这是因为想知道作者的为人和思想，以便决定应否绍介给中国。和学问之类，是绝不相干的。

因为所求的作品是叫喊和反抗，势必至于倾向了东欧，因此所看的俄国，波兰以及巴尔干诸小国作家的东西就特别多。也曾热心的搜求印度，埃及的作品，但是得不到。记得当时最爱看的作者，是俄国的果戈理(N.Gogol)和波兰的显克微支

(H.Sienkiewitz)[2]。日本的，是夏目漱石和森鸥外[3]。

回国以后，就办学校，再没有看小说的工夫了，这样的有五六年。为什么又开手了呢？——这也已经写在《呐喊》的序文里，不必说了。但我的来做小说，也并非自以为有做小说的才能，只因为那时是住在北京的会馆[4]里的，要做论文罢，没有参考书，要翻译罢，没有底本，就只好做一点小说模样的东西塞责，这就是《狂人日记》。大约所仰仗的全在先前看过的百来篇外国作品和一点医学上的知识，此外的准备，一点也没有。

但是《新青年》的编辑者，却一回一回的来催，催几回，我就做一篇，这里我必得记念陈独秀[5]先生，他是催促我做小说最着力的一个。

自然，做起小说来，总不免自己有些主见的。例如，说到"为什么"做小说罢，我仍抱着十多年前的"启蒙主义"，以为必须是"为人生"，而且要改良这人生。我深恶先前的称小说为"闲书"，而且将"为艺术的艺术"，看作不过是"消闲"的新式的别号。所以我的取材，多采自病态社会的不幸的人们中，意思是在揭出病苦，引起疗救的注意。所以我力避行文的唠叨，只要觉得够将意思传给别人了，就宁可什么陪衬拖带也没有。中国旧戏上，没有背景，新年卖给孩子看的花纸上，只有主要的几个人(但现在的花纸却多有背景了)，我深信对于我的目的，这方法是适宜的，所以我不去描写风月，对话也决不说到一大篇。

我做完之后，总要看两遍，自己觉得拗口的，就增删几个字，一定要它读得顺口；没有相宜的白话，宁可引古语，希望总有人会懂，只有自己懂得或连自己也不懂的生造出来的字句，是不大用的。这一节，许多批评家之中，只有一个人看出来了，但他称我为Stylist[6]。

所写的事迹，大抵有一点见过或听到过的缘由，但决不全用这事实，只是采取一端，加以改造，或生发开去，到足以几乎完全发表我的意思为止。人物的模特儿也一样，没有专用过一个人，往往嘴在浙江，脸在北京，衣服在山西，是一个拼凑起来的脚色。有人说，我的那一篇是骂谁，某一篇又是骂谁，那是完全胡说的。

不过这样的写法，有一种困难，就是令人难以放下笔。一气写下去，这人物就逐渐活动起来，尽了他的任务。但倘有什么分心的事情来一打岔，放下许久之后再来写，性格也许就变了样，情景也会和先前所豫想的不同起来。例如我做的《不周山》，原意是在描写性的发动和创造，以至衰亡的，而中途去看报章，见了一位道学的批评家攻击情诗[7]的文章，心里很不以为然，于是小说里就有一个小人物跑到女娲的两腿之间来，不但不必有，且将结构的宏大毁坏了。但这些处所，除了自己，大概没有人会觉到的，我们的批评大家成仿吾先生，还说这一篇做得最出色。

我想，如果专用一个人做骨干，就可以没有这弊病的，但自己没有试验过。

忘记是谁说的了，总之是，要极省俭的画出一个人的特点，最好是画他的眼睛。[8]我以为这话是极对的，倘若画了全副的头发，即使细得逼真，也毫无意思。我常在学学这一种方法，可惜学不好。

可省的处所，我决不硬添，做不出的时候，我也决不硬做，但这是因为我那时别有收入，不靠卖文为活的缘故，不能作为通例的。

还有一层，是我每当写作，一律抹杀各种的批评。因为那时中国的创作界固然幼稚，批评界更幼稚，不是举之上天，就是按之入地，倘将这些放在眼里，就要自命不凡，或觉得非自杀不足以谢天下的。批评必须坏处说坏，好处说好，才于作者有益。

但我常看外国的批评文章，因为他于我没有恩怨嫉恨，虽然所评的是别人的作品，却很有可以借镜之处。但自然，我也同时一定留心这批评家的派别。

以上，是十年前的事了，此后并无所作，也没有长进，编辑先生要我做一点这类的文章，怎么能呢。拉杂写来，不过如此而已。

三月五日灯下

☆ ★ ☆

1 本篇最初印入一九三三年六月上海天马书店出版的《创作的经验》一书。

2 显克微支 (1846~1916) 波兰作家。作品主要反映波兰农民的痛苦生活和波兰人民反对异族侵略的斗争。著有历史小说三部曲《火与剑》、《洪流》、《伏洛窦耶夫斯基先生》和中篇小说《炭画》等。

3 夏目漱石 (1867~1916) 日本小说家，著有长篇小说《我是猫》、中篇小说《哥儿》等。森鸥外 (1862~1922)，日本小说家、文学评论家，著有小说《舞姬》等。

4 会馆 指北京宣武门外南半截胡同的"绍兴县馆"。一九一二年五月至一九一九年十一月作者曾在此寄住。

5 陈独秀 (1880~1942) 字仲甫，安徽怀宁人，原为北京大学教授，《新青年》杂志的创办人，"五四"时期提倡新文化运动的主要人物。中国共产党成立后任党的总书记。"五四"时期，他在致周作人的函件中，极力敦促鲁迅从事小说写作，如一九二〇年三月十一日信："我们很盼望豫才先生为《新青年》创作小说，请先生告诉他。"又八月二十二日信："鲁迅兄做的小说，我实在五体投地的佩服。"

6 Stylist　英语：文体家。作者这里所指似为黎锦明。黎在《论体裁描写与中国新文艺》（见《文学周报》第五卷第二期，一九二八年二月合订本）一文中说："西欧的作家对于体裁，是其第一安到著作的路的门径，还竟有所谓体裁家（Stylist）者。……我们的新文艺，除开鲁迅叶绍钧二三人的作品还可见到有体裁的修养外，其余大都似乎随意的把它挂在笔头上。"

7 一位道学的批评家　指胡梦华。他在一九二二年十月二十四日《时事新报·学灯》上发表《读了〈蕙的风〉以后》，攻击汪静之作的诗集《蕙的风》，认为其中某些情诗是"堕落轻薄"的作品，有"不道德的嫌疑"。参看《热风·反对"含泪"的批评家》。

8 这是东晋画家顾恺之的话，见南朝宋刘义庆《世说新语·巧艺》："顾长康（按即顾恺之）画人，或数年不点目睛。人问其故，顾曰：'四体妍蚩，本无关于妙处；传神写照，正在阿堵中。'"阿堵，当时俗语：这个。

119

不应该那么写[1]

凡是有志于创作的青年，第一个想到的问题，大概总是"应该怎样写？"现在市场上陈列着的"小说作法"，"小说法程"之类，就是专掏这类青年的腰包的。然而，好像没有效，从"小说作法"学出来的作者，我们至今还没有听到过。有些青年是设法去问已经出名的作者，那些答案，还很少见有什么发表，但结果是不难推想而知的：不得要领。这也难怪，因为创作是并没有什么秘诀，能够交头接耳，一句话就传授给别一个的，倘不然，只要有这秘诀，就真可以登广告，收学费，开一个三天包成文豪学校了。以中国之大，或者也许会有罢，但是，这其实是骗子。

在不难推想而知的种种答案中，大概总该有一个是"多看大作家的作品"。这恐怕也很不能满文学青年的意，因为太宽泛，茫无边际——然而倒是切实的。凡是已有定评的大作家，他的作品，全部就说明着"应该怎样写"。只是读者很不容易看出，也就不能领悟。因为在学习者一方面，是必须知道了"不应该那么写"，这才会明白原来"应该这么写"的。

这"不应该那么写"，如何知道呢？惠列赛耶夫[2]的《果戈理研究》第六章里，答复着这问题——

"应该这么写，必须从大作家们的完成了的作品去领会。那么，不应该那么写这一面，恐怕最好是从那同一作品的未定稿本去学习了。在这里，简直好像艺术家在对我们用实物教授。恰如他指着每一行，直接对我们这样说——'你看——哪，这是应该删去的。这要缩短，这要改作，因为不自然了。在这里，还得加些渲染，使形象更加显豁些。'"

这确是极有益处的学习法，而我们中国却偏偏缺少这样的教材。近几年来，石印的手稿是有一些了，但大抵是学者的著述或日记。也许是因为向来崇尚"一挥而就"，"文不加点"的缘故罢，又大抵是全本干干净净，看不出苦心删改的痕迹来。取材于外国呢，则即使精通文字，也无法搜罗名作的初版以至改定版的各种本子的。

读书人家的子弟熟悉笔墨，木匠的孩子会玩斧凿，兵家儿早识刀枪，没有这样的环境和遗产，是中国的文学青年的先天的不幸。

在没奈何中，想了一个补救法：新闻上的记事，拙劣的小说，那事件，是也有可以写成一部文艺作品的，不过那记事，那小说，却并非文艺——这就是"不应该这样写"的标本。只是和"应该那样写"，却无从比较了。

四月二十三日。

☆ ★ ☆

1 本篇最初发表于一九三五年六月《文学》月刊第四卷第六号"文学论坛"栏，署名洛。

2 惠列赛耶夫（1867~1945） 一译魏烈萨耶夫，苏联作家，文学评论家。

魏晋风度及文章与药及酒之关系[1]
——九月间在广州夏期学术演讲会[2]讲

我今天所讲的，就是黑板上写着的这样一个题目。

中国文学史，研究起来，可真不容易，研究古的，恨材料太少，研究今的，材料又太多，所以到现在，中国较完全的文学史尚未出现。今天讲的题目是文学史上的一部分，也是材料太少，研究起来很有困难的地方。因为我们想研究某一时代的文学，至少要知道作者的环境，经历和著作。

汉末魏初这个时代是很重要的时代，在文学方面起一个重大的变化，因当时正在黄巾[3]和董卓大乱[4]之后，而且又是党锢[5]的纠纷之后，这时曹操[6]出来了。不过我们讲到曹操，很容易就联想起《三国志演义》[7]，更而想起戏台上那一位花面的奸臣，但这不是观察曹操的真正方法。现在我们再看历史，在历史上的记载和论断有时也是极靠不住的，不能相信的地方很多，因为通常我们晓得，某朝的年代长一点，其中必定好人多；某朝的年代短一点，其中差不多没有好人。为什么呢？因为年代长了，做史的是本朝人，当然恭维本朝的人物，年代短了，做史的是别朝的人，便很自由地贬斥其异朝的人物，所以在秦朝，差不多在史的记载上半个好人也没有。曹操在史上的年代也是颇短的，自然也逃不了被

122

后一朝人说坏话的公例。其实，曹操是一个很有本事的人，至少是一个英雄，我虽不是曹操一党，但无论如何，总是非常佩服他。

研究那时的文学，现在较为容易了，因为已经有人做过工作：在文集一方面有清严可均辑的《全上古三代秦汉三国晋南北朝文》[8]。其中于此有用的，是《全汉文》，《全三国文》，《全晋文》。

在诗一方面有丁福保辑的《全汉三国晋南北朝诗》[9]。——丁福保是做医生的，现在还在。

辑录关于这时代的文学评论有刘师培编的《中国中古文学史》[10]。这本书是北大的讲义，刘先生已死，此书由北大出版。

上面三种书对于我们的研究有很大的帮助。能使我们看出这时代的文学的确有点异彩。

我今天所讲，倘若刘先生的书里已详的，我就略一点；反之，刘先生所略的，我就较详一点。

董卓之后，曹操专权。在他的统治之下，第一个特色便是尚刑名。他的立法是很严的，因为当大乱之后，大家都想做皇帝，大家都想叛乱，故曹操不能不如此。曹操曾经自己说过："倘无我，不知有多少人称王称帝！"[11]这句话他倒并没有说谎。因此之故，影响到文章方面，成了清峻的风格。——就是文章要简约严明的意思。

此外还有一个特点，就是尚通脱。他为什么要尚通脱呢？自然也与当时的风气有莫大的关系。因为在党锢之祸以前，凡党中人都自命清流，不过讲"清"讲得太过，便成固执，所以在汉末，清流的举动有时便非常可笑了。

比方有一个有名的人，普通的人去拜访他，先要说几句话，倘这几句话说得不对，往往会遭倨傲的待遇，叫他坐到屋外去，甚而至于拒绝不见。

又如有一个人，他和他的姊夫是不对的，有一回他到姊姊那里去吃饭之后，便要将饭钱算回给姊姊。她不肯要，他就于出门之后，把那些钱扔在街上，算是付过了。[12]

个人这样闹闹脾气还不要紧，若治国平天下也这样闹起执拗的脾气来，那还成甚么话？所以深知此弊的曹操要起来反对这种习气，力倡通脱。通脱即随便之意。此种提倡影响到文坛，便产生大量想说甚么便说甚么的文章。

更因思想通脱之后，废除固执，遂能充分容纳异端和外来思想，故孔教以外的思想源源引入。

总括起来，我们可以说汉末魏初的文章是清峻，通脱。在曹操本身，也是一个改造文章的祖师，可惜他的文章传的很少。他胆子很大，文章从通脱得力不少，做文章时又没有顾忌，想写的便写出来。

所以曹操征求人才时也是这样说，不忠不孝不要紧，只要有才便可以。[13]这又是别人所不敢说的。曹操做诗，竟说是"郑康成行酒伏地气绝"[14]，他引出离当时不久的事实，这也是别人所不敢用的。还有一样，比方人死时，常常写点遗令，这是名人的一件极时髦的事。当时的遗令本有一定的格式，且多言身后当葬于何处何处，或葬于某某名人的墓旁；操独不然，他的遗令不但没有依着格式，内容竟讲到遗下的衣服和伎女怎样处置等问题[15]。

陆机虽然评曰："贻尘谤于后王"[16]，然而我想他无论如何是一个精明人，他自己能做文章，又有手段，把天下的方士文士统统搜罗起来，省得他们跑在外面给他捣乱。所以他帷幄里面，方士文士就特别地多。

魏文帝曹丕[17]，以长子而承父业，篡汉而即帝位。他也是喜欢文章的。其弟曹植[18]，还有明帝曹睿[19]，都是喜欢文章的。不过到那个时候，于通脱之外，更加上华丽。丕著《典论》，现已失散无全本，那里面说："诗赋欲丽"，"文以气为主"。《典论》的零零碎碎，在唐宋类书中；一篇整的《论文》，在《文选》[20]中可以看见。

后来有一般人很不以他的见解为然。他说诗赋不必寓教训，反对当时那些寓训勉于诗赋的见解，用近代的文学眼光看来，曹丕的一个时代可说是"文学的自觉时代"，或如近代所说是为艺术而艺术[21](Art for Art's Sake)的一派。所以曹丕做的诗赋很好，更因他以"气"为主，故于华丽以外，加上壮大。归纳起来，汉末，魏初的文章，可说是："清峻，通脱，华丽，壮大。"在文学的意见上，曹丕和曹植表面上似乎是不同的。曹丕说文章事可以留名声于千载[22]；但子建却说文章小道[23]，不足论的。据我的意见，子建大概是违心之论。这里有两个原因，第一，子建的文章做得好，一个人大概总是不满意自己所做而羡慕他人所为的，他的文章已经做得好，于是他便敢说文章是小道；第二，子建活动的目标在于政治方面，政治方面不甚得志[24]，遂说文章是无用了。

曹操曹丕以外，还有下面的七个人：孔融，陈琳，王粲，徐干，阮瑀，应玚，刘桢，都很能做文章，后来称为"建安七子"[25]。七人的文章很少流传，现在我们很难判断；但，大概都不外是"慷慨"，"华丽"罢。华丽即曹丕所主张，慷慨就因当天下大乱之际，亲戚朋友死于乱者特多，于是为文就不免带着悲凉，激

125

昂和"慷慨"了。

七子之中，特别的是孔融，他专喜和曹操捣乱。曹丕《典论》里有论孔融的，因此他也被拉进"建安七子"一块儿去。其实不对，很两样的。不过在当时，他的名声可非常之大。孔融作文，喜用讥嘲的笔调，曹丕很不满意他。孔融的文章现在传的也很少，就他所有的看起来，我们可以瞧出他并不大对别人讥讽，只对曹操。比方操破袁氏兄弟，曹丕把袁熙的妻甄氏拿来，归了自己，孔融就写信给曹操，说当初武王伐纣，将妲己给了周公了。操问他的出典，他说，以今例古，大概那时也是这样的。又比方曹操要禁酒，说酒可以亡国，非禁不可，孔融又反对他，说也有以女人亡国的，何以不禁婚姻？[26]

其实曹操也是喝酒的。我们看他的"何以解忧？惟有杜康"[27]的诗句，就可以知道。为什么他的行为会和议论矛盾呢？此无他，因曹操是个办事人，所以不得不这样做；孔融是旁观的人，所以容易说些自由话。曹操见他屡屡反对自己，后来借故把他杀了。[28]他杀孔融的罪状大概是不孝。因为孔融有下列的两个主张：

第一，孔融主张母亲和儿子的关系是如瓶之盛物一样，只要在瓶内把东西倒了出来，母亲和儿子的关系便算完了。第二，假使有天下饥荒的一个时候，有点食物，给父亲不给呢？孔融的答案是：倘若父亲是不好的，宁可给别人。——曹操想杀他，便不惜以这种主张为他不忠不孝的根据，把他杀了。倘若曹操在世，我们可以问他，当初求才时就说不忠不孝也不要紧，为何又以不孝之名杀人呢？然而事实上纵使曹操再生，也没人敢问他，我们倘若去问他，恐怕他把我们也杀了！

与孔融一同反对曹操的尚有一个祢衡[29]，后来给黄祖杀掉了。祢衡的文章也不错，而且他和孔融早是"以气为主"来写文章的了。故在此我们又可知道，汉文慢慢壮大起来，是时代使然，非专靠曹操父子之功的。但华丽好看，却是曹丕提倡的功劳。

这样下去一直到明帝的时候，文章上起了个重大的变化，因为出了一个何晏[30]。

何晏的名声很大，位置也很高，他喜欢研究《老子》和《易经》。至于他是怎样的一个人呢？那真相现在可很难知道，很难调查。因为他是曹氏一派的人，司马氏很讨厌他，所以他们的记载对何晏大不满。因此产生许多传说，有人说何晏的脸上是搽粉的，又有人说他本来生得白，不是搽粉的。[31]但究竟何晏搽粉不搽粉呢？我也不知道。

但何晏有两件事我们是知道的。第一，他喜欢空谈，是空谈的祖师；第二，他喜欢吃药，是吃药的祖师。[32]

此外，他也喜欢谈名理。他身子不好，因此不能不服药。他吃的不是寻常的药，是一种名叫"五石散"的药。

"五石散"是一种毒药，是何晏吃开头的。汉时，大家还不敢吃，何晏或者将药方略加改变，便吃开头了。五石散的基本，大概是五样药：石钟乳，石硫黄，白石英，紫石英，赤石脂；另外怕还配点别样的药。但现在也不必细细研究它，我想各位都是不想吃它的。

从书上看起来，这种药是很好的，人吃了能转弱为强。因此之故，何晏有钱，他吃起来了；大家也跟着吃。那时五石散的流毒就同清末的鸦片的流毒差不多，看吃药与否以分阔气与否的。现在由隋巢元方做的《诸病源候论》[33]的里面可以看到一些。据

127

此书，可知吃这药是非常麻烦的，穷人不能吃，假使吃了之后，一不小心，就会毒死。先吃下去的时候，倒不怎样的，后来药的效验既显，名曰"散发"。倘若没有"散发"，就有弊而无利。因此吃了之后不能休息，非走路不可，因走路才能"散发"，所以走路名曰"行散"。比方我们看六朝人的诗，有云："至城东行散"，就是此意。后来做诗的人不知其故，以为"行散"即步行之意，所以不服药也以"行散"二字入诗，这是很笑话的。

走了之后，全身发烧，发烧之后又发冷。普通发冷宜多穿衣，吃热的东西。但吃药后的发冷刚刚要相反：衣少，冷食，以冷水浇身。倘穿衣多而食热物，那就非死不可。因此五食散一名寒食散。只有一样不必冷吃的，就是酒。

吃了散之后，衣服要脱掉，用冷水浇身；吃冷东西；饮热酒。这样看起来，五石散吃的人多，穿厚衣的人就少；比方在广东提倡，一年以后，穿西装的人就没有了。因为皮肉发烧之故，不能穿窄衣。为预防皮肤被衣服擦伤，就非穿宽大的衣服不可。现在有许多人以为晋人轻裘缓带，宽衣，在当时是人们高逸的表现，其实不知他们是吃药的缘故。一班名人都吃药，穿的衣都宽大，于是不吃药的也跟着名人，把衣服宽大起来了！

还有，吃药之后，因皮肤易于磨破，穿鞋也不方便，故不穿鞋袜而穿屐。所以我们看晋人的画像和那时的文章，见他衣服宽大，不鞋而屐，以为他一定是很舒服，很飘逸的了，其实他心里都是很苦的。

更因皮肤易破，不能穿新的而宜于穿旧的，衣服便不能常洗。因不洗，便多虱。所以在文章上，虱子的地位很高，"扪虱而谈"[34]，当时竟传为美事。比方我今天在这里演讲的时候，扪起虱来，那是不大好的。但在那时不要紧，因为习惯不同之故。这正如清朝是提倡抽大烟的，我们看见两肩高耸的人，不觉得奇怪。现在不行了，倘若多数学生，他的肩成为一字形，我们就觉得很奇怪了。

此外可见服散的情形及其他种种的书，还有葛洪的《抱朴子》[35]。

到东晋以后，作假的人就很多，在街旁睡倒，说是"散发"以示阔气。[36]就象清时尊读书，就有人以墨涂唇，表示他是刚才写了许多字的样子。故我想，衣大，穿屐，散发等等，后来效之，不吃也学起来，与理论的提倡实在是无关的。

又因"散发"之时，不能肚饿，所以吃冷物，而且要赶快吃，不论时候，一日数次也不可定。因此影响到晋时"居丧无礼"。——本来魏晋时，对于父母之礼是很繁多的。比方想去访一个人，那么，在未访之前，必先打听他父母及其祖父母的名字，以便避讳。否则，嘴上一说出这个字音，假如他的父母是死了的，主人便会大哭起来[37]——他记得父母了——给你一个大大的没趣。晋礼居丧之时，也要瘦，不多吃饭，不准喝酒。但在吃药之后，为生命计，不能管得许多，只好大嚼，所以就变成"居丧无礼"了。

居丧之际，饮酒食肉，由阔人名流倡之，万民皆从之，因为这个缘故，社会上遂尊称这样的人叫作名士派。

吃散发源于何晏，和他同志的，有王弼和夏侯玄[38]两个人，与晏同为服药的祖师。有他三人提倡，有多人跟着走。他们三个人多是会做文章，除了夏侯玄的作品流传不多外，王何二人现在我们尚能看到他们的文章。他们都是生于正始的，所以又名曰

"正始名士"[39]。但这种习惯的末流，是只会吃药，或竟假装吃药，而不会做文章。

东晋以后，不做文章而流为清谈，由《世说新语》[40]一书里可以看到。此中空论多而文章少，比较他们三个差得远了。三人中王弼二十余岁便死了，夏侯何二人皆为司马懿所杀[41]。因为他二人同曹操有关系，非死不可，犹曹操之杀孔融，也是借不孝做罪名的。

二人死后，论者多因其与魏有关而骂他，其实何晏值得骂的就是因为他是吃药的发起人。这种服散的风气，魏，晋，直到隋，唐还存在着，因为唐时还有"解散方"[42]，即解五石散的药方，可以证明还有人吃，不过少点罢了。唐以后就没有人吃，其原因尚未详，大概因其弊多利少，和鸦片一样罢？

晋名人皇甫谧[43]作一书曰《高士传》，我们以为他很高超。但他是服散的，曾有一篇文章，自说吃散之苦。因为药性一发，稍不留心，即会丧命，至少也会受非常的苦痛，或要发狂；本来聪明的人，因此也会变成痴呆。所以非深知药性，会解救，而且家里的人多深知药性不可。晋朝人多是脾气很坏，高傲，发狂，性暴如火的，大约便是服药的缘故。比方有苍蝇扰他，竟至拔剑追赶；[44]就是说话，也要胡胡涂涂地才好，有时简直是近于发疯。但在晋朝更有以痴为好的，这大概也是服药的缘故。

魏末，何晏他们之外，又有一个团体新起，叫做"竹林名士"，也是七个，所以又称"竹林七贤"[45]。正始名士服药，竹林名士饮酒。竹林的代表是嵇康[46]和阮籍[47]。但究竟竹林名士不纯粹是喝酒，嵇康也兼服药，而阮籍则是专喝酒的代表。但嵇康也饮酒，刘伶[48]也是这里面的一个。他们七人中差不多都反抗旧礼教的。

这七人中，脾气各有不同。嵇阮二人的脾气都很大；阮籍老年时改得很好，嵇康就始终都是极坏的。

阮年青时，对于访他的人有加以青眼和白眼的分别[49]。白眼大概是全然看不见眸子的，恐怕要练习很久才能够。青眼我会装，白眼我却装不好。

后来阮籍竟做到"口不臧否人物"[50]的地步，嵇康却全不改变。结果阮得终其天年，而嵇竟丧于司马氏之手，与孔融何晏等一样，遭了不幸的杀害。这大概是因为吃药和吃酒之分的缘故：吃药可以成仙，仙是可以骄视俗人的；饮酒不会成仙，所以敷衍了事。

他们的态度，大抵是饮酒时衣服不穿，帽也不戴。若在平时，有这种状态，我们就说无礼，但他们就不同。居丧时不一定按例哭泣；子之于父，是不能提父的名，但在竹林名士一流人中，子都会叫父的名号[51]。旧传下来的礼教，竹林名士是不承认的。即如刘伶，他曾做过一篇《酒德颂》，谁都知道他是不承认世界上从前规定的道理的，曾经有这样的事，有一次有客见他，他不穿衣服。人责问他；他答人说，天地是我的房屋，房屋就是我的衣服，你们为什么钻进我的裤子中来？[52]至于阮籍，就更甚了，他连上下古今也不承认，在《大人先生传》[53]里有说："天地解兮六合开，星辰陨兮日月颓，我腾而上将何怀？"他的意思是天地神仙，都是无意义，一切都不要，所以他觉得世上的道理不必争，神仙也不足信，既然一切都是虚无，所以他便沉湎于酒了。然而他还有一个原因，就是他的饮酒不独由于他的思想，大半倒在环境。其时司马氏已想篡位，而阮籍的名声很大，所以他讲话就极难，只好多饮酒，少讲话，而且即使讲话讲错了，也可以借醉得到人的原谅。只要看有一次司马懿求和阮籍结亲，而阮籍一醉就是两个月，没有提出的机会，[54]就可以知道了。

阮籍作文章和诗都很好，他的诗文虽然也慷慨激昂，但许多意思都是隐而不显的。宋的颜延之[55]已经说不大能懂，我们现在自然更很难看得懂他的诗了。他诗里也说神仙，但他其实是不相信的。嵇康的论文，比阮籍更好，思想新颖，往往与古时旧说反对。孔子说："学而时习之，不亦说乎？"嵇康做的《难自然好学论》[56]，却道，人是并不好学的，假如一个人可以不做事而又有饭吃，就随便闲游不喜欢读书了，所以现在人之好学，是由于习惯和不得已。还有管叔蔡叔[57]，是疑心周公，率殷民叛，因而被诛，一向公认为坏人的。而嵇康做的《管蔡论》，就也反对历代传下来的意思，说这两个人是忠臣，他们的怀疑周公，是因为地方相距太远，消息不灵通。

但最引起许多人的注意，而且于生命有危险的，是《与山巨源绝交书》中的"非汤武而薄周孔。"司马懿因这篇文章，就将嵇康杀了[58]。非薄汤武周孔，在现时代是不要紧的，但在当时却关系非小。汤武是以武定天下的；周公是辅成王的；孔子是祖述尧舜，而尧舜是禅让天下的。嵇康都说不好，那么，教司马懿篡位的时候，怎么办才是好呢？没有办法。在这一点上，嵇康于司马氏的办事上有了直接的影响，因此就非死不可了。嵇康的见杀，是因为他的朋友吕安不孝，连及嵇康，罪案和曹操的杀孔融差不多。魏晋，是以孝治天下的，不孝，故不能不杀。为什么要以孝治天下呢？因为天位从禅让，即巧取豪夺而来，若主张以忠治天下，他们的立脚点便不稳，办事便棘手，立论也难了，所以一定要以孝治天下。但倘只是实行不孝，其实那时倒不很要紧，嵇康的害处是在发议论；阮籍不同，不大说关于伦理上的话，所以结局也不同。

但魏晋也不全是这样的情形，宽袍大袖，大家饮酒。反对的也很多。在文章上我们还可以看见裴頠的《崇有论》[59]，孙盛的《老子非大贤论》[60]，这些都是反对王何们的。在史实上，则何曾劝司马懿杀阮籍有好几回[61]，司马懿不听他的话，这是因为阮籍的饮酒，与时局的关系少些的缘故。

然而后人就将嵇康阮籍骂起来，人云亦云，一直到现在，一千六百多年。季札说："中国之君子，明于礼义而陋于知人心。"[62]这是确的，大凡明于礼义，就一定要陋于知人心的，所以古代有许多人受了很大的冤枉。例如嵇阮的罪名，一向说他们毁坏礼教。但据我个人的意见，这判断是错的。魏晋时代，崇尚礼教的看来似乎很不错，而实在是毁坏礼教，不信礼教的。表面上毁坏礼教者，实则倒是承认礼教，太相信礼教。因为魏晋时代所谓崇尚礼教，是用以自利，那崇奉也不过偶然崇奉，如曹操杀孔融，司马懿杀嵇康，都是因为他们和不孝有关，但实在曹操司马懿何尝是著名的孝子，不过将这个名义，加罪于反对自己的人罢了。于是老实人以为如此利用，亵渎了礼教，不平之极，无计可施，激而变成不谈礼教，不信礼教，甚至于反对礼教。但其实不过是态度，至于他们的本心，恐怕倒是相信礼教，当作宝贝，比曹操司马懿们要迂执得多。现在说一个容易明白的比喻罢，譬如有一个军阀，在北方——在广东的人所谓北方和我常说的北方的界限有些不同，我常称山东山西直隶河南之类为北方——那军阀从前是压迫民党的，后来北伐军势力一大，他便挂起青天白日旗，说自己已经信仰三民主义了，是总理的信徒。这样还不够，他还要做总理的纪念周。这时候，真的三民主义的信徒，去呢，不去呢？不去，他那里就可以说你反对三民主义，定罪，杀人。但既然在他的势力之下，没有别法，真的总理的信徒，倒会不谈三民主义，或者听人假惺惺的谈起来就皱眉，好象反对三民主义模样。所以我想，魏晋时所谓反对礼教的人，有许多大约也如此。他们倒是迂夫子，将礼教当作宝贝看待的。

还有一个实证，凡人们的言论，思想，行为，倘若自己以为不错的，就愿意天下的别人，自己的朋友都这样做。但嵇康阮籍不这样，不愿意别人来模仿他。竹林七贤中有阮咸，是阮籍的侄子，一样的饮酒。阮籍的儿子阮浑也愿加入时，阮籍却道不必加入，吾家已有阿咸在，够了。[63]假若阮籍自以为行为是对的，就不当拒绝他的儿子，而阮籍却拒绝自己的儿子，可知阮籍并不以他自己的办法为然。至于嵇康，一看他的《绝交书》，就知道他的态度很骄傲的，有一次，他在家打铁——他的性情是很喜欢打铁的——钟会来看他了，他只打铁，不理钟会。[64]钟会没有意味，只得走了。其时嵇康就问他："何所闻而来，何所见而去？"钟会答道："闻所闻而来，见所见而去。"这也是嵇康杀身的一条祸根。但我看他做给他的儿子看的《家诫》[65]——当嵇康被杀时，其子方十岁，算来当他做这篇文章的时候，他的儿子是未满十岁的——就觉得宛然是两个人。他在《家诫》中教他的儿子做人要小心，还有一条一条的教训。有一条是说长官处不可常去，亦不可住宿；官长送人们出来时，你不要在后面，因为恐怕将来官长惩办坏人时，你有暗中密告的嫌疑。又有一条是说宴饮时候有人争论，你可立刻走开，免得在旁批评，因为两者之间必有对与不对，不批评则不象样，一批评就总要是甲非乙，不免受一方见怪。还有人要你饮酒，即使不愿饮也不要坚决地推辞，必须和和气气的拿着杯子。我们就此看来，实在觉得很希奇：嵇康是那样高傲的人，而他教子就要他这样庸碌。因此我们知道，嵇康自己对于他自己的举动也是不满足的。所以批评一个人的言行实在难，社会上对于儿子不象父亲，称为"不肖"，以为是坏事，殊不知世上正有不愿意他的儿子象他自己的父亲哩。试看阮籍嵇康，就是如此。这是，因为他们生于乱世，不得已，才有这样的行为，并非他们的本态。但又于此可见魏晋的破坏礼教者，实在是相信礼教到固执之极的。

不过何晏王弼阮籍嵇康之流，因为他们的名位大，一般的人们就学起来，而所学的无非是表面，他们实在的内心，却不知道。因为只学他们的皮毛，于是社会上便多了很没意思的空谈和饮酒。许多人只会无端的空谈和饮酒，无力办事，也就影响到政治上，弄得玩"空城计"，毫无实际了。在文学上也这样，嵇康阮籍的纵酒，是也能做文章的，后来到东晋，空谈和饮酒的遗风还在，而万言的大文如嵇阮之作，却没有了。刘勰[66]说："嵇康师心以遣论，阮籍使气以命诗。"这"师心"和"使气"，便是魏末晋初的文章的特色。正始名士和竹林名士的精神灭后，敢于师心使气的作家也没有了。

到东晋，风气变了。社会思想平静得多，各处都夹入了佛教的思想。再至晋末，乱也看惯了，篡也看惯了，文章便更和平。代表平和的文章的人有陶潜[67]。他的态度是随便饮酒，乞食，高兴的时候就谈论和作文章，无尤无怨。所以现在有人称他为"田园诗人"，是个非常和平的田园诗人。他的态度是不容易学的，他非常之穷，而心里很平静。家常无米，就去向人家门口求乞。他穷到有客来见，连鞋也没有，那客人给他从家丁取鞋给他，他便伸了足穿上了。虽然如此，他却毫不为意，还是"采菊东篱下，悠然见南山"。这样的自然状态，实在不易模仿。他穷到衣服也破烂不堪，而还在东篱下采菊，偶然抬起头来，悠然的见了南山，这是何等自然。现在有钱的人住在租界里，雇花匠种数十盆花，便做诗，叫作"秋日赏菊效陶彭泽体"，自以为合于渊明的高致，我觉得不大象。

陶潜之在晋末，是和孔融于汉末与嵇康于魏末略同，又是将近易代的时候。但他没有什么慷慨激昂的表示，于是便博得"田园诗人"的名称。但《陶集》里有《述酒》一篇，是说当时政治的。[68]这样看来，可见他于世事也并没有遗忘和冷淡，不过他的态度比嵇康阮籍自然得多，不至于招人注意罢了。还有一个原因，先已说过，是习惯。因为当时饮酒的风气相沿下来，人见了也不觉得奇怪，而且汉魏晋相沿，时代不远，变迁极多，既经见惯，就没有大感触，陶潜之比孔融嵇康和平，是当然的。例如看北朝的墓志，官位升进，往往详细写着，再仔细一看，他已经经历过两三个朝代了，但当时似乎并不为奇。

据我的意思，即使是从前的人，那诗文完全超于政治的所谓"田园诗人"，"山林诗人"，是没有的。完全超出于人间世的，也是没有的。既然是超出于世，则当然连诗文也没有。诗文也是人事，既有诗，就可以知道于世事未能忘情。譬如墨子兼爱，杨子为我。[69]墨子当然要著书；杨子就一定不著，这才是"为我"。因为若做出书来给别人看，便变成"为人"了。

由此可知陶潜总不能超于尘世，而且，于朝政还是留心，也不能忘掉"死"，这是他诗文中时时提起的。[70]用别一种看法研究起来，恐怕也会成一个和旧说不同的人物罢。

自汉末至晋末文章的一部分的变化与药及酒之关系，据我所知的大概是这样。但我学识太少，没有详细的研究，在这样的热天和雨天费去了诸位这许多时光，是很抱歉的。现在这个题目总算是讲完了。

☆ ★ ☆

1 本篇记录稿最初发表于一九二七年八月十一、十二、十三、十五、十六、十七日广州《民国日报》副刊《现代青年》第一七三至一七八期；改定稿发表于一九二七年十一月十六日《北新》半月刊第二卷第二号。

2 广州夏期学术演讲会 国民党政府广州市教育局主办，一九二七年七月十八日在广州市立师范学校礼堂举行开幕式。当时的广州市长林云陔、教育局长刘懋初等均在会上作反共演说。他们打着"学术"的旗号，也"邀请"学者演讲。作者这篇演讲是在七月二十三日、二十六日的会上所作的（题下注"九月间"有误）。作者后来说过："在广州之谈魏晋事，盖实有慨而言。"（一九二八年十二月三十日致陈濬信）他在这次关于中国古典文学的演讲里，曲折地对国民党反动派进行了揭露和讽刺。

3 黄巾 指东汉末年巨鹿人张角领导的农民起义军。汉灵帝中平元年（184）起义，参加的人都以黄巾缠头为标志，称为"黄巾军"。他们提出"苍天已死，黄天当立"的口号，攻占城邑，焚烧官府，旬日之间，全国响应，给东汉政权以沉重的打击。但后来终于在官军和地主武装的残酷镇压下失败。

4 董卓（？～192） 字仲颖，陇西临洮（今甘肃岷县）人，东汉末年的大军阀。灵帝时为并州牧，灵帝死后，外戚首领大将军何进为了对抗宦官，召他率兵入朝相助，他到洛阳后，即废少帝（刘辩），立献帝（刘协），自任丞相，专断朝政。献帝初平元年（190），山东河北等地军阀袁绍、韩馥等为了和董卓争权，联合起兵讨卓，他便劫持献帝迁都长安，自为太师。后为王允、吕布所杀。他在离洛阳时，焚烧宫殿府库民房，二百里内尽成墟土；又驱数百万人口入关，积尸盈途。在他被杀以后，他的部将李傕、郭汜等又攻破长安，焚掠屠杀，人民受害甚烈。

5 党锢　东汉末年，宦官擅权，政治黑暗，民生痛苦。统治阶级内部一部分比较正直的官僚，为了维护刘汉政权和自己的地位，便与太学生互通声气，议论朝政，揭露宦官集团的罪恶。汉桓帝延熹九年（166），宦官诬告司隶校尉李膺、太仆杜密和太学生领袖郭泰、贾彪等人结党为乱，桓帝便捕李膺、范滂等下狱，株连二百余人。以后又于灵帝建宁二年（169），熹平元年（172），熹平五年（176）三次捕杀党人，更诏各州郡凡党人的门生、故吏、父子、兄弟有做官的，都免官禁锢。直到灵帝中平元年（184）黄巾起义，才下诏将他们赦免。这件事，史称"党锢之祸"。

6 曹操（155～220）　字孟德，沛国谯（今安徽亳县）人。二十岁举孝廉，汉献帝时官至丞相，封魏王。曹丕篡汉后追尊为武帝。他是政治家、军事家，又是诗人。他和其子曹丕、曹植，都喜欢延揽文士，奖励文学，为当时文坛的领袖人物。后人把他的诗文编为《魏武帝集》。

7 《三国志演义》　即长篇小说《三国演义》，元末明初罗贯中著。书中将曹操描写为"奸雄"。

8 严可均（1762～1843）　字景文，号铁桥，浙江乌程（今吴兴）人。清嘉庆举人，曾任建德教谕。他自嘉庆十三年（1808）起，开始搜集唐以前的文章，历二十余年，成《全上古三代秦汉三国六朝文》，内收作者三千四百多人，分代编辑为十五集，总计七四六卷。稍后，他的同乡蒋壑为作编目一〇三卷，并以为原书题名不能概括全书，故将书名改为《全上古三代秦汉三国晋南北朝文》。原书于光绪二十年（1894）由黄冈王毓藻刊于广州。

9 丁福保（1874～1952）　字仲祜，江苏无锡人。清末肄业江阴南菁书院，后习医，曾至日本考察医学，归国后在上海创办医学书局。他所辑的《全汉三国晋南北朝诗》，收作者七百余人，依时代分为十一集，总计五十四卷。一九一六年上海医学书局出版。

10 刘师培（1884～1919）　一名光汉，字申叔，江苏仪征人。清末曾参加同盟会的活动，常在《民报》发表鼓吹反清的文字；但后来为清朝两江总督端方所收买，出卖革命党人。入民国后，他又依附袁世凯，与杨度、孙毓筠等人组织筹安会，竭力赞助袁世凯窃国称帝的阴谋。他的著作很多，《中国中古文学史》是他在民国初年任北京大学教授时所编的讲义，后收入《刘申叔遗书》中。

11《三国志·魏书·武帝纪》裴松之注引《魏武故事》，曹操于汉献帝建安十五年（210）下令"自明本志"，表白他自己并无篡汉的意思，内有"设使国家无有孤，不知当几人称帝，几人称王！"的话。

12《太平御览》卷四二五引谢承《后汉书》："范丹姊病，往看之，姊设食；丹以姊婿不德，出门留二百钱，姊使人追索还之，丹不得已受之。闻里中凫薻童仆更相怒曰：'言汝清高，岂范史云辈而云不盗我菜乎？'丹闻之，曰：'吾之微志，乃在童竖之口，不可不勉。'遂投钱去。"按范丹（112～185），一作范冉，字史云，后汉陈留外黄（今河南杞县东北）人。

13 曹操曾于建安十五年（210）、二十二年（217）下求贤令，又于建安十九年（214）令有司取士毋废"偏短"，每次都强调以才能为用人的标准。《魏书·武帝纪》载建安十五年令说："今天下尚未定，此特求贤之急时也。……若必廉士而后可用，则齐桓其何以霸世！今天下得无有被褐怀玉而钓于渭滨者乎？又得无盗嫂受金而未遇无知者乎？二三子其佐我明扬仄陋，唯才是举，吾得而用之。"又裴注引王沈《魏书》所载二十二年令说："今天下得无有至德之人，放在民间？及果勇不顾，临敌力战，若文俗之吏，高才异质，或堪为将守；负汙辱之名，见笑之行，或不仁不孝，而有治国用兵之术：其各举所知，勿有所遗。"

14 "郑康成行酒伏地气绝"　见《三国志·魏书·袁绍传》裴注引《英雄记》载曹操《董卓歌》："德行不亏缺，变故自难常。郑康成行酒伏地气绝，郭景图命尽于园桑。"按郑康成（127～200），名玄，北海高密（今山东高密）人，东汉经学家，其生存时代较曹操约早二十余年。

15 曹操的遗令，散见于《三国志·魏书·武帝纪》及其他古书中，严可均缀合为一篇，收入《全三国文》卷三，其中有这样的话："吾婢妾与伎人皆勤苦，使著铜雀台，善待之。……余香可分与诸夫人……诸舍中（按指诸妾）无所为，可学作履组卖也。吾历官所得绶（印绶），皆著藏中，吾余衣裘，可别为一藏，不能者兄弟可共分之。"

16 陆机（261～303）　字士衡，吴郡华亭（今上海松江）人，晋代诗人。他评曹操的话，见萧统《文选》卷六十《吊魏武帝文》："彼裘绂于何有，贻尘谤于后王。"唐代李善注："言裘绂轻微何所有，而空贻尘谤而及后王。"

17 曹丕（187～226）　字子桓，曹操的次子（按操长子名昂字子修，随操征张绣阵亡，故一般都以曹丕为操的长子）。建安二十五年（220）废汉献帝自立为帝，即魏文帝。他爱好文学，创作之外，兼擅批评，所著《典论》，《隋书·经籍志》著录五卷，

139

已佚，严可均《全三国文》内有辑佚一卷。其中《论文》篇论各种文体的特征说："奏议宜雅，书论宜理，铭诔尚实，诗赋欲丽。"又论文气说："文以气为主，气之清浊有体，不可力强而致。"

18 曹植（192～232） 字子建，曹操的第三子。曾封东阿王，后封陈王，死谥思，后世称陈思王。他是建安时代重要诗人之一，流传下来的著作，以清代丁晏所编的《曹集诠评》搜罗较为完备。

19 曹睿（204～239） 字元仲，曹丕的儿子，即魏明帝。

20《文选》 南朝梁昭明太子萧统编选。内选秦汉至齐梁间的诗文，共三十卷，是我国最早的一部诗文总集。唐代李善为之作注，分为六十卷。曹丕《典论·论文》，见该书第五十二卷。

21 "为艺术而艺术" 十九世纪法国作家戈蒂叶（T.Gautier）提出的一种资产阶级文艺观点（见小说《莫班小姐》序）。它认为艺术可以超越一切功利而存在，创作的目的就在于艺术作品的本身，与社会政治无关。

22 文章事可以留名声于千载 曹丕《典论·论文》："盖文章经国之大业，不朽之盛事；年寿有时而尽，荣乐止乎其身：二者必至之常期，未若文章之无穷。是以古之作者，寄身于翰墨，见意于篇籍，不假良史之辞，不托飞驰之势，而声名自传于后。"

23 文章小道 曹植《与杨德祖（修）书》："辞赋小道，固未足以揄扬大义，彰示来世也。昔扬子云先朝执戟之臣耳，犹称壮夫不为也；吾虽德薄，位为藩侯，犹庶几戮力上国，流惠下民，建永世之业，留金石之功；岂徒以翰墨为勋绩，辞赋为君子哉！"

24 曹植早年以文才为曹操所爱，屡次想立他为太子；他也结纳杨修、丁仪、丁廙等为羽翼，在曹操面前和曹丕争宠。但他后来因为任性骄纵，失去了曹操的欢心，终于未得嗣立。到了曹丕即位以后，他常被猜忌，更觉雄才无所施展。明帝时又一再上表求"自试"，希望能够用他带兵去征吴伐蜀，建功立业，但他的要求也未实现。

25 "建安七子" 这个名称始于曹丕的《典论·论文》："今之文人，鲁国孔融文举，广陵陈琳孔璋，山阳王粲仲宣，北海徐干伟长，陈留阮瑀元瑜，汝南应玚德琏，东平刘桢公干：斯七子者，于学无所遗，于辞无所假，咸以自骋骥𫘦录于千里，仰齐足而并驰。"后人据此便称孔融等为"建安七子"。按孔融（153～208），鲁国（今山东曲阜）人，汉献帝时为北海相，太中大夫。陈琳（？～217），广陵（今江苏江都）人，曾任司空（曹操）军谋祭酒。王粲（177～217），山阳高平（今山东邹县）人，曾任丞相（曹操）军谋祭酒、侍中。徐干（171～217），北海（今山东潍坊西南）人，曾任司空军谋祭酒、五官将（曹丕）文学。阮瑀（？～212），陈留尉氏（今河南尉氏）人，曾任司空军谋祭酒。应瑒（？～217），汝南（今河南汝南）人，曾任丞相掾属、五官将文学。刘桢（？～217），东平（今山东东平）人，曾任丞相掾属。

26 曹丕在《典论·论文》中评论孔融的文章说："孔融体气高妙，有过人者。然不能持论，理不胜词，以至乎杂以嘲戏；及其所善，扬、班俦也。"按"建安七子"中，陈琳等都是曹操门下的属官，只有孔融例外；在年龄上，他比其余六人约长十余岁而又最先逝世，年辈也不相同。他没有应酬和颂扬曹氏父子的作品，而且还常常讽刺曹操。《后汉书·孔融传》载：'曹操攻屠邺城，袁氏妇子多见侵略，而操子不私纳袁熙（按为袁绍子）妻甄氏。融乃与操书，称'武王伐纣，以妲己赐周公'。操不悟，后问出何经典。对曰：'以今度之，想当然耳。'……时年饥兵兴，操表制酒禁，融频书争之，多侮慢之辞。"唐代章怀太子（李贤）注引孔融与曹操论酒禁书，其中有"夏商亦以妇人失天下，今令不断婚姻。而将酒独急者，疑但惜谷耳"等语。

27 **"何以解忧？惟有杜康"** 见曹操的《短歌行》。杜康，相传为周代人，善造酒。

28 关于曹操杀孔融的经过，《后汉书·孔融传》说："曹操既积嫌忌，而郗虑复构成其罪，遂令丞相军谋祭酒路粹枉状奏融曰：'……（融）前与白衣祢衡跌荡放言，云："父之于子，当有何亲？论其本意，实为情欲发耳。子之于母，亦复奚为？譬如寄物瓶中，出则离矣。"……大逆不道，宜极重诛。'书奏，下狱弃市。"又《三国志·魏书·崔琰传》注引孙盛《魏氏春秋》，内载曹操宣布孔融罪状的令文说："平原祢衡受传融论，以为父母与人无亲，譬若缶瓦器，寄盛其中。又言若遭饿馑，而父不肖，宁赡活余人。融违天反道，败伦乱理，虽肆市朝，犹恨其晚。"

29 **祢衡**（173～198） 字正平，平原般（今山东临邑）人，汉末文学家。他很有文才，与孔融、杨修友善，曾屡次辱骂曹操；因为他文名很大，曹操虽想杀他而又有所顾忌，便将他送到刘表处去，后因侮慢刘表，又被送给江夏太守黄祖，终于为黄祖所杀，死时年二十六。

30 **何晏**（？～249） 字平叔，南阳宛（今河南南阳）人。曹操的女婿。齐王曹芳时，曹爽执政，用他为吏部尚书，后与曹爽同时被司马懿所杀。《三国志·魏书·曹爽传》说他"少以才秀知名，好老庄言，作《道德论》及诸文赋著述凡数十篇"。

31 关于何晏搽粉的事，《三国志·魏书·曹爽传》注引鱼豢《魏略》说："晏性自喜，动静粉白不去手，行步顾影。"但晋代人裴启所著《语林》则说："（晏）美姿仪，面绝白，魏文帝疑其著粉；后正夏月，唤来，与热汤饼，既炎，大汗出，随以朱衣自拭，色转皎洁，帝始信之。"

32 关于何晏服药的事，《世说新语·言语》载："何平叔云：服五石散，非唯治病，亦觉神明开朗。"刘孝标注引秦丞相（按当作秦承祖）《寒食散论》说："寒食散之方，虽出汉代，而用之者寡，靡有传焉。魏尚书何晏首获神效，由是大行于世，服者相寻。"又隋代巢元方《诸病源候论》卷六《寒食散发候》篇说："皇甫（谧）云：寒食药者，世莫知焉，或言华佗，或曰仲景（张机）。……近世尚书何晏，耽声好色，始服此药。心加开朗，体力转强。京师翕然，传以相授。……晏死之后，服者弥繁，于时不辍。"

33 巢元方 隋炀帝大业中，为太医博士，奉诏撰《诸病源候论》五十卷。关于寒食散的服法与解法，详见该书卷六《寒食散发候》篇。

34 "扪虱而谈" 这是王猛的故事。王猛（325～375），字景略，北海剧（今山东寿光）人。《晋书·王猛传》说："桓温入关，猛被褐而诣之，一面谈当世之事，扪虱而言，旁若无人。"

35 葛洪（约283～363） 字稚川，句容（今江苏句容）人。《晋书·葛洪传》说他"为人木讷，不好荣利，……究览典籍，尤好神仙导养之法。"所著《抱朴子》，共八卷，分内外二篇，内篇论神仙方药，外篇论时政人事。关于服散的记载，见该书内篇。

36 关于服散作假的事，《太平广记》卷二四七引侯白《启颜录》载："后魏孝文帝时，诸王及贵臣多服石药，皆称石发。乃有热者，非富贵者，亦云服石发热，时人多嫌其诈作富贵体。有一人于市门前卧，宛转称热，要人竞看，同伴怪之，报曰：'我石发。'同伴人曰：'君何时服石，今得石发？'曰：'我昨市米中有石，食之今发。'众人大笑。自后少有人称患石发者。"

37 关于闻讳而哭的事，《世说新语·任诞》载："桓南郡（桓玄）被召作太子洗马，船泊荻渚。王大（王忱）服散后已小醉，往看桓，桓为设酒，不能冷饮，频语左右，令温酒来。桓乃流涕呜咽，王便欲去。桓以手巾掩泪，因谓王曰：'犯我家讳，何预卿事。'王叹曰：'灵宝（桓玄小名）故自达。'"按桓玄的父亲名温，所以他听见王忱叫人温酒便哭泣起来。

38 王弼（226～249） 字辅嗣，魏国山阳（今河南焦作）人。王粲的族孙。《三国志·魏书·钟会传》说："弼好论儒道，辞才逸辩，注易及老子，为尚书郎。"夏侯玄（209～254），字太初，沛国谯（今安徽亳县）人。《三国志·魏书·夏侯尚传》说："（玄）少知名，弱冠为散骑黄门侍郎……正始初，曹爽辅政。玄，爽之姑子也。累迁散骑常侍、中护军。……顷之，为征西将军，假节都督雍、凉州诸军事。"曹爽被司马懿所杀后，他也为司马师所杀。

39 **"正始名士"** 《世说新语·文学》"袁彦伯作《名士传》成"条下梁刘孝标注："宏（彦伯名）以夏侯太初、何平叔、王辅嗣为正始名士。阮嗣宗、嵇叔夜、山巨源、向子期、刘伯伦、阮仲容、王浚仲为竹林名士。"按正始（240～249），魏废帝齐王曹芳的年号。

40 **《世说新语》** 南朝宋刘义庆撰。内容是记述东汉至东晋间一般文士学士的言谈风貌轶事等。有南朝梁刘孝标所作注释。今传本共三卷，三十六篇。按刘义庆（403～444），彭城（今江苏徐州）人，宋武帝刘裕的侄子，袭爵为临川王，曾任南兖州刺史。

41 **司马懿**（179～251） 字仲达，河内温县（今河南温县）人。初为曹操主簿，魏明帝时迁大将军。齐王曹芳即位后，他专断国政；死后其子司马昭继为大将军，日谋篡位。咸熙二年（265），昭子司马炎代魏称帝，建立晋朝。按夏侯玄是被司马师所杀，作者误记为司马懿。

42 **"解散方"** 《唐书·经籍志》著录《解寒食散方》十三卷，徐叔和撰；《新唐书·艺文志》著录《解寒食方》十五卷，徐叔向撰。

143

43 **皇甫谧**（215～282） 字士安，安定朝那（今甘肃平凉）人。晋朝初年屡征不出，著有《高士传》、《逸士传》、《玄晏春秋》等。《晋书·皇甫谧传》载他的一篇上司马炎疏，其中自述因吃散而得到的种种苦痛说："臣以口弊，迷于道趣。……又服寒食药，违错节度，辛苦荼毒，于今七年。隆冬裸袒食冰，当暑烦闷，加以咳逆，或若温疟，或类伤寒，浮气流肿，四肢酸重。于今困劣，救命呼嗡，父兄见出，妻息长诀。"

44 关于拔剑逐蝇的故事，《三国志·魏书·梁习传》注引《魏略》："（王）思又性急，尝执笔作书，蝇集笔端，驱去复来，如是再三。思恚怒，自起逐蝇，不能得，还取笔掷地，蹋坏之。"按清代张英等所编《渊鉴类函》卷三一五《褊急》门载王思事，有"思自起拔剑逐蝇"的话，但未注明引用书名。按王思，济阴（今山东定陶）人，正始中为大司农。

45 **"竹林七贤"** 《三国志·魏书·王粲传》内附述嵇康事略，裴注引《魏氏春秋》说："康寓居河内之山阳县，……与陈留阮籍、河内山涛、河南向秀、籍兄子咸、琅琊王戎、沛人刘伶相与友善，游于竹林，号为'七贤'。"《世说新语·任诞》亦有一则，说七人"常集于竹林之下，肆意酣畅，故世谓'竹林七贤'"。参看本篇注39。

46 **嵇康**（223～262） 字叔夜，谯国铚（今安徽宿县）人，诗人。《晋书·嵇康传》说："康早孤，有奇才，远迈不群。……学不师受，博览无不该通，长好老庄。与魏宗室婚，拜中散大夫。常修养性服食（服药）之事，弹琴咏诗，自足于怀。……康善谈理，又能属文，其高情远趣，率然玄远。"他的著作，现存《嵇康集》十卷，有鲁迅校本。

47 **阮籍**（210～263） 字嗣宗，陈留尉氏（今河南尉氏）人，阮瑀之子，诗人，与嵇康齐名。仕魏为从事中郎、步兵校尉。《晋书·阮籍传》说他"博览群籍，尤好庄老。嗜酒能啸，善弹琴。"又说："籍本有济世志，属魏晋之际，天下多故，名士少有全者，籍由是不与世事，遂酣饮为常。"他的著作，现存《阮籍集》十卷。

48 **刘伶** 字伯伦，沛国（今安徽宿县）人。仕魏为建威参军。著有《酒德颂》，托言有大人先生，"止则操卮执觚，动则挈榼提壶，唯酒是务，焉知其余。"有"贵介公子，缙绅处士"在他的面前"陈说礼法"，而他"方捧甖承槽，衔杯漱醪，奋髯箕踞，枕麴藉糟，无思无虑，其乐陶陶。"

49 关于阮籍能为青白眼，见《晋书·阮籍传》："籍又能为青白眼，见礼俗之士，以白眼对之。"他的母亲死了，"嵇喜来吊，籍作白眼，喜不怿而退。喜弟康闻之，乃赍酒挟琴造焉，籍大悦，乃见青眼。由是礼法之士疾之若雠。"

50 **"口不臧否人物"** 见《晋书·阮籍传》："籍虽不拘礼教，然发言玄远，口不臧否人物。"

51 晋代常有子呼父名的例子，如《晋书·胡辅之传》："辅之正酣饮，谦之（辅之的儿子）门规而厉声曰：'彦国（辅之的号），年老不得为尔！将令我尻背东壁。'辅之欢笑，呼入与共饮。"又《王蒙传》："王蒙，字仲祖……美姿容，尝览镜自照，称其父字曰：'王文开生如此儿耶！'"

52 关于刘伶裸形见客的事，《世说新语·任诞》载："刘伶恒纵酒放达，或脱衣裸形在屋中，人见讥之。伶曰：'我以天地为栋宇，屋室为裈衣，诸君何为入我裈中？'"刘孝标注引邓粲《晋纪》所记略同。

53 **《大人先生传》** 阮籍借"大人先生"之口来抒写自己胸怀的一篇文章。这里所引的三句是"大人先生"所作的歌。

54 关于阮籍借醉辞婚的故事，《晋书·阮籍传》载："文帝（司马昭，鲁迅误记为司马懿）初欲为武帝（司马炎）求婚于籍，籍醉六十日，不得言而止。"

144

55 **颜延之**（384~456） 字延年，琅琊临沂（今山东临沂）人，南朝宋诗人。《文选》卷二十三阮籍《咏怀》诗下，李善注引颜延之的话："嗣宗身仕乱朝，常恐罹谤遇祸，因兹发咏，故每有忧生之嗟；虽志在刺讥，而文多隐避，百代之下，难以情测，故粗明大意，略其幽旨也。"

56 **《难自然好学论》** 嵇康为反驳张邈（字辽叔）的《自然好学论》而作的一篇论文。

57 **管叔蔡叔** 是周武王的两个兄弟。《史记·管蔡世家》说："武王已克殷纣，平天下，封功臣昆弟。于是封叔鲜于管，封叔度于蔡，二人相纣子武庚禄父（按纣父为武庚之名），治殷遗民。封叔旦于鲁而相周，为周公。……武王既崩，成王少，周公旦专王室。管叔、蔡叔疑周公之为不利于成王，乃挟武庚以作乱。周公旦承成王命伐诛武庚，杀管叔，而放蔡叔，迁之。"嵇康的《管蔡论》为管、蔡辩解，说"管、蔡皆服教殉义，忠诚自然。……周公践政，率朝诸侯。……而管、蔡服教，不达圣权，卒遇大变，不能自通。忠于乃心，思在王室。遂乃抗言率众，欲除国患。"

58 **《与山巨源绝交书》** 山巨源，即"竹林七贤"之一的山涛（205~283），河内怀（今河南武陟）人。他在魏元帝（曹奂）景元年间投靠司马昭，曾任选曹郎，后将去职，欲举嵇康代任，康作书拒绝，并表示和他绝交，书中自说不堪受礼法的束缚，"又每非汤武而薄周孔，在人间不止，此事会显，世教所不容。"后来嵇康受朋友吕安案的牵连，钟会便乘机劝司马昭把他杀了。《三国志·魏书·王粲传》注引《魏氏春秋》叙述他被杀的经过说："大将军（司马昭）尝欲辟（征召）康。康既有绝世之言，又从子不善，避之河东，或云避世。及山涛为选曹郎，举康自代，康答书拒绝，因自说不堪流俗而非薄汤武。大将军闻而怒焉。初，康与东平吕昭子巽及巽弟安亲善。会巽淫安妻徐氏，而诬安不孝，囚之。安引康为证，康义不负心，保明其事。安亦至烈，有济世志力，钟会劝大将军因此除之，遂杀安及康。康临刑自若，援琴而鼓，既而叹曰：'雅音于是绝矣！'时人莫不哀之。"按杀嵇康的是司马昭，鲁迅误记为司马懿。

59 **裴颜**（267~300） 字逸民，河东闻喜（今山西闻喜）人。晋惠帝时为国子祭酒，兼右军将军，迁尚书左仆射，后为司马伦（赵王）所杀。《晋书·裴頠传》说："頠深患时俗放荡，不尊儒术。何晏、阮籍素有高名于世，口谈浮虚，不遵礼法，尸禄耽宠，仕不事事；至王衍之徒，声誉太盛，位高势重，不以物务自婴，遂相仿效，风教陵迟，乃著《崇有》之论以释其蔽。"

60 **孙盛** 字安国，太原中都（今山西平遥）人。曾任桓温参军，长沙太守。著有

《魏氏春秋》、《晋阳秋》等。他的《老聃非大贤论》，批评当时清谈家奉为宗主的老聃，用老聃自己的话证明他的学说的自相矛盾，不切实际，从而断定老聃并非大贤。

61　何曾（197～278）　字颖考，陈国阳夏（今河南太康）人。司马炎篡魏，他因劝进有功，拜太尉，封公爵。《晋书·何曾传》说："时（按当为魏高贵乡公即位初年）步兵校尉阮籍负才放诞，居丧无礼。曾面质籍于文帝（鲁迅误记为司马懿）座曰：'卿纵情背礼，败俗之人。今忠贤执政，综核名实，若卿之曹，不可长也。'因言于帝曰：'公方以孝治天下，而听阮籍以重哀（母丧）饮酒食肉于公座。宜摈四裔，无令染华夏。'帝曰：'此子羸病若此，君不能为吾忍耶！'曾重引据，辞理甚切。帝虽不从，时人敬惮之。"

62　"明于礼义而陋于知人心"二句，见《庄子·田子方》："温伯雪子适齐，舍于鲁，鲁人有请见之者，温伯雪子曰：'不可，吾闻中国之君子，明乎礼义而陋于知人心，吾不欲见也。'"据唐代成玄英注：温伯，字雪子，春秋时楚国人。鲁迅误记为季札。

63　阮籍不愿儿子效法自己的事，见《晋书·阮籍传》："（籍）子浑，字长成，有父风，少幕通达，不饰小节，籍谓曰：'仲容已豫吾此流，汝不得复尔。'"又《世说新语·任诞》也载有此事。按阮咸，字仲容，阮籍兄阮熙之子。

64　嵇康怠慢钟会，见《晋书·嵇康传》："（康）性绝巧而好锻（打铁）。宅中有一柳树甚茂，乃激水圜之，每夏月，居其下以锻。"又说："初，康居贫，尝与向秀共锻于大树之下，以自赡给。颖川钟会，贵公子也，精练有才辩，故往造焉。康不为之礼，而锻不辍。良久会去，康谓曰：'何所闻而来，何所见而去？'会曰：'闻所闻而来，见所见而去。'会以此憾之。"按钟会（225～264），字士季，颖川长社（今河南长葛）人。司马昭的重要谋士，官至左徒。魏常道乡公景元三年（262）拜镇西将军，次年统兵伐蜀，蜀平后谋反，被杀。

65　《家诫》　见《嵇康集》卷十。鲁迅所举的这几条的原文是："君子用心，所欲准行，自当量其善者，必拟议而后动。……所居长吏，但宜敬之而已矣，不当极亲密，不宜数往；往当有时。其有众人，又不当独在后，又不当宿。所以然者，长吏喜问外事，或时发举，则怨者谓人所说，无以自免也。……若会酒坐，见人争语，其形势似欲转盛，便当无何舍去之。此将斗之兆也。坐视必见曲直，傥不能不有言，有言必是一人；其不是者方自谓为直，则谓曲我者有私于彼，便怨恶之情生矣；或便获悖辱之言。……又慎不须离楼，强劝人酒，不饮自己；若人来劝己，辄当为持之，勿稍逆也。"（据鲁迅校本）按嵇康的儿子名绍，字延祖，《晋书·嵇绍传》说他"十岁而孤"。

146

66 **刘勰**（？～约520） 字彦和，南东莞（今江苏镇江）人，南朝梁文艺理论家。著有《文心雕龙》。这里所引的两句，见于该书《才略》篇。

67 **陶潜**（约372～427） 又名渊明，字元亮，浔阳柴桑（今江西九江）人，晋代诗人。曾任彭泽令，因不满当时政治的黑暗和官场的虚伪，辞官归隐。著作有《陶渊明集》。梁代钟嵘在《诗品》中称他为"古今隐逸诗人之宗"，"五四"以后又常被人称为"田园诗人"。他在《乞食》一诗中说："饥来驱我去，不知竟何之。行行至斯里，叩门拙言辞。主人解余意，遗赠岂虚来。谈谐终日夕，觞至辄倾杯。……衔戢知何谢，冥报以相贻。"又南朝宋檀道鸾《续晋阳秋》说："江州刺史王弘造渊明，无履，弘从人脱履以给之。弘语左右为彭泽作履，左右请履度，渊明于众坐伸脚，及履至，著而不疑。""采菊东篱下"句见他所作的《饮酒》诗第五首。

68 陶潜的《述酒》诗，据南宋汤汉的注语，以为它是为当时最重大的政治事变——晋宋易代而作，注语中说："晋元熙二年（420）六月，刘裕废恭帝（司马德文）为零陵王，明年，以毒酒一罂授张伟使酖王，伟自饮而卒；继又令兵人逾垣进药，王不肯饮，遂掩杀之。此诗所为作，故以《述酒》名篇也。诗辞尽隐语，故观者弗省。……予反复详考，而后知决为零陵哀诗也。"

69 **墨子**（约前468～前376） 名翟，鲁国人，春秋战国时代思想家，墨家创始人。他认为"天下兼相爱则治，交相恶则乱"，提倡"兼爱"的学说。现存《墨子》书中有《兼爱》上中下三篇。杨子，指杨朱，战国时代思想家。他的学说的中心是"为我"，《孟子·尽心》说："杨子取为我，拔一毛而利天下，不为也。"他没有著作留传下来，后人仅能从先秦书中略知他的学说的大概。

70 陶潜诗文中提到"死"的地方很多，如《己酉岁九月九日》中说："万化相寻绎，人生岂不劳。从古皆有没，念之心中焦。"又《与子俨等疏》中说："天地赋命，生必有死；自古圣贤；谁能独免。"

147

文艺与政治的歧途[1]

—— 一九二七年十二月二十一日在上海暨南大学演讲

我是不大出来讲演的；今天到此地来，不过因为说过了好几次，来讲一回也算了却一件事。我所以不出来讲演，一则没有什么意见可讲，二则刚才这位先生说过，在座的很多读过我的书，我更不能讲什么。书上的人大概比实物好一点，《红楼梦》[2]里面的人物，像贾宝玉林黛玉这些人物，都使我有异样的同情；后来，考究一些当时的事实，到北京后，看看梅兰芳姜妙香[3]扮的贾宝玉林黛玉，觉得并不怎样高明。

我没有整篇的鸿论，也没有高明的见解，只能讲讲我近来所想到的。我每每觉到文艺和政治时时在冲突之中，文艺和革命原不是相反的，两者之间，倒有不安于现状的同一。惟政治是要维持现状，自然和不安于现状的文艺处在不同的方向。不过不满意现状的文艺，直到十九世纪以后才兴起来，只有一段短短历史。政治家最不喜欢人家反抗他的意见，最不喜欢人家要想，要开口。而从前的社会也的确没有人想过什么，又没有人开过口。且看动物中的猴子，它们自有它们的首领；首领要它们怎样，它们就怎样。在部落里，他们有一个酋长，他们跟着酋长走，酋长的吩咐，就是他们的标准。酋长要他们死，也只好去死。那时没有什么文艺，即使有，也不过赞美上帝（还没有后人所谓God[4]那么玄妙）罢了！那里会有自由思想？后来，一个部落一个部落你吃我吞，渐渐扩大起来，所谓大国，就是吞吃那多多少少的小部落；一到了大国，内部情形就复杂得多，夹着许多不同的思想，许多不同的问题。这时，文艺也起来了，和政治不断地冲突；政治想维系现状使它统一，文艺催促社会进化使它渐渐分离：文艺虽使社会分裂，但是社会这样才进步起来。文艺既然是政治家的眼中钉，那就不免被挤出去。外国许多文学家，在本国站不住脚，相率亡命到别个国度去；这个方法，就是"逃"。要是逃不掉，那就被杀掉，割掉他的头；割掉头那是最好的方法，既不会开口，又不会想了。俄国许多文学家，受到这个结果，还有许多充军到冰雪的西伯利亚去。

有一派讲文艺的，主张离开人生，讲些月呀花呀鸟呀的话（在中国又不同，有国粹的道德，连花呀月呀都不许讲，当作别论），或者专讲"梦"，专讲些将来的社会，不要讲得太近。这种文学家，他们都躲在象牙之塔[5]里面；但是"象牙之塔"毕竟不能住得很长久的呀！象牙之塔总是要安放在人间，就免不掉还要受政治的压迫。打起仗来，就不能不逃开去。北京有一班文人[6]，顶看不起描写社会的文学家，他们想，小说里面连车夫的生活都可以写进去，岂不把小说应该写才子佳人一首诗生爱情的定律都打破了吗？现在呢，他们也不能做高尚的文学家了，还是要逃到南边来；"象牙之塔"的窗子里，到底没有一块一块面包递进来的呀！

等到这些文学家也逃出来了，其他文学家早已死的死，逃的逃了。别的文学家，对于现状早感到不满意，又不能不反对，不能不开口，"反对""开口"就是有他们的下场。我以为文艺大概由于现在生活的感受，亲身所感到的，便影印到文艺中去。挪威有一文学家[7]，他描写肚子饿，写了一本书，这是依他所经验的写的。对于人生的经验，别的且不说，"肚子饿"这件事，要是欢喜，便可以试试看，只要两天不吃饭，饭的香味便会是一个特别的诱惑；要是走过街上饭铺子门口，更会觉得这个香味一阵阵冲到鼻子来。我们有钱的时候，用几个钱不算什么；直到没有钱，一个钱都有它的意味。那本描写肚子饿的书里，它说起那人饿得久了，看见路人个个是仇人，即是穿一件单褂子的，在他眼里也见得那是骄傲。我记起我自己曾经写过这样一个人，他身边什么都光了，时常抽开抽屉看看，看角上边上可以找到什么；路上一处一处去找，看有什么可以找得到；这个情形，我自己是体验过来的。

从生活窘迫过来的人，一到了有钱，容易变成两种情形：一种是理想世界，替处同一境遇的人着想，便成为人道主义；一种是什么都是自己挣起来，从前的遭遇，使他觉得什么都是冷酷，便流为个人主义。我们中国大概是变成个人主义者多。主张人道主义的，要想替穷人想想法子，改变改变现状，在政治家眼里，倒还不如个人主义的好；所以人道主义者和政治家就有冲突。俄国文学家托尔斯泰[8]讲人道主义，反对战争，写过三册很厚的小说——那部《战争与和平》，他自己是个贵族，却是经过战场的生活，他感到战争是怎么一个惨痛。尤其是他一临到长官的铁板前（战场上重要军官都有铁板挡住枪弹），更有刺心的痛楚。而他又眼见他的朋友们，很多在战场上牺牲掉。战争的结果，也可以变成两种态度：一种是英雄，他见别人死的死伤的伤，只有他健存，自己就觉得怎样了不得，这么那么夸耀战场上的威雄。一种是变成反对战争的，希望世界上不要再打仗了。托尔斯泰便是后一种，主张用无抵抗主义来消灭战争。他这么主张，政府自然讨厌他；反对战争，和俄皇的侵掠欲望冲突；主张无抵抗主义，叫兵士不替皇帝打仗，警察不替皇帝执法，审判官不替皇帝裁判，大家都不去捧皇帝；皇帝是全要人捧的，没有人捧，还成什么皇帝，更和政治相冲突。这种文学家出来，对于社会现状不满意，这样批评，那样批评，弄得社会上个个都自己觉到，都不安起来，自然非杀头不可。

但是，文艺家的话其实还是社会的话，他不过感觉灵敏，早感到早说出来（有时，他说得太早，连社会也反对他，也排轧他）。譬如我们学兵式体操，行举枪礼，照规矩口令是"举……枪"这般叫，一定要等"枪"字令下，才可以举起。有些人却是一听到"举"字便举起来，叫口令的要罚他，说他做错。文艺家在社会上正是这样；他说得早一点，大家都讨厌他。政治家认定文学家是社会扰乱的煽动者，心想杀掉他，社会就可平安。殊不知杀了文学家，社会还是要革命；俄国的文学家被杀掉的充军的不在少数，革命的火焰不是到处燃着吗？文学家生前大概不能得到社会的同情，潦倒地过了一生，直到死后四五十年，才为社会所认识，大家大闹起来。政治家因此更厌恶文学家，以为文学家早就种下大祸根；政治家想不准大家思想，而那野蛮时代早已过去了。在座诸位的见解，我虽然不知道；据我推测，一定和政治家是不相同；政治家既永远怪文艺家破坏他们的统一，偏见如此，所以我从来不肯和政治家去说。

到了后来，社会终于变动了；文艺家先时讲的话，渐渐大家

151

都记起来了，大家都赞成他，恭维他是先知先觉。虽是他活的时候，怎样受过社会的奚落。刚才我来讲演，大家一阵子拍手，这拍手就见得我并不怎样伟大；那拍手是很危险的东西，拍了手或者使我自以为伟大不再向前了，所以还是不拍手的好。上面我讲过，文学家是感觉灵敏了一点，许多观念，文学家早感到了，社会还没有感到。譬如今天××先生穿了皮袍，我还只穿棉袍；××先生对于天寒的感觉比我灵。再过一月，也许我也感到非穿皮袍不可，在天气上的感觉，相差到一个月，在思想上的感觉就得相差到三四十年。这个话，我这么讲，也有许多文学家在反对。我在广东，曾经批评一个革命文学家[9]——现在的广东，是非革命文学不能算做文学的，是非"打打打，杀杀杀，革革革，命命命"，不能算做革命文学的——我以为革命并不能和文学连在一块儿，虽然文学中也有文学革命。但做文学的人总得闲定一点，正在革命中，那有功夫做文学。我们且想想：在生活困乏中，一面拉车，一面"之乎者也"，到底不大便当。古人虽有种田做诗的，那一定不是自己在种田；雇了几个人替他种田，他才能吟他的诗；真要种田，就没有功夫做诗。革命时候也是一样；正在革命，那有功夫做诗？我有几个学生，在打陈炯明[10]时候，他们都在战场；我读了他们的来信，只见他们的字与词一封一封生疏下去。俄国革命以后，拿了面包票排了队一排一排去领面包；这时，国家既不管你什么文学家艺术家雕刻家；大家连想面包都来不及，那有功夫去想文学？等到有了文学，革命早成功了。革命成功以后，闲空了一点；有人恭维革命，有人颂扬革命，这已不是革命文学。他们恭维革命颂扬革命，就是颂扬有权力者，和革命有什么关系？

　　这时，也许有感觉灵敏的文学家，又感到现状的不满意，又要出来开口。从前文艺家的话，政治革命家原是赞同过；直到革命成功，政治家把从前所反对那些人用过的老法子重新采用起来，在文艺家仍不免于不满意，又非被排轧出去不可，或是割掉他的头。割掉他的头，前面我讲过，那是顶好的法子咯，——从十九世纪到现在，世界文艺的趋势，大都如此。

　　十九世纪以后的文艺，和十八世纪以前的文艺大不相同。十八世纪的英国小说，它的目的就在供给太太小姐们的消遣，所讲的都是愉快风趣的话。十九世纪的后半世纪，完全变成和人生问题发生密切关系。我们看了，总觉得十二分的不舒服，可是我们还得气也不透地看下去。这因为以前的文艺，好像写别一个社会，我们只要鉴赏；现在的文艺，就在写我们自己的社会，连我们自己也写进去；在小说里可以发见社会，也可以发见我们自己；以前的文艺，如隔岸观火，没有什么切身关系；现在的文艺，连自己也烧在这里面，自己一定深深感觉到；一到自己感觉到，一定要参加到社会去！

　　十九世纪，可以说是一个革命的时代；所谓革命，那不安于现在，不满意于现状的都是。文艺催促旧的渐渐消灭的也是革命（旧的消灭，新的才能产生），而文学家的命运并不因自己参加过革命而有一样改变，还是处处碰钉子。现在革命的势力已经到了徐州[11]，在徐州以北文学家原站不住脚；在徐州以南，文学家还是站不住脚，即共了产，文学家还是站不住脚。革命文学家和革命家竟可说完全两件事。诋斥军阀怎样怎样不合理，是革命文学家；打倒军阀是革命家；孙传芳[12]所以赶走，是革命家用炮轰掉的，决不是革命文艺家做了几句"孙传芳呀，我们要赶掉你

153

呀"的文章赶掉的。在革命的时候，文学家都在做一个梦，以为革命成功将有怎样怎样一个世界；革命以后，他看看现实全不是那么一回事，于是他又要吃苦了。照他们这样叫，嗒，哭都不成功；向前不成功，向后也不成功，理想和现实不一致，这是注定的运命；正如你们从《呐喊》上看出的鲁迅和讲坛上的鲁迅并不一致；或许大家以为我穿洋服头发分开，我却没有穿洋服，头发也这样短短的。所以以革命文学自命的，一定不是革命文学，世间那有满意现状的革命文学？除了吃麻醉药！苏俄革命以前，有两个文学家，叶遂宁和梭波里[13]，他们都讴歌过革命，直到后来，他们还是碰死在自己所讴歌希望的现实碑上，那时，苏维埃是成立了！

不过，社会太寂寞了，有这样的人，才觉得有趣些。人类是欢喜看看戏的，文学家自己来做戏给人家看，或是绑出去砍头，或是在最近墙脚下枪毙，都可以热闹一下子。且如上海巡捕用棒打人，大家围着去看，他们自己虽然不愿意挨打，但看见人家挨打，倒觉得颇有趣的。文学家便是用自己的皮肉在挨打的啦！

今天所讲的，就是这么一点点，给它一个题目，叫做……《文艺与政治的歧途》。

☆ ★ ☆

1 本篇记录稿最初发表于一九二八年一月二十九日、三十日上海《新闻报·学海》第一八二、一八三期，署周鲁迅讲，刘率真记。收入本书时经过作者校阅。

2 《红楼梦》 长篇小说，清代曹雪芹著。通行本为一二〇回，后四十回一般认为是高鹗续作。

3 梅兰芳（1894~1961） 名澜，字畹华，江苏泰州人，京剧艺术家。姜妙香，北京人，京剧演员，他们二人自一九一六年起同台演出《黛玉葬花》。

4 God 英语：上帝。

5 **象牙之塔** 原是法国十九世纪文艺评论家圣佩韦（1804～1869）批评同时代消极浪漫主义诗人维尼的用语，后来用以比喻脱离现实生活的文艺家的小天地。

6 指新月社的一些人。梁实秋在一九二六年三月二十七日《晨报副刊》发表的《现代中国文学之浪漫的趋势》中说："近年来新诗中产出了一个'人力车夫派'。这一派是专门为人力车夫抱不平，以为神圣的人力车夫被经济制度压迫过甚，……其实人力车夫……既没有什么可怜恤的，更没有什么可赞美。"

7 指汉姆生，他曾当过水手、木工，创作长篇小说《饥饿》，于一九二〇年获得诺贝尔文学奖。

8 **托尔斯泰** 即列夫·托尔斯泰（1828～1910），俄国作家。出身于贵族地主家庭。他的作品无情地揭露沙皇制度和资本主义势力的种种罪恶，同时又宣扬道德的自我完善和"不用暴力抵抗邪恶"。著有长篇小说《战争与和平》、《安娜·卡列尼娜》、《复活》等。《战争与和平》是他以一八一二年拿破仑入侵俄国为题材的长篇小说，写于一八六三年至一八六九年。

9 指吴稚晖。参看《而已集·革命文学》。

10 陈炯明（1875～1933）字竞存，广东海丰人，广东军阀。一九二五年所部被广东革命军消灭。鲁迅的学生李秉中等曾参加讨伐陈炯明的战争。鲁迅在一九二六年六月十七日致李秉中信中说："这一年来，不闻消息，我可是历来没有忘记，但常有两种推测，一是在东江负伤或战死了，一是你已经变了一个武人，不再写字，因为去年你从梅县给我的信，内中已很有几个空白及没有写全的字了。"

11 **革命的势力到了徐州** 蒋介石叛变革命后仍打着"北伐革命"的旗帜，于一九二七年十二月十六日占领徐州。

12 孙传芳（1885～1935） 字馨远，山东历城人。北洋直系军阀。一九二五年盘踞东南五省，一九二六年冬，其主力在江西南昌、九江一带被北伐军击溃。

13 叶遂宁（1895～1925） 通译叶赛宁，苏联诗人。他以描写宗法制度下田园生活的抒情诗著称。十月革命时曾向往革命，写过一些赞美革命的诗，如《天上的鼓手》等。但革命后陷入苦闷，最后自杀。著有长诗《四旬祭》、《苏维埃俄罗斯》等。**梭波里**（1888～1926），苏联作家。十月革命后曾接近革命，但终因不满于现实生活而自杀。著有长篇小说《尘土》，短篇小说集《樱桃开花的时候》。

155

03

鲁迅

人生感悟

第三辑 为了忘却的纪念

我也还有记忆的，但是，零落得很。我自己觉得我的记忆好像被刀刮过了的鱼鳞，有些还留在身体上，有些是掉在水里了，将水一搅，有几片还会翻腾，闪烁，然而中间混着血丝，连我自己也怕得因此污了鉴赏家的眼目。

杂忆[1]

1

有人说G．Byron[2]的诗多为青年所爱读，我觉得这话很有几分真。就自己而论，也还记得怎样读了他的诗而心神俱旺；尤其是看见他那花布裹头，去助希腊独立时候的肖像。这像，去年才从《小说月报》传入中国了[3]。可惜我不懂英文，所看的都是译本。听近今的议论，译诗是已经不值一文钱，即使译得并不错。但那时大家的眼界还没有这样高，所以我看了译本，倒也觉得好，或者就因为不懂原文之故，于是便将臭草当作芳兰。《新罗马传奇》中的译文也曾传诵一时，虽然用的是词调，又译Sappho为"萨芷波"，[4]证明着是根据日文译本的重译。

苏曼殊[5]先生也译过几首，那时他还没有做诗"寄弹筝人"，因此与Byron也还有缘。但译文古奥得很，也许曾经章太炎先生的润色的罢，所以真像古诗，可是流传倒并不广。后来收入他自印的绿面金签的《文学因缘》中，现在连这《文学因缘》也少见了。

其实，那时Byron之所以比较的为中国人所知，还有别一原因，就是他的助希腊独立。时当清的末年，在一部分中国青年的心中，革命思潮正盛，凡有叫喊复仇和反抗的，便容易惹起感应。那时我所记得的人，还有波兰的复仇诗人Adam Mickiewicz；匈牙利的爱国诗人Petöfi Sándor；[6]飞猎滨的文人而为西班牙政府所杀的厘沙路[7]，——他的祖父还是中国人，中国也曾译过他的绝命诗。Hauptmann，Sudermann，Ibsen[8]这些人虽然正负盛名，我们却不大注意。

别有一部分人，则专意搜集明末遗民的著作，满人残暴的记录，钻在东京或其他的图书馆里，抄写出来，印了，输入中国，希望使忘却的旧恨复活，助革命成功。于是《扬州十日记》[9]，《嘉定屠城记略》[10]，《朱舜水集》[11]，《张苍水集》[12]都翻印了，还有《黄萧养回头》[13]及其他单篇的汇集，我现在已经举不出那些名目来。别有一部分人，则改名"扑满""打清"之类，算是英雄。这些大号，自然和实际的革命不甚相关，但也可见那时对于光复的渴望之心，是怎样的旺盛。

159

不独英雄式的名号而已，便是悲壮淋漓的诗文，也不过是纸片上的东西，于后来的武昌起义怕没有什么大关系。倘说影响，则别的千言万语，大概都抵不过浅近直截的"革命军马前卒邹容"所做的《革命军》[14]。

2

待到革命起来，就大体而言，复仇思想可是减退了。我想，这大半是因为大家已经抱着成功的希望，又服了"文明"的药，想给汉人挣一点面子，所以不再有残酷的报复。但那时的所谓文明，却确是洋文明，并不是国粹；所谓共和，也是美国法国式的共和，不是周召共和[15]的共和。革命党人也大概竭力想给本族增光，所以兵队倒不大抢掠。南京的土匪兵小有劫掠，黄兴[16]先生便勃然大怒，枪毙了许多，后来因为知道土匪是不怕枪毙而怕枭首的，就从死尸上割下头来，草绳络住了挂在树上。从此也不再有什么变故了，虽然我所住的一个机关的卫兵，当我外出时举枪立正之后，就从窗门洞爬进去取了我的衣服，但究竟手段已经平和得多，也客气得多了。

南京是革命政府所在地，当然格外文明。但我去一看先前的满人的驻在处，却是一片瓦砾；只有方孝孺血迹石[17]的亭子总算还在。这里本是明的故宫，我做学生时骑马经过，曾很被顽童骂詈和投石，——犹言你们不配这样，听说向来是如此的。现在却面目全非了，居民寥寥；即使偶有几间破屋，也无门窗；若有门，则是烂洋铁做的。总之，是毫无一点木料。

那么，城破之时，汉人大大的发挥了复仇手段的么？并不然。知道情形的人告诉我：战争时候自然有些损坏；革命军一进城，旗人[18]中间便有些人定要按古法殉难，在明的冷宫的遗址的屋子里使火药炸裂，以炸杀自己，恰巧一同炸死了几个适从近旁经过的骑兵。革命军以为埋藏地雷反抗了，便烧了一回，可是燹余的房子还不少。此后是他们自己动手，拆屋材出卖，先拆自己的，次拆较多的别人的，待到屋无尺材寸椽，这才大家流散，还给我们一片瓦砾场。——但这是我耳闻的，保不定可是真话。

看到这样的情形，即使你将《扬州十日记》挂在眼前，也不至于怎样愤怒了罢。据我感得，民国成立以后，汉满的恶感仿佛很是消除了，各省的界限也比先前更其轻淡了。然而"罪孽深重不自殒灭"[19]的中国人，不到一年，情形便又逆转：有宗社党的活动和遗老的谬举[20]而两族的旧史又令人忆起，有袁世凯的手段而南北的交恶[21]加甚，有阴谋家的狡计而省界又被利用[22]，并且此后还要增长起来！

3

不知道我的性质特别坏，还是脱不出往昔的环境的影响之故，我总觉得复仇是不足为奇的，虽然也并不想诬无抵抗主义者为无人格。但有时也想：报复，谁来裁判，怎能公平呢？便又立刻自答：自己裁判，自己执行；既没有上帝来主持，人便不妨以目偿头，也不妨以头偿目。有时也觉得宽恕是美德，但立刻也疑心这话是怯汉所发明，因为他没有报复的勇气；或者倒是卑怯的坏人所创造，因为他贻害于人而怕人来报复，便骗以宽恕的美名。

因此我常常欣慕现在的青年，虽然生于清末，而大抵长于民国，吐纳共和的空气，该不至于再有什么异族轭下的不平之气，和被压迫民族的合辙[23]之悲罢。果然，连大学教授，也已经不解何以小说要描写下等社会的缘故了[24]，我和现代人要相距一世纪的话，似乎有些确凿。但我也不想涮洗，——虽然很觉得惭惶。

当爱罗先珂君[25]在日本未被驱逐之前，我并不知道他的姓名。直到已被放逐，这才看起他的作品来；所以知道那迫辱放逐的情形的，是由于登在《读卖新闻》[26]上的一篇江口涣氏的文字[27]。于是将这译出，还译他的童话，还译他的剧本《桃色的云》。其实，我当时的意思，不过要传播被虐待者的苦痛的呼声和激发国人对于强权者的憎恶和愤怒而已，并不是从什么"艺术之宫"里伸出手来，拔了海外的奇花瑶草，来移植在华国的艺苑。

日文的《桃色的云》出版时，江口氏的文章也在，可是已被检查机关（警察厅？）删节得很多。我的译文是完全的，但当这剧本印成本子时，却没有印上去。因为其时我又见了别一种情形，起了别一种意见，不想在中国人的愤火上，再添薪炭了。

4

孔老先生说："毋友不如己者。"[28]其实这样的势利眼睛，现在的世界上还多得很。我们自己看看本国的模样，就可知道不会有什么友人的了，岂但没有友人，简直大半都曾经做过仇敌。不过仇甲的时候，向乙等候公论，后来仇乙的时候，又向甲期待同情，所以片段的看起来，倒也似乎并不是全世界都是怨敌。但怨敌总常有一个，因此每一两年，爱国者总要鼓舞一番对于敌人的怨恨与愤怒。

这也是现在极普通的事情，此国将与彼国为敌的时候，总得先用了手段，煽起国民的敌忾心来，使他们一同去扦御或攻击。但有一个必要的条件，就是：国民是勇敢的。因为勇敢，这才能勇往直前，肉搏强敌，以报仇雪恨。假使是怯弱的人民，则即使如何鼓舞，也不会有面临强敌的决心；然而引起的愤火却在，仍不能不寻一个发泄的地方，这地方，就是眼见得比他们更弱的人民，无论是同胞或是异族。

我觉得中国人所蕴蓄的怨愤已经够多了，自然是受强者的蹂躏所致的。但她们却不很向强者反抗，而反在弱者身上发泄，兵和匪不相争，无枪的百姓却并受兵匪之苦，就是最近便的证据。再露骨地说，怕还可以证明这些人的卑怯。卑怯的人，即使有万丈的愤火，除弱草以外，又能烧掉甚么呢？

或者要说，我们现在所要使人愤恨的是外敌，和国人不相干，无从受害。可是这转移是极容易的，虽曰国人，要借以泄愤的时候，只要给与一种特异的名称，即可放心割剌。先前则有异端，妖人，奸党，逆徒等类名目，现在就可用国贼，汉奸，二毛子，洋狗或洋奴。庚子年的义和团捉住路人，可以任意指为教徒，据云这铁证是他的神通眼已在那人的额上看出一个"十"字。

然而我们在"毋友不如己者"的世上，除了激发自己的国民，使他们发些火花，聊以应景之外，又有什么良法呢。可是我根据上述的理由，更进一步而希望于点火的青年的，是对于群众，在引起他们的公愤之余，还须设法注入深沉的勇气，当鼓舞他们的感情的时候，还须竭力启发明白的理性；而且还得偏重于勇气和理性，从此继续地训练许多年。这声音，自然断乎不及大叫宣战杀贼的大而闳，但我以为却是更紧要而更艰难伟大的工作。

否则，历史指示过我们，遭殃的不是什么敌手而是自己的同胞和子孙。那结果，是反为敌人先驱，而敌人就做了这一国的所谓强者的胜利者，同时也就做了弱者的恩人。因为自己先已互相残杀过了，所蕴蓄的怨愤都已消除，天下也就成为太平的盛世。

总之，我以为国民倘没有智，没有勇，而单靠一种所谓"气"，实在是非常危险的。现在，应该更进而着手于较为坚实的工作了。

一九二五年六月十六日。

☆ ★ ☆

1 本篇最初发表于一九二五年六月十九日《莽原》周刊第九期。

2 G. Byron 拜伦，英国诗人。他曾参加意大利资产阶级民主革命活动和希腊民族独立战争。作品多表现对专制压迫者的反抗和对资产阶级虚伪残酷的憎恨，充满积极浪漫主义精神，对欧洲诗歌的发展有极大影响。主要作品有长诗《唐·璜》等。

3 拜伦的肖像，指英国画家菲力普斯（T. Phillips）所作的拜伦画像。一九二四年四月《小说月报》第十五卷第四期《拜伦逝世百年纪念专号》曾予刊载。《小说月报》，一九一〇年创刊于上海，一九二一年经过改革，成为当时著名文学团体文学研究会主持的刊物。一九三二年停刊。

4《新罗马传奇》　梁启超根据自著的《意大利建国三杰传》改编的戏曲，其中并无拜伦诗的译文。按梁启超在他所作的小说《新中国未来记》第四回中，曾以戏曲的形式介绍过拜伦长诗《唐·璜》第三篇中的一节："（沉醉东风）咳！希腊啊，希腊啊！……你本是平和时代的爱娇。你本是战争时代的天骄。撒芷波歌声高，女诗人热情好。"Sappho，通译萨福，约公元前六世纪时的希腊女诗人。日语译音为サッフォ，"ッ"（音芷）在此处不读音，"撒芷波"系梁启超的误译。

5 苏曼殊（1884~1918）　名玄瑛，字子谷，广东中山人，文学家。二十岁时在惠州入寺为僧，号曼殊。他曾用古体诗形式翻译过拜伦的诗五篇：《星耶峰耶俱无生》一篇，收入一九〇八年在日本东京出版的《文学因缘》；《赞大海》《去国行》《哀希腊》《答美人赠束发髹带诗》四篇，收入一九〇九年在日本东京出版的《拜伦诗选》。

"寄弹筝人"，指《寄调筝人》，是苏曼殊自作的情调颓废的三首七言绝句，最早发表在一九一〇年出版的《南社》第三集，思想风格与所译拜伦诗异趣。

6 Adam Mickiewicz　密茨凯维支；Petöfi Sándor，裴多菲。

7 厘沙路（J. Rizal，1861~1896）　通译黎萨，菲律宾作家，民族独立运动领袖。一八九二年发起成立"菲律宾联盟"，同年被捕；一八九六年第二次被捕后为西班牙殖民政府杀害。著有长篇小说《不许犯我》、《起义者》等。他的绝命诗《我的最后的告别》，曾由梁启超译成中文，题作《墓中呼声》。

8　G. Hauptmann　霍普德曼（1862~1946），德国剧作家。著有《织工》、《沉钟》等。H. Sudermann，苏德曼（1857~1928），德国作家。著有剧本《故乡》、小说《忧愁夫人》等。Ibsen，易卜生。

9《扬州十日记》　清代江都王秀楚著，记顺治二年（1645）清兵攻入扬州时惨杀汉族人民的实况。

10《嘉定屠城记略》　清代嘉定朱子素著，记顺治二年清兵攻入嘉定时三次屠杀汉族人民的实况。

11《朱舜水集》　朱之瑜著。朱之瑜（1600~1682），字鲁屿，号舜水，浙江余姚人，明末思想家。明亡后据舟山抗清，力图恢复，失败后流亡日本，客死水户。他的著作有日本稻叶岩吉编辑的《朱舜水全集》，一九一二年印行；国内有马浮就稻叶本重订的《舜水遗书》二十五卷，一九一三年印行。

12《张苍水集》 张煌言著。张煌言（1620～1664），字玄著，号苍水，浙江鄞县人，南明抗清义军领袖，文学家。他于清顺治二年（1645）在浙东起兵抗清，奉鲁王（朱以海）监国，兵败后被俘，不屈而死。清末章太炎从鄞县得《奇零草》抄本，上卷杂文，下卷古今体诗，改题《张苍水集》印行。

13《黄萧养回头》 以鼓吹反清革命为主题的粤剧，署名新广东武生著，原载于一九〇二年（清光绪二十八年）梁启超主编的《新小说》杂志，后有上海广智书局单行本。黄萧养是明代正统末年广东农民起义领袖，景泰元年（1450）在战斗中箭牺牲。剧本内容是说黄帝命黄萧养的灵魂投生，从事救国运动，使中国进入"富强之邦"。

14 邹容（1885～1905） 字蔚丹，四川巴县人，清末革命家。曾留学日本，积极参加反清斗争，一九〇三年七月被清政府勾结上海英租界当局逮捕，判刑二年，一九〇五年四月死于狱中。《革命军》是邹容宣传反清革命的著名作品，一九〇三年作，共七章，约两万言，前有章炳麟的序和作者的自序。自序后署"皇汉民族亡国后之二百六十年岁次癸卯三月日革命军中马前卒邹容记"。该书揭露了清政府的殊酷统治，提出建立"自由独立"的"中华共和国"的理想，起了很大的革命鼓动作用。

15 周召共和 据《史记·周本纪》，西周时厉王无道，遭到国人反对，于三十七年（前841）出奔，"召公、周公二相行政，号曰共和"。又据《竹书纪年》，周厉王出奔后，由共伯和（共国国君名）代行王政，号共和元年。

16 黄兴（1874～1916） 字克强，湖南长沙人，近代民主革命家。早年组织华兴会，一九〇五年参加孙中山组织的同盟会，居协理地位。辛亥革命时任革命军总司令，一九一二年南京临时政府成立，任陆军总长。袁世凯窃国后，流亡日本，一九一六年在上海逝世。

17 方孝孺（1357～1402） 字希直，浙江宁海人，明惠帝建文时任侍讲学士。建文四年（1402）惠帝的叔父燕王朱棣起兵攻入南京，自立为帝（即永乐帝），命方孝孺起草即位诏书，他坚决不从，遂遭杀害，被灭十族，死者多达八百七十余人。血迹石，相传是方孝孺被钩舌敲齿时染上血迹的石块。

18 旗人 清代对编入八旗的人的称呼。按八旗是满族的军队组织和户口编制，后来一般称满族人为旗人。

19 "罪孽深重不自殒灭" 宋代以来，一些人在父母死后印发的讣文中，常有"不孝某某罪孽深重，不自殒灭，祸延显考（妣）"一类套语。

20 宗社党 清朝贵族良弼、毓朗、铁良等企图保全清室政权于一九一一年成立的一个反动组织。这些人曾于一九一二年三月七日（夏历正月十九日）以"君主立宪维持会"的名义发表宣言，反对溥仪退位。民国成立后，他们潜伏天津、大连等地，在日本帝国主义操纵下，进行复辟阴谋活动。一九一四年五月，曾和遗老劳乃宣、刘廷琛、宋育仁等勾结图谋复辟；一九一七年七月，又和张勋、康有为等勾结进行复辟，俱告失败。

21 南北交恶 指一九一三年（民国二年）七月所发生的袁世凯与南方国民党讨袁军之间的战争。这次战争是由袁世凯以阴谋手段挑起的，目的是为了消灭当时以孙中山为首、以南方为根据地的国民党势力。在战争前，袁世凯派人暗杀了国民党重要人物宋教仁于上海，并依靠帝国主义的支持，积极准备战争；国民党方面，原是对袁世凯妥协的，在宋教仁被刺后，孙中山由日本回上海发动讨袁的军事行动。战争于七月开始，八月底讨袁军即告失败。此后在相当长的时间内，南北仍处于对立的局面。

22 省界被利用 段祺瑞在袁世凯失败后出任国务总理时，为了团结北洋系的武力，曾使徐树铮策动各省区派代表到徐州开会，于一九一六年成立了所谓"省区联合会"。这是北洋军阀利用所谓省界联合的手段以图保存他们的封建割据的组织。与此同时，南方各省成立了联合的"护国军政府"。从此以后至第一次国内革命战争之前，盘据南北各省的军阀就常在联合的名义下，实行以省为单位的封建割据；而在利害冲突时，又进行相互之间的战争。

23 合辙 指异族统治者强制汉族人民遵从他们的制度和政策。辙，即轨道。古代车制，两轮相距八尺，车行必与辙合。

24 指当时东南大学教授吴宓。作者在《二心集·上海文艺之一瞥》中曾说："那时吴宓先生就曾经发表过文章，说是真不懂为什么有些人竟喜欢描写下流社会。"

25 爱罗先珂（1889～1952） 俄国诗人、童话作家。童年时因病双目失明。曾先后到过日本、泰国、缅甸、印度等国；一九二一年在日本因参加"五一"游行，六月间被日本政府驱逐出境，辗转来到中国，曾在北京大学、北京世界语专门学校任教。一九二三年四月回国。他用世界语和日语写作，鲁迅曾译过他的作品《桃色的云》、《爱罗先珂童话集》。

26 《读卖新闻》 日本报纸，一八七四年（明治七年）十一月在东京创刊，一九二四年改革后成为全国性的大报。该报经常登载文艺作品及评论文章。

　　27　**江口涣**（1887～1975）　日本作家。作品有《火山下》、《一个女人的犯罪》等。他所作的关于爱罗先珂的文章，题名《忆爱罗先珂华西理君》，文中记述爱罗先珂在日本受迫害的经过。该文曾由鲁迅译载于一九二三年五月十四日《晨报副刊》，现收入《鲁迅译文集》第十卷《译丛补》。

　　28　**"毋友不如己者"**　语见《论语·学而》。

伤逝[1]
——涓生的手记

如果我能够，我要写下我的悔恨和悲哀，为子君，为自己。

会馆[2]里的被遗忘在偏僻里的破屋是这样地寂静和空虚。时光过得真快，我爱子君，仗着她逃出这寂静和空虚，已经满一年了。事情又这么不凑巧，我重来时，偏偏空着的又只有这一间屋。依然是这样的破窗，这样的窗外的半枯的槐树和老紫藤，这样的窗前的方桌，这样的败壁，这样的靠壁的板床。深夜中独自躺在床上，就如我未曾和子君同居以前一般，过去一年中的时光全被消灭，全未有过，我并没有曾经从这破屋子搬出，在吉兆胡同创立了满怀希望的小小的家庭。

不但如此。在一年之前，这寂静和空虚是并不这样的，常常含着期待；期待子君的到来。在久待的焦躁中，一听到皮鞋的高底尖触着砖路的清响，是怎样地使我骤然生动起来呵！于是就看见带着笑涡的苍白的圆脸，苍白的瘦的臂膊，布的有条纹的衫子，玄色的裙。她又带了窗外的半枯的槐树的新叶来，使我看见，还有挂在铁似的老干上的一房一房的紫白的藤花。

然而现在呢，只有寂静和空虚依旧，子君却决不再来了，而且永远，永远地！……

子君不在我这破屋里时，我什么也看不见。在百无聊赖中，顺手抓过一本书来，科学也好，文学也好，横竖什么都一样；看下去，看下去，忽而自己觉得，已经翻了十多页了，但是毫不记得书上所说的事。只是耳朵却分外地灵，仿佛听到大门外一切往来的履声，从中便有子君的，而且橐橐地逐渐临近，——但是，往往又逐渐渺茫，终于消失在别的步声的杂沓中了。我憎恶那不像子君鞋声的穿布底鞋的长班[3]的儿子，我憎恶那太像子君鞋声的常常穿着新皮鞋的邻院的搽雪花膏的小东西！

莫非她翻了车么？莫非她被电车撞伤了么？……

我便要取了帽子去看她，然而她的胞叔就曾经当面骂过我。

蓦然，她的鞋声近来了，一步响于一步，迎出去时，却已经走过紫藤棚下，脸上带着微笑的酒窝。她在她叔子的家里大约并未受气；我的心宁帖了，默默地相视片时之后，破屋里便渐渐充满了我的语声，谈家庭专制，谈打破旧习惯，谈男女平等，谈伊孛生，谈泰戈尔，谈雪莱[4]……她总是微笑点头，两眼里弥漫着稚气的好奇的光泽。壁上就钉着一张铜板的雪莱半身像，是从杂志上裁下来的，是他的最美的一张像。当我指给她看时，她却只草草一看，便低了头，似乎不好意思了。这些地方，子君就大概还未脱尽旧思想的束缚，——我后来也想，倒不如换一张雪莱淹死在海里的记念像或是伊孛生的罢；但也终于没有换，现在是连这一张也不知那里去了。

"我是我自己的，他们谁也没有干涉我的权利！"

这是我们交际了半年，又谈起她在这里的胞叔和在家的父亲时，她默想了一会之后，分明地，坚决地，沉静地说了出来的话。其时是我已经说尽了我的意见，我的身世，我的缺点，很少隐瞒；她也完全了解的了。这几句话很震动了我的灵魂，此后许多天还在耳中发响，而且说不出的狂喜，知道中国女性，并不如厌世家所说那样的无法可施，在不远的将来，便要看见辉煌的曙色的。

送她出门，照例是相离十多步远；照例是那鲇鱼须的老东西的脸又紧帖在脏的窗玻璃上了，连鼻尖都挤成一个小平面；到外院，照例又是明晃晃的玻璃窗里的那小东西的脸，加厚的雪花膏。她目不邪视地骄傲地走了，没有看见；我骄傲地回来。

"我是我自己的，他们谁也没有干涉我的权利！"这彻底的思想就在她的脑里，比我还透澈，坚强得多。半瓶雪花膏和鼻尖的小平面，于她能算什么东西呢？

我已经记不清那时怎样地将我的纯真热烈的爱表示给她。岂但现在，那时的事后便已模胡，夜间回想，早只剩了一些断片了；同居以后一两月，便连这些断片也化作无可追踪的梦影。我只记得那时以前的十几天，曾经很仔细地研究过表示的态度，排列过措辞的先后，以及倘或遭了拒绝以后的情形。可是临时似乎都无用，在慌张中，身不由己地竟用了在电影上见过的方法了。后来一想到，就使我很愧恧，但在记忆上却偏只有这一点永远留遗，至今还如暗室的孤灯一般，照见我含泪握着她的手，一条腿跪了下去……

不但我自己的，便是子君的言语举动，我那时就没有看得分明；仅知道她已经允许我了。但也还仿佛记得她脸色变成青白，后来又渐渐转作绯红，——没有见过，也没有再见的绯红；孩子似的眼里射出悲喜，但是夹着惊疑的光，虽然力避我的视线，张

170

皇地似乎要破窗飞去。然而我知道她已经允许我了，没有知道她怎样说或是没有说。

她却是什么都记得：我的言辞，竟至于读熟了的一般，能够滔滔背诵；我的举动，就如有一张我所看不见的影片挂在眼下，叙述得如生，很细微，自然连那使我不愿再想的浅薄的电影的一闪。夜阑人静，是相对温习的时候了，我常是被质问，被考验，并且被命复述当时的言语，然而常须由她补足，由她纠正，像一个丁等的学生。

这温习后来也渐渐稀疏起来。但我只要看见她两眼注视空中，出神似的凝想着，于是神色越加柔和，笑窝也深下去，便知道她又在自修旧课了，只是我很怕她看到我那可笑的电影的一闪。但我又知道，她一定要看见，而且也非看不可的。

然而她并不觉得可笑。即使我自己以为可笑，甚而至于可鄙的，她也毫不以为可笑。这事我知道得很清楚，因为她爱我，是这样地热烈，这样地纯真。

171

去年的暮春是最为幸福，也是最为忙碌的时光。我的心平静下去了，但又有别一部分和身体一同忙碌起来。我们这时才在路上同行，也到过几回公园，最多的是寻住所。我觉得在路上时时遇到探索，讥笑，猥亵和轻蔑的眼光，一不小心，便使我的全身有些瑟缩，只得即刻提起我的骄傲和反抗来支持。她却是大无畏的，对于这些全不关心，只是镇静地缓缓前行，坦然如入无人之境。

寻住所实在不是容易事，大半是被托辞拒绝，小半是我们以为不相宜。起先我们选择得很苛酷，——也非苛酷，因为看去大抵不像是我们的安身之所；后来，便只要他们能相容了。看了二十多处，这才得到可以暂且敷衍的处所，是吉兆胡同一所小屋里的两间南屋；主人是一个小官，然而倒是明白人，自住着正屋和厢房。他只有夫人和一个不到周岁的女孩子，雇一个乡下的女工，只要孩子不啼哭，是极其安闲幽静的。

我们的家具很简单，但已经用去了我的筹来的款子的大半；子君还卖掉了她唯一的金戒指和耳环。我拦阻她，还是定要卖，我也就不再坚持下去了；我知道不给她加入一点股分去，她是住不舒服的。

和她的叔子，她早经闹开，至于使他气愤到不再认她做侄女；我也陆续和几个自以为忠告，其实是替我胆怯，或者竟是嫉妒的朋友绝了交。然而这倒很清静。每日办公散后，虽然已近黄昏，车夫又一定走得这样慢，但究竟还有二人相对的时候。我们先是沉默的相视，接着是放怀而亲密的交谈，后来又是沉默。大家低头沉思着，却并未想着什么事。我也渐渐清醒地读遍了她的身体，她的灵魂，不过三星期，我似乎于她已经更加了解，揭去许多先前以为了解而现在看来却是隔膜，即所谓真的隔膜了。

子君也逐日活泼起来。但她并不爱花，我在庙会[5]时买来的两盆小草花，四天不浇，枯死在壁角了，我又没有照顾一切的闲暇。然而她爱动物，也许是从官太太那里传染的罢，不一月，我们的眷属便骤然加得很多，四只小油鸡，在小院子里和房主人的十多只在一同走。但她们却认识鸡的相貌，各知道那一只是自家的。还有一只花白的叭儿狗，从庙会买来，记得似乎原有名字，子君却给它另起了一个，叫作阿随。我就叫它阿随，但我不喜欢这名字。

这是真的，爱情必须时时更新，生长，创造。我和子君说起这，她也领会地点点头。

唉唉，那是怎样的宁静而幸福的夜呵！

安宁和幸福是要凝固的，永久是这样的安宁和幸福。我们在会馆里时，还偶有议论的冲突和意思的误会，自从到吉兆胡同以来，连这一点也没有了；我们只在灯下对坐的怀旧谭中，回味那时冲突以后的和解的重生一般的乐趣。

子君竟胖了起来，脸色也红活了；可惜的是忙。管了家务便连谈天的工夫也没有，何况读书和散步。我们常说，我们总还得雇一个女工。

这就使我也一样地不快活，傍晚回来，常见她包藏着不快活的颜色，尤其使我不乐的是她要装作勉强的笑容。幸而探听出来了，也还是和那小官太太的暗斗，导火线便是两家的小油鸡。但又何必硬不告诉我呢？人总该有一个独立的家庭。这样的处所，是不能居住的。

我的路也铸定了，每星期中的六天，是由家到局，又由局到家。在局里便坐在办公桌前钞，钞，钞些公文和信件；在家里是和她相对或帮她生白炉子，煮饭，蒸馒头。我的学会了煮饭，就在这时候。

但我的食品却比在会馆里时好得多了。做菜虽不是子君的特长，然而她于此却倾注着全力；对于她的日夜的操心，使我也不能不一同操心，来算作分甘共苦。况且她又这样地终日汗流满面，短发都粘在脑额上；两只手又只是这样地粗糙起来。

况且还要饲阿随，饲油鸡，……都是非她不可的工作。

我曾经忠告她：我不吃，倒也罢了；却万不可这样地操劳。

173

她只看了我一眼，不开口，神色却似乎有点凄然；我也只好不开口。然而她还是这样地操劳。

我所豫期的打击果然到来。双十节的前一晚，我呆坐着，她在洗碗。听到打门声，我去开门时，是局里的信差，交给我一张油印的纸条。我就有些料到了，到灯下去一看，果然，印着的就是：

奉
局长谕史涓生着毋庸到局办事

秘书处启十月九号

这在会馆里时，我就早已料到了；那雪花膏便是局长的儿子的赌友，一定要去添些谣言，设法报告的。到现在才发生效验，已经要算是很晚的了。其实这在我不能算是一个打击，因为我早就决定，可以给别人去钞写，或者教读，或者虽然费力，也还可以译点书，况且《自由之友》的总编辑便是见过几次的熟人，两月前还通过信。但我的心却跳跃着。那么一个无畏的子君也变了色，尤其使我痛心；她近来似乎也较为怯弱了。

"那算什么。哼，我们干新的。我们……"她说。

她的话没有说完；不知怎地，那声音在我听去却只是浮浮的；灯光也觉得格外黯淡。人们真是可笑的动物，一点极微末的小事情，便会受着很深的影响。我们先是默默地相视，逐渐商量起来，终于决定将现有的钱竭力节省，一面登"小广告"去寻求钞写和教读，一面写信给《自由之友》的总编辑，说明我目下的遭遇，请他收用我的译本，给我帮一点艰辛时候的忙。

174

"说做，就做罢！来开一条新的路！"

我立刻转身向了书案，推开盛香油的瓶子和醋碟，子君便送过那黯淡的灯来。我先拟广告；其次是选定可译的书，迁移以来未曾翻阅过，每本的头上都满漫着灰尘了；最后才写信。

我很费踌蹰，不知道怎样措辞好，当停笔凝思的时候，转眼去一瞥她的脸，在昏暗的灯光下，又很见得凄然。我真不料这样微细的小事情，竟会给坚决的，无畏的子君以这么显著的变化。她近来实在变得很怯弱了，但也并不是今夜才开始的。我的心因此更缭乱，忽然有安宁的生活的影像——会馆里的破屋的寂静，在眼前一闪，刚刚想定睛凝视，却又看见了昏暗的灯光。

许久之后，信也写成了，是一封颇长的信；很觉得疲劳，仿佛近来自己也较为怯弱了。于是我们决定，广告和发信，就在明日一同实行。大家不约而同地伸直了腰肢，在无言中，似乎又都感到彼此的坚忍崛强的精神，还看见从新萌芽起来的将来的希望。

外来的打击其实倒是振作了我们的新精神。局里的生活，原如鸟贩子手里的禽鸟一般，仅有一点小米维系残生，决不会肥胖；日子一久，只落得麻痹了翅子，即使放出笼外，早已不能奋飞。现在总算脱出这牢笼了，我从此要在新的开阔的天空中翱翔，趁我还未忘却了我的翅子的扇动。

小广告是一时自然不会发生效力的；但译书也不是容易事，先前看过，以为已经懂得的，一动手，却疑难百出了，进行得很慢。然而我决计努力地做，一本半新的字典，不到半月，边上便有了一大片乌黑的指痕，这就证明着我的工作的切实。《自由之友》的总编辑曾经说过，他的刊物是决不会埋没好稿子的。

可惜的是我没有一间静室，子君又没有先前那么幽静，善于体帖了，屋子里总是散乱着碗碟，弥漫着煤烟，使人不能安心做事，但是这自然还只能怨我自己无力置一间书斋。然而又加以阿随，加以油鸡们。加以油鸡们又大起来了，更容易成为两家争吵的引线。

加以每日的"川流不息"的吃饭；子君的功业，仿佛就完全建立在这吃饭中。吃了筹钱，筹来吃饭，还要喂阿随，饲油鸡；她似乎将先前所知道的全都忘掉了，也不想到我的构思就常常为了这催促吃饭而打断。即使在坐中给看一点怒色，她总是不改变，仍然毫无感触似的大嚼起来。

使她明白了我的作工不能受规定的吃饭的束缚，就费去五星期。她明白之后，大约很不高兴罢，可是没有说。我的工作果然从此较为迅速地进行，不久就共译了五万言，只要润色一回，便可以和做好的两篇小品，一同寄给《自由之友》去。只是吃饭却依然给我苦恼。菜冷，是无妨的，然而竟不够；有时连饭也不够，虽然我因为终日坐在家里用脑，饭量已经比先前要减少得多。这是先去喂了阿随了，有时还并那近来连自己也轻易不吃的羊肉。她说，阿随实在瘦得太可怜，房东太太还因此嗤笑我们了，她受不住这样的奚落。

于是吃我残饭的便只有油鸡们。这是我积久才看出来的，但同时也如赫胥黎[6]的论定"人类在宇宙间的位置"一般，自觉了我在这里的位置：不过是叭儿狗和油鸡之间。

后来，经多次的抗争和催逼，油鸡们也逐渐成为肴馔，我们和阿随都享用了十多日的鲜肥；可是其实都很瘦，因为它们早已每日只能得到几粒高粱了。从此便清静得多。只有子君很颓唐，似乎常觉得凄苦和无聊，至于不大愿意开口。我想，人是多么容易改变呵！

但是阿随也将留不住了。我们已经不能再希望从什么地方会有来信，子君也早没有一点食物可以引它打拱或直立起来。冬季又逼近得这么快，火炉就要成为很大的问题；它的食量，在我们其实早是一个极易觉得的很重的负担。于是连它也留不住了。

倘使插了草标[7]到庙市去出卖，也许能得几文钱罢，然而我们都不能，也不愿这样做。终于是用包袱蒙着头，由我带到西郊去放掉了，还要追上来，便推在一个并不很深的土坑里。

我一回寓，觉得又清静得多多了；但子君的凄惨的神色，却使我很吃惊。那是没有见过的神色，自然是为阿随。但又何至于此呢？我还没有说起推在土坑里的事。

到夜间，在她的凄惨的神色中，加上冰冷的分子了。

"奇怪。——子君，你怎么今天这样儿了？"我忍不住问。

"什么？"她连看也不看我。

"你的脸色……"

"没有什么，——什么也没有。"

我终于从她言动上看出，她大概已经认定我是一个忍心的人。其实，我一个人，是容易生活的，虽然因为骄傲，向来不与世交来往，迁居以后，也疏远了所有旧识的人，然而只要能远走高飞，生路还宽广得很。现在忍受着这生活压迫的苦痛，大半倒是为她，便是放掉阿随，也何尝不如此。但子君的识见却似乎只是浅薄起来，竟至于连这一点也想不到了。

我拣了一个机会，将这些道理暗示她；她领会似的点头。然而看她后来的情形，她是没有懂，或者是并不相信的。

天气的冷和神情的冷，逼迫我不能在家庭中安身。但是，往那里去呢？大道上，公园里，虽然没有冰冷的神情，冷风究竟也刺得人皮肤欲裂。我终于在通俗图书馆里觅得了我的天堂。

那里无须买票；阅书室里又装着两个铁火炉。纵使不过是烧着不死不活的煤的火炉，但单是看见装着它，精神上也就总觉得有些温暖。书却无可看：旧的陈腐，新的是几乎没有的。

好在我到那里去也并非为看书。另外时常还有几个人，多则十余人，都是单薄衣裳，正如我，各人看各人的书，作为取暖的口实。这于我尤为合式。道路上容易遇见熟人，得到轻蔑的一瞥，但此地却决无那样的横祸，因为他们是永远围在别的铁炉旁，或者靠在自家的白炉边的。

那里虽然没有书给我看，却还有安闲容得我想。待到孤身枯坐，回忆从前，这才觉得大半年来，只为了爱，——盲目的爱，——而将别的人生的要义全盘疏忽了。第一，便是生活。人必生活着，爱才有所附丽。世界上并非没有为了奋斗者而开的活路；我也还未忘却翅子的扇动，虽然比先前已经颓唐得多……

屋子和读者渐渐消失了，我看见怒涛中的渔夫，战壕中的兵士，摩托车[8]中的贵人，洋场上的投机家，深山密林中的豪杰，讲台上的教授，昏夜的运动者和深夜的偷儿……子君，——不在近旁。她的勇气都失掉了，只为着阿随悲愤，为着做饭出神；然而奇怪的是倒也并不怎样瘦损……

冷了起来，火炉里的不死不活的几片硬煤，也终于烧尽了，已是闭馆的时候。又须回到吉兆胡同，领略冰冷的颜色去了。近

178

来也间或遇到温暖的神情，但这却反而增加我的苦痛。记得有一夜，子君的眼里忽而又发出久已不见的稚气的光来，笑着和我谈到还在会馆时候的情形，时时又很带些恐怖的神色。我知道我近来的超过她的冷漠，已经引起她的忧疑来，只得也勉力谈笑，想给她一点慰藉。然而我的笑貌一上脸，我的话一出口，却即刻变为空虚，这空虚又即刻发生反响，回向我的耳目里，给我一个难堪的恶毒的冷嘲。

子君似乎也觉得的，从此便失掉了她往常的麻木似的镇静，虽然竭力掩饰，总还是时时露出忧疑的神色来，但对我却温和得多了。

我要明告她，但我还没有敢，当决心要说的时候，看见她孩子一般的眼色，就使我只得暂且改作勉强的欢容。但是这又即刻来冷嘲我，并使我失却那冷漠的镇静。

179

她从此又开始了往事的温习和新的考验，逼我做出许多虚伪的温存的答案来，将温存示给她，虚伪的草稿便写在自己的心上。我的心渐被这些草稿填满了，常觉得难于呼吸。我在苦恼中常常想，说真实自然须有极大的勇气；假如没有这勇气，而苟安于虚伪，那也便是不能开辟新的生路的人。不独不是这个，连这人也未尝有！

子君有怨色，在早晨，极冷的早晨，这是从未见过的，但也许是从我看来的怨色。我那时冷冷地气愤和暗笑了；她所磨练的思想和豁达无畏的言论，到底也还是一个空虚，而对于这空虚却并未自觉。她早已什么书也不看，已不知道人的生活的第一着是求生，向着这求生的道路，是必须携手同行，或奋身孤往的了，倘使只知道捶着一个人的衣角，那便是虽战士也难于战斗，只得一同灭亡。

我觉得新的希望就只在我们的分离；她应该决然舍去，——我也突然想到她的死，然而立刻自责，忏悔了。幸而是早晨，时间正多，我可以说我的真实。我们的新的道路的开辟，便在这一遭。

我和她闲谈，故意地引起我们的往事，提到文艺，于是涉及外国的文人，文人的作品：《诺拉》，《海的女人》[9]。称扬诺拉的果决……也还是去年在会馆的破屋里讲过的那些话，但现在已经变成空虚，从我的嘴传入自己的耳中，时时疑心有一个隐形的坏孩子，在背后恶意地刻毒地学舌。

她还是点头答应着倾听，后来沉默了。我也就断续地说完了我的话，连余音都消失在虚空中了。

"是的。"她又沉默了一会，说，"但是，……涓生，我觉得你近来很两样了。可是的？你，——你老实告诉我。"

我觉得这似乎给了我当头一击，但也立即定了神，说出我的意见和主张来：新的路的开辟，新的生活的再造，为的是免得一同灭亡。

临末，我用了十分的决心，加上这几句话：

"……况且你已经可以无须顾虑，勇往直前了。你要我老实说；是的，人是不该虚伪的。我老实说罢：因为，因为我已经不爱你了！但这于你倒好得多，因为你更可以毫无挂念地做事……"

我同时豫期着大的变故的到来，然而只有沉默。她脸色陡然变成灰黄，死了似的；瞬间便又苏生，眼里也发了稚气的闪闪的光泽。这眼光射向四处，正如孩子在饥渴中寻求着慈爱的母亲，但只在空中寻求，恐怖地回避着我的眼。

我不能看下去了，幸而是早晨，我冒着寒风径奔通俗图书馆。

在那里看见《自由之友》，我的小品文都登出了。这使我一惊，仿佛得了一点生气。我想，生活的路还很多，——但是，现在这样也还是不行的。

我开始去访问久已不相闻问的熟人，但这也不过一两次；他们的屋子自然是暖和的，我在骨髓中却觉得寒冽。夜间，便蜷伏在比冰还冷的冷屋中。

冰的针刺着我的灵魂，使我永远苦于麻木的疼痛。生活的路还很多，我也还没有忘却翅子的扇动，我想。——我突然想到她的死，然而立刻自责，忏悔了。

在通俗图书馆里往往瞥见一闪的光明，新的生路横在前面。她勇猛地觉悟了，毅然走出这冰冷的家，而且，——毫无怨恨的神色。我便轻如行云，漂浮空际，上有蔚蓝的天，下是深山大海，广厦高楼，战场，摩托车，洋场，公馆，晴明的闹市，黑暗的夜……

而且，真的，我豫感得这新生面便要来到了。

我们总算度过了极难忍受的冬天，这北京的冬天；就如蜻蜓落在恶作剧的坏孩子的手里一般，被系着细线，尽情玩弄，虐待，虽然幸而没有送掉性命，结果也还是躺在地上，只争着一个迟早之间。

写给《自由之友》的总编辑已经有三封信，这才得到回信，信封里只有两张书券[10]：两角的和三角的。我却单是催，就用了九分的邮票，一天的饥饿，又都白挨给于己一无所得的空虚了。

181

然而觉得要来的事，却终于来到了。

这是冬春之交的事，风已没有这么冷，我也更久地在外面徘徊；待到回家，大概已经昏黑。就在这样一个昏黑的晚上，我照常没精打采地回来，一看见寓所的门，也照常更加丧气，使脚步放得更缓。但终于走进自己的屋子里了，没有灯火；摸火柴点起来时，是异样的寂寞和空虚！

正在错愕中，官太太便到窗外来叫我出去。

"今天子君的父亲来到这里，将她接回去了。"她很简单地说。

这似乎又不是意料中的事，我便如脑后受了一击，无言地站着。

"她去了么？"过了些时，我只问出这样一句话。

"她去了。"

"她，——她可说什么？"

"没说什么。单是托我见你回来时告诉你，说她去了。"

我不信；但是屋子里是异样的寂寞和空虚。我遍看各处，寻觅子君；只见几件破旧而黯淡的家具，都显得极其清疏，在证明着它们毫无隐匿一人一物的能力。我转念寻信或她留下的字迹，也没有；只是盐和干辣椒，面粉，半株白菜，却聚集在一处了，旁边还有几十枚铜元。这是我们两人生活材料的全副，现在她就郑重地将这留给我一个人，在不言中，教我借此去维持较久的生活。

我似乎被周围所排挤，奔到院子中间，有昏黑在我的周围；正屋的纸窗上映出明亮的灯光，他们正在逗着孩子玩笑。我的心也沉静下来，觉得在沉重的迫压中，渐渐隐约地现出脱走的路径：深山大泽，洋场，电灯下的盛筵，壕沟，最黑最黑的深夜，利刃的一击，毫无声响的脚步……

心地有些轻松，舒展了，想到旅费，并且嘘一口气。

躺着，在合着的眼前经过的豫想的前途，不到半夜已经现尽；暗中忽然仿佛看见一堆食物，这之后，便浮出一个子君的灰黄的脸来，睁了孩子气的眼睛，恳托似的看着我。我一定神，什么也没有了。

但我的心却又觉得沉重。我为什么偏不忍耐几天，要这样急急地告诉她真话的呢？现在她知道，她以后所有的只是她父亲——儿女的债主——的烈日一般的严威和旁人的赛过冰霜的冷眼。此外便是虚空。负着虚空的重担，在严威和冷眼中走着所谓人生的路，这是怎么可怕的事呵！而况这路的尽头，又不过是——连墓碑也没有的坟墓。

我不应该将真实说给子君，我们相爱过，我应该永久奉献她我的说谎。如果真实可以宝贵，这在子君就不该是一个沉重的空虚。谎语当然也是一个空虚，然而临末，至多也不过这样地沉重。

我以为将真实说给子君，她便可以毫无顾虑，坚决地毅然前行，一如我们将要同居时那样。但这恐怕是我错误了。她当时的勇敢和无畏是因为爱。

我没有负着虚伪的重担的勇气，却将真实的重担卸给她了。她爱我之后，就要负了这重担，在严威和冷眼中走着所谓人生的路。

我想到她的死……我看见我是一个卑怯者，应该被摈于强有力的人们，无论是真实者，虚伪者。然而她却自始至终，还希望我维持较久的生活……

183

我要离开吉兆胡同，在这里是异样的空虚和寂寞。我想，只要离开这里，子君便如还在我的身边；至少，也如还在城中，有一天，将要出乎意表地访我，像住在会馆时候似的。

然而一切请托和书信，都是一无反响；我不得已，只好访问一个久不问候的世交去了。他是我伯父的幼年的同窗，以正经出名的拔贡[11]，寓京很久，交游也广阔的。

大概因为衣服的破旧罢，一登门便很遭门房的白眼。好容易才相见，也还相识，但是很冷落。我们的往事，他全都知道了。

"自然，你也不能在这里了，"他听了我托他在别处觅事之后，冷冷地说，"但那里去呢？很难。——你那，什么呢，你的朋友罢，子君，你可知道，她死了。"

我惊得没有话。

"真的？"我终于不自觉地问。

"哈哈。自然真的。我家的王升的家，就和她家同村。"

"但是，——不知道是怎么死的？"

"谁知道呢。总之是死了就是了。"

我已经忘却了怎样辞别他，回到自己的寓所。我知道他是不说谎话的；子君总不会再来的了，像去年那样。她虽是想在严威和冷眼中负着虚空的重担来走所谓人生的路，也已经不能。她的命运，已经决定她在我所给与的真实——无爱的人间死灭了！

自然，我不能在这里了；但是，"那里去呢？"

四围是广大的空虚，还有死的寂静。死于无爱的人们的眼前的黑暗，我仿佛一一看见，还听得一切苦闷和绝望的挣扎的声音。

　　我还期待着新的东西到来，无名的，意外的。但一天一天，无非是死的寂静。

　　我比先前已经不大出门，只坐卧在广大的空虚里，一任这死的寂静侵蚀着我的灵魂。死的寂静有时也自己战栗，自己退藏，于是在这绝续之交，便闪出无名的，意外的，新的期待。

　　一天是阴沉的上午，太阳还不能从云里面挣扎出来；连空气都疲乏着。耳中听到细碎的步声和咻咻的鼻息，使我睁开眼。大致一看，屋子里还是空虚；但偶然看到地面，却盘旋着一匹小小的动物，瘦弱的，半死的，满身灰土的……

　　我一细看，我的心就一停，接着便直跳起来。

　　那是阿随。它回来了。

185　　我的离开吉兆胡同，也不单是为了房主人们和他家女工的冷眼，大半就为着这阿随。但是，"那里去呢？"新的生路自然还很多，我约略知道，也间或依稀看见，觉得就在我面前，然而我还没有知道跨进那里去的第一步的方法。

　　经过许多回的思量和比较，也还只有会馆是还能相容的地方。依然是这样的破屋，这样的板床，这样的半枯的槐树和紫藤，但那时使我希望，欢欣，爱，生活的，却全都逝去了，只有一个虚空，我用真实去换来的虚空存在。

　　新的生路还很多，我必须跨进去，因为我还活着。但我还不知道怎样跨出那第一步。有时，仿佛看见那生路就像一条灰白的长蛇，自己蜿蜒地向我奔来，我等着，等着，看看临近，但忽然便消失在黑暗里了。

初春的夜，还是那么长。长久的枯坐中记起上午在街头所见的葬式，前面是纸人纸马，后面是唱歌一般的哭声。我现在已经知道他们的聪明了，这是多么轻松简截的事。

然而子君的葬式却又在我的眼前，是独自负着虚空的重担，在灰白的长路上前行，而又即刻消失在周围的严威和冷眼里了。

我愿意真有所谓鬼魂，真有所谓地狱，那么，即使在孽风怒吼之中，我也将寻觅子君，当面说出我的悔恨和悲哀，祈求她的饶恕；否则，地狱的毒焰将围绕我，猛烈地烧尽我的悔恨和悲哀。

我将在孽风和毒焰中拥抱子君，乞她宽容，或者使她快意……

但是，这却更虚空于新的生路；现在所有的只是初春的夜，竟还是那么长。我活着，我总得向着新的生路跨出去，那第一步，——却不过是写下我的悔恨和悲哀，为子君，为自己。

我仍然只有唱歌一般的哭声，给子君送葬，葬在遗忘中。

我要遗忘；我为自己，并且要不再想到这用了遗忘给子君送葬。

我要向着新的生路跨进第一步去，我要将真实深深地藏在心的创伤中，默默地前行，用遗忘和说谎做我的前导……

一九三五年十月二十一日毕

☆ ★ ☆

1 本篇在收入鲁迅的《彷徨》一书前未在报刊上发表过。

2 会馆 旧时都市中同乡会或同业公会设立的馆舍，供同乡或同业旅居、聚会之用。

3 长班 旧时官员的随身仆人，也用来称呼一般的"听差"。

4 伊孛生（H.Ibsen，1828~1906） 通译易卜生，挪威剧作家。泰戈尔（R.Tagore，

1861~1941），印度诗人。一九二四年曾来过我国。当时他的诗作译成中文的有《新月集》《飞鸟集》等。雪莱（P.B.Shelley，1792~1822），英国诗人。曾参加爱尔兰民族独立运动，因传播革命思想和争取婚姻自由屡遭迫害。后在海里覆舟淹死。他的《西风颂》《云雀颂》等著名短诗，"五四"后被介绍到我国。

5 庙会 又称"庙市"，旧时在节日或规定的日子，设在寺庙或其附近的集市。

6 赫胥黎（T.Huxley，1825~1895） 英国生物学家。他的《人类在宇宙间的位置》（今译《人类在自然界的位置》），是宣传达尔文的进化论的重要著作。

7 草标 旧时在被卖的人身或物品上插置的草杆，作为出卖的标志。

8 摩托车 当时对小汽车的称呼。

9 《诺拉》 通译《娜拉》（又译作《玩偶之家》）；《海的女人》，通译《海的夫人》。都是易卜生的著名剧作。

10 书券 购书用的代价券，可按券面金额到指定书店选购。旧时有的报刊用它代替现金支付稿酬。

11 拔贡 清代科举考试制度：在规定的年限（原定六年，后改为十二年）选拔"文行兼优"的秀才，保送到京师，贡入国子监，称为"拔贡"。是贡生的一种。

187

《两地书》序言

这一本书，是这样地编起来的——

一九三二年八月五日，我得到霁野，静农，丛芜三个人署名的信，说漱园于八月一日晨五时半，病殁于北平同仁医院了，大家想搜集他的遗文，为他出一本纪念册，问我这里可还藏有他的信札没有。这真使我的心突然紧缩起来。因为，首先，我是希望着他能够全愈的，虽然明知道他大约未必会好；其次，是我虽然明知道他未必会好，却有时竟没有想到，也许将他的来信统统毁掉了，那些伏在枕上，一字字写出来的信。

我的习惯，对于平常的信，是随复随毁的，但其中如果有些议论，有些故事，也往往留起来。直到近三年，我才大烧毁了两次。

五年前，国民党清党的时候，我在广州，常听到因为捕甲，从甲这里看见乙的信，于是捕乙，又从乙家搜得丙的信，于是连丙也捕去了，都不知道下落。古时候有牵牵连连的"瓜蔓抄"，我是知道的，但总以为这是古时候的事，直到事实给了我教训，我才分明省悟了做今人也和做古人一样难。然而我还是漫不经心，随随便便，待到一九三○年我签名于自由大同盟，浙江省党部呈请中央通辑"堕落文人鲁迅等"的时候，我在弃家出走之前，忽然心血来潮，将朋友给我的信都毁掉了。这并非为了消灭"谋为不轨"的痕迹，不过以为因通信而累及别人，是很无谓的，况且中国的衙门是谁都知道只要一碰着，就有多么的可怕。后来逃过了这一关，搬了寓，而信札又积起来，我又随随便便了。不料一九三一年一月，柔石被捕，在他的衣袋里搜出有我名字的东西来，因此听说就在找我。自然罗，我只得又弃家出走，但这回是心血来潮得更加明白，当然先将所有信札完全烧掉了。

因为有过这样的两回事，所以一得到北平的来信，我就担心，怕大约未必有，但还是翻箱倒箧的寻了一通，果然无踪无影。朋友的信一封也没有，我们自己的信倒寻出来了。这也并非对于自己的东西特别看作宝贝，倒是因为那时时间很有限，而自己的信至多也不过蔓在自身上，因此放下了的。此后这些信又在枪炮的交叉火线下，躺了二三十天，也一点没有损失。其中虽然有些缺少，但恐怕是自己当时没有留心，早经遗失，并不是由于什么官灾兵燹的。

一个人如果一生没有遇到横祸，大家决不另眼相看，但若坐过牢监，到过战场，则即使他是一个万分平凡的人，人们也总看得特别一点。我们对于这些信，也正是这样。先前是一任他垫在箱子底下的，但现在一想起他曾经几乎要打官司，要遭炮火，就觉得他好像有些特别，有些可爱似的了。夏夜多蚊，不能静静的写字，我们便略照年月，将他编了起来，因地而分为三集，统名之曰《两地书》。

这是说：这一本书，在我们自己，一时是有意思的，但对于别人，却并不如此。其中既没有死呀活呀的热情，也没有花呀月呀的佳句；文辞呢，我们都未曾研究过《尺牍精华》或《书信作法》，只是信笔写来，大背文律，活该进"文章病院"的居多。所讲的又不外乎学校风潮，本身情况，饭菜好坏，天气阴晴，而最坏的是我们当日居漫天幕中，幽明莫辨，讲自己的事倒没有什么，但一遇到推测天下大事，就不免胡涂得很，所以凡有欢欣鼓舞之词，从现在看起来，大抵成了梦呓了。如果定要恭维这一本书的特色，那么，我想，恐怕是因为他的平凡罢。这样平凡的东西，别人大概是不会有，即有也未必存留的，而我们不然，这就只好谓之也是一种特色。

然而奇怪的是竟又会有一个书店愿意来印这一本书。要印，印去就是，这倒仍然可以随随便便，不过因此也就要和读者相见了，却使我又得加上两点声明在这里，以免误解。其一，是：我现在是左翼作家联盟中之一人，看近来书籍的广告，大有凡作家一旦向左，则旧作也即飞升，连他孩子时代的啼哭也合于革命文学之概，不过我们的这书是不然的，其中并无革命气息。其二，常听得有人说，书信是最不掩饰，最显真面的文章，但我也并不，我无论给谁写信，最初，总是敷敷衍衍，口是心非的，即在这一本中，遇有较为紧要的地方，到后来也还是往往故意写得含胡些，因为我们所处，是在"当地长官"，邮局，校长……，都可以随意检查信件的国度里。但自然，明白的话，是也不少的。

还有一点，是信中的人名，我将有几个改掉了，用意有好有坏，并不相同。此无他，或则怕别人见于我们的信里，于他有些不便，或则单为自己，省得又是什么"听候开审"之类的麻烦而已。

回想六七年来，环绕我们的风波也可谓不少了，在不断的挣扎中，相助的也有，下石的也有，笑骂诬蔑的也有，但我们紧咬了牙关，却也已经挣扎着生活了六七年。其间，含沙射影者都逐渐自己没入更黑暗的处所去了，而好意的朋友也已有两个不在人间，就是漱园和柔石。我们以这一本书为自己记念，并以感谢好意的朋友，并且留赠我们的孩子，给将来知道我们所经历的真相，其实大致是如此的。

一九三二年十二月十六日，鲁迅。

191

北京通信[1]

蕴儒，培良[2]两兄：

昨天收到两份《豫报》[3]，使我非常快活，尤其是见了那《副刊》。因为它那蓬勃的朝气，实在是在我先前的豫想以上。

你想：从有着很古的历史的中州[4]，传来了青年的声音，仿佛在豫告这古国将要复活，这是一件如何可喜的事呢？

倘使我有这力量，我自然极愿意有所贡献于河南的青年。但不幸我竟力不从心，因为我自己也正站在歧路上，——或者，说得较有希望些：站在十字路口。站在歧路上是几乎难于举足，站在十字路口，是可走的道路很多。我自己，是什么也不怕的，生命是我自己的东西，所以我不妨大步走去，向着我自以为可以走去的路；即使前面是深渊，荆棘，狭谷，火坑，都由我自己负责。然而向青年说话可就难了，如果盲人瞎马，引入危途，我就该得谋杀许多人命的罪孽。

所以，我终于还不想劝青年一同走我所走的路；我们的年龄，境遇，都不相同，思想的归宿大概总不能一致的罢。但倘若一定要问我青年应当向怎样的目标，那么，我只可以说出我为别人设计的话，就是：一要生存，二要温饱，三要发展。有敢来阻碍这三事者，无论是谁，我们都反抗他，扑灭他！

可是还得附加几句话以免误解，就是：我之所谓生存，并不是苟活；所谓温饱，并不是奢侈；所谓发展，也不是放纵。

中国古来，一向是最注重于生存的，什么"知命者不立于岩墙之下"咧，什么"千金之子坐不垂堂"咧，什么"身体发肤受之父母不敢毁伤"咧，[5]竟有父母愿意儿子吸鸦片的，一吸，他就不至于到外面去，有倾家荡产之虞了。可是这一流人家，家业也决不能长保，因为这是苟活。苟活就是活不下去的初步，所以到后来，他就活不下去了。意图生存，而太卑怯，结果就得死亡。以中国古训中教人苟活的格言如此之多，而中国人偏多死亡，外族偏多侵入，结果适得其反，可见我们蔑弃古训，是刻不容缓的了。这实在是无可奈何，因为我们要生活，而且不是苟活的缘故。

中国人虽然想了各种苟活的理想乡，可惜终于没有实现。

193　　但我却替他们发见了，你们大概知道的罢，就是北京的第一监狱。这监狱在宣武门外的空地里，不怕邻家的火灾；每日两餐，不虑冻馁；起居有定，不会伤生；构造坚固，不会倒塌；禁卒管着，不会再犯罪；强盗是决不会来抢的。住在里面，何等安全，真真是"千金之子坐不垂堂"了。但阙少的就有一件事：自由。

古训所教的就是这样的生活法，教人不要动。不动，失错当然就较少了，但不活的岩石泥沙，失错不是更少么？我以为人类为向上，即发展起见，应该活动，活动而有若干失错，也不要紧。惟独半死半生的苟活，是全盘失错的。因为他挂了生活的招牌，其实却引人到死路上去！

我想，我们总得将青年从牢狱里引出来，路上的危险，当然是有的，但这是求生的偶然的危险，无从逃避。想逃避，就须度那古人所希求的第一监狱式生活了，可是真在第一监狱里的犯人，都想早些释放，虽然外面并不比狱里安全。

北京暖和起来了；我的院子里种了几株丁香，活了；还有两株榆叶梅，至今还未发芽，不知道他是否活着。

昨天闹了一个小乱子[6]，许多学生被打伤了；听说还有死的，我不知道确否。其实，只要听他们开会，结果不过是开会而已，因为加了强力的迫压，遂闹出开会以上的事来。俄国的革命，不就是从这样的路径出发的么？

夜深了，就此搁笔，后来再谈罢。

鲁迅。五月八日夜。

☆ ★ ☆

1 本篇最初发表于一九二五年五月十四日开封《豫报副刊》。

2 蕴儒　姓吕，名琦，河南人，作者在北京世界语专门学校任教时的学生。当时他与向培良、高歌等同在开封编辑《豫报副刊》。培良，姓向，湖南黔阳人，文学团体狂飙社的主要成员。当时常为《莽原》周刊写稿，后来堕落为国民党反动派的走卒。

3 《豫报》　在河南开封出版的日报，一九二五年五月四日创刊。

4 中州　上古时代我国分为九州，河南是古代豫州的地方，位于九州中央，所以又称中州。

5 "知命者不立于岩墙之下"　语出《孟子·尽心上》："知命者不立乎岩墙之下"。岩墙，危墙。"千金之子坐不垂堂"，语见《史记·袁盎传》。意思是有钱的人不坐在屋檐下（以免被坠瓦击中）。"身体发肤受之父母不敢毁伤"，语见《孝经·开宗明义章》。

6 指北京学生纪念国耻的集会遭压迫一事。一九二五年五月七日，北京各校学生为纪念国耻（一九一五年五月七日，日本帝国主义向袁世凯提出最后通牒，要求承认"二十一条"）和追悼孙中山，拟在天安门举行集会。但事前北洋政府教育部已训令各校不得放假，当日上午警察厅又派遣巡警分赴各校前后门戒备，禁止学生外出。因此各校学生或行至校门即为巡警拦阻，或在天安门一带被武装警察与保安队马队殴打，多人受伤。午后被迫改在神武门开会，会后结队赴魏家胡同教育总长章士钊住宅，质问压迫学生爱国运动的理由，又与巡警冲突，被捕十八人。

为了忘却的纪念[1]

一

我早已想写一点文字，来记念几个青年的作家。这并非为了别的，只因为两年以来，悲愤总时时来袭击我的心，至今没有停止，我很想借此算是竦身一摇，将悲哀摆脱，给自己轻松一下，照直说，就是我倒要将他们忘却了。

195

两年前的此时，即一九三一年的二月七日夜或八日晨，是我们的五个青年作家[2]同时遇害的时候。当时上海的报章都不敢载这件事，或者也许是不愿，或不屑载这件事，只在《文艺新闻》上有一点隐约其辞的文章[3]。那第十一期（五月二十五日）里，有一篇林莽[4]先生作的《白莽印象记》，中间说：

"他做了好些诗，又译过匈牙利和诗人彼得斐[5]的几首诗，当时的《奔流》的编辑者鲁迅接到了他的投稿，便来信要和他会面，但他却是不愿见名人的人，结果是鲁迅自己跑来找他，竭力鼓励他作文学的工作，但他终于不能坐在亭子间里写，又去跑他的路了。不久，他又一次的被了捕。……"

这里所说的我们的事情其实是不确的。白莽并没有这么高慢，他曾经到过我的寓所来，但也不是因为我要求和他会面；

我也没有这么高慢，对于一位素不相识的投稿者，会轻率的写信去叫他。我们相见的原因很平常，那时他所投的是从德文译出的《彼得斐传》，我就发信去讨原文，原文是载在诗集前面的，邮寄不便，他就亲自送来了。看去是一个二十多岁的青年，面貌很端正，颜色是黑黑的，当时的谈话我已经忘却，只记得他自说姓徐，象山人；我问他为什么代你收信的女士是这么一个怪名字（怎么怪法，现在也忘却了），他说她就喜欢起得这么怪，罗曼谛克，自己也有些和她不大对劲了。就只剩了这一点。

夜里，我将译文和原文粗粗的对了一遍，知道除几处误译之外，还有一个故意的曲译。他像是不喜欢"国民诗人"这个字的，都改成"民众诗人"了。第二天又接到他一封来信，说很悔和我相见，他的话多，我的话少，又冷，好像受了一种威压似的。我便写一封回信去解释，说初次相会，说话不多，也是人之常情，并且告诉他不应该由自己的爱憎，将原文改变。因为他的原书留在我这里了，就将我所藏的两本集子送给他，问他可能再译几首诗，以供读者的参看。他果然译了几首，自己拿来了，我们就谈得比第一回多一些。这传和诗，后来就都登在《奔流》第二卷第五本，即最末的一本里。

我们第三次相见，我记得是在一个热天。有人打门了，我去开门时，来的就是白莽，却穿着一件厚棉袍，汗流满面，彼此都不禁失笑。这时他才告诉我他是一个革命者，刚由被捕而释出，衣服和书籍全被没收了，连我送他的那两本；身上的袍子是从朋友那里借来的，没有夹衫，而必须穿长衣，所以只好这么出汗。我想，这大约就是林莽先生说的"又一次的被了捕"的那一次了。

我很欣幸他的得释，就赶紧付给稿费，使他可以买一件夹

196

衫，但一面又很为我的那两本书痛惜：落在捕房的手里，真是明珠投暗了。那两本书，原是极平常的，一本散文，一本诗集，据德文译者说，这是他搜集起来的，虽在匈牙利本国，也还没有这么完全的本子，然而印在《莱克朗氏万有文库》（Reclam's Universal – Bibliothek）[6]中，倘在德国，就随处可得，也值不到一元钱。不过在我是一种宝贝，因为这是三十年前，正当我热爱彼得斐的时候，特地托丸善书店[7]从德国去买来的，那时还恐怕因为书极便宜，店员不肯经手，开口时非常惴惴。后来大抵带在身边，只是情随事迁，已没有翻译的意思了，这回便决计送给这也如我的那时一样，热爱彼得斐的诗的青年，算是给它寻得了一个好着落。所以还郑重其事，托柔石亲自送去的。谁料竟会落在"三道头"[8]之类的手里的呢，这岂不冤枉！

197

二

我的决不邀投稿者相见，其实也并不完全因为谦虚，其中含着省事的分子也不少。由于历来的经验，我知道青年们，尤其是文学青年们，十之九是感觉很敏，自尊心也很旺盛的，一不小心，极容易得到误解，所以倒是故意回避的时候多。见面尚且怕，更不必说敢有托付了。但那时我在上海，也有一个惟一的不但敢于随便谈笑，而且还敢于托他办点私事的人，那就是送书去给白莽的柔石。

我和柔石最初的相见，不知道是何时，在那里。他仿佛说过，曾在北京听过我的讲义，那么，当在八九年之前了。我也忘记了在上海怎么来往起来，总之，他那时住在景云里，离我的寓所不过四五家门面，不知怎么一来，就来往起来了。大约最初的一回他就告诉我是姓赵，名平复。但他又曾谈起他家乡的豪绅的气焰之盛，说是有一个绅士，以为他的名字好，要给儿子用，叫他不要用这名字了。所以我疑心他的原名是"平福"，平稳而有福，才正中乡绅的意，对于"复"字却未必有这么热心。他的家乡，是台州的宁海，这只要一看他那台州式的硬气就知道，而且颇有点迂，有时会令我忽而想到方孝孺[9]，觉得好像也有些这模样的。

他躲在寓里弄文学，也创作，也翻译，我们往来了许多日，说得投合起来了，于是另外约定了几个同意的青年，设立朝华社。目的是在绍介东欧和北欧的文学，输入外国的版画，因为我们都以为应该来扶植一点刚健质朴的文艺。接着就印《朝花旬刊》，印《近代世界短篇小说集》，印《艺苑朝华》，算都在循着这条线，只有其中的一本《蕗谷虹儿画选》，是为了扫荡上海滩上的"艺术家"，即戳穿叶灵凤这纸老虎而印的。

然而柔石自己没有钱，他借了二百多块钱来做印本。除买纸之外，大部分的稿子和杂务都是归他做，如跑印刷局，制图，校字之类。可是往往不如意，说起来皱着眉头。看他旧作品，都很有悲观的气息，但实际上并不然，他相信人们是好的。我有时谈到人会怎样的骗人，怎样的卖友，怎样的吮血，他就前额亮晶晶的，惊疑地圆睁了近视的眼睛，抗议道，"会这样的么？——不至于此罢？……"

不过朝花社不久就倒闭了，我也不想说清其中的原因，总之是柔石的理想的头，先碰了一个大钉子，力气固然白化，此外还得去借一百块钱来付纸账。后来他对于我那"人心惟危"[10]说的怀疑减少了，有时也叹息道，"真会这样的么？……"但是，他仍然相信人们是好的。

他于是一面将自己所应得的朝花社的残书送到明日书店和光华书局去，希望还能够收回几文钱，一面就拼命的译书，准备还借款，这就是卖给商务印书馆的《丹麦短篇小说集》和戈理基作的长篇小说《阿尔泰莫诺夫之事业》。但我想，这些译稿，也许去年已被兵火烧掉了。

他的迂渐渐的改变起来，终于也敢和女性的同乡或朋友一同去走路了，但那距离，却至少总有三四尺的。这方法很不好，有时我在路上遇见他，只要在相距三四尺前后或左右有一个年青漂亮的女人，我便会疑心就是他的朋友。但他和我一同走路的时候，可就走得近了，简直是扶住我，因为怕我被汽车或电车撞死；我这面也为他近视而又要照顾别人担心，大家都苍皇失措的愁一路，所以倘不是万不得已，我是不大和他一同出去的，我实在看得他吃力，因而自己也吃力。

无论从旧道德，从新道德，只要是损己利人的，他就挑选上，自己背起来。

他终于决定地改变了，有一回，曾经明白的告诉我，此后应该转换作品的内容和形式。我说：这怕难罢，譬如使惯了刀的，这回要他耍棍，怎么能行呢？他简洁的答道：只要学起来！

他说的并不是空话，真也在从新学起来了，其时他曾经带了一个朋友来访我，那就是冯铿女士。谈了一些天，我对于她终于很隔膜，我疑心她有点罗曼谛克，急于事功；我又疑心柔石的近来要做大部的小说，是发源于她的主张的。但我又疑心我自己，也许是柔石的先前的斩钉截铁的回答，正中了我那其实是偷懒的主张的伤疤，所以不自觉地迁怒到她身上去了。——我其实也并不比我所怕见的神经过敏而自尊的文学青年高明。

她的体质是弱的，也并不美丽。

三

直到左翼作家联盟成立之后，我才知道我所认识的白莽，就是在《拓荒者》上做诗的殷夫。有一次大会时，我便带了一本德译的，一个美国的新闻记者所做的中国游记去送他，这不过以为他可以由此练习德文，另外并无深意。然而他没有来。我只得又托了柔石。

但不久，他们竟一同被捕，我的那一本书，又被没收，落在"三道头"之类的手里了。

四

明日书店要出一种期刊，请柔石去做编辑，他答应了；书店还想印我的译著，托他来问版税的办法，我便将我和北新书局所订的合同，抄了一份交给他，他向衣袋里一塞，匆匆的走了。其时是一九三一年一月十六日的夜间，而不料这一去，竟就是我和他相见的末一回，竟就是我们的永诀。第二天，他就在一个会场上被捕了，衣袋里还藏着我那印书的合同，听说官厅因此正在找寻我。印书的合同，是明明白白的，但我不愿意到那些不明不白的地方去辩解。记得《说岳全传》里讲过一个高僧，当追捕的差役刚到寺门之前，他就"坐化"了，还留下什么"何立从东来，我向西方走"的偈子[11]。这是奴隶所幻想的脱离苦海的惟一的好方法，"剑侠"盼不到，最自在的惟此而已。我不是高僧，没有涅槃[12]的自由，却还有生之留恋，我于是就逃走[13]。

　　这一夜，我烧掉了朋友们的旧信札，就和女人抱着孩子走在一个客栈里。不几天，即听得外面纷纷传我被捕，或是被杀了，柔石的消息却很少。有的说，他曾经被巡捕带到明日书店里，问是否是编辑；有的说，他曾经被巡捕带往北新书局去，问是否是柔石，手上上了铐，可见案情是重的。但怎样的案情，却谁也不明白。

　　他在囚系中，我见过两次他写给同乡[14]的信，第一回是这样的——

　　"我与三十五位同犯（七个女的）于昨日到龙华。并于昨夜上了铐，开政治犯从未上铐之纪录。此案累及太大，我一时恐难出狱，书店事望兄为我代办之。现亦好，且跟殷夫兄学德文，此事可告周先生；望周先生勿念，我等未受刑。捕房和公安局，几次问周先生地址，但我那里知道。诸望勿念。祝好！

赵少雄　一月二十四日。"

201

　　以上正面。

　　"洋铁饭碗，要二三只

　　如不能见面，可将东西

　　望转交赵少雄"

　　以上背面。

　　他的心情并未改变，想学德文，更加努力；也仍在记念我，像在马路上行走时候一般。但他信里有些话是错误的，政治犯而上铐，并非从他们开始，但他向来看得官场还太高，以为文明至今，到他们才开始了严酷。其实是不然的。果然，第二封信就很不同，措词非常惨苦，且说冯女士的面目都浮肿了，可惜我没有抄下这封信。其时传说也更加纷繁，说他可以赎出的也有，说他已经解往南京的也有，毫无确信；而用函电来探问我的消息的也多起来，连母亲在北京也急得生病了，我只得一一发信去更正，这样的大约有二十天。

天气愈冷了，我不知道柔石在那里有被褥不？我们是有的。洋铁碗可曾收到了没有？……但忽然得到一个可靠的消息，说柔石和其他二十三人，已于二月七日夜或八日晨，在龙华警备司令部被枪毙了，他的身上中了十弹。

原来如此！……

在一个深夜里，我站在客栈的院子中，周围是堆着的破烂的什物；人们都睡觉了，连我的女人和孩子。我沉重的感到我失掉了很好的朋友，中国失掉了很好的青年，我在悲愤中沉静下去了，然而积习却从沉静中抬起头来，凑成了这样的几句：

惯于长夜过春时，挈妇将雏鬓有丝。

梦里依稀慈母泪，城头变幻大王旗。

忍看朋辈成新鬼，怒向刀丛觅小诗。

吟罢低眉无写处，月光如水照缁衣。

但末二句，后来不确了，我终于将这写给了一个日本的歌人[15]。

可是在中国，那时是确无写处的，禁锢得比罐头还严密。我记得柔石在年底曾回故乡，住了好些时，到上海后很受朋友的责备。他悲愤的对我说，他的母亲双眼已经失明了，要他多住几天，他怎么能够就走呢？我知道这失明的母亲的眷眷的心，柔石的拳拳的心。当《北斗》创刊时，我就想写一点关于柔石的文章，然而不能够，只得选了一幅珂勒惠支（Käthe Kollwitz）夫人的木刻，名曰《牺牲》，是一个母亲悲哀地献出她的儿子去的，算是只有我一个人心里知道的柔石的记念。

同时被难的四个青年文学家之中，李伟森我没有会见过，胡也频在上海也只见过一次面，谈了几句天。较熟的要算白莽，即殷夫了，他曾经和我通过信，投过稿，但现在寻起来，一无所得，想必是十七那夜统统烧掉了，那时我还没有知道被捕的也有白莽。然而那本《彼得斐诗集》却在的，翻了一遍，也没有什么，只在一首《Wahlspruch》（格言）的旁边，有钢笔写的四行译文道：

"生命诚宝贵，

爱情价更高；

若为自由故，

二者皆可抛！"

又在第二叶上，写着"徐培根"[16]三个字，我疑心这是他的真姓名。

五

前年的今日，我避在客栈里，他们却是走向刑场了；去年的今日，我在炮声中逃在英租界，他们则早已埋在不知那里的地下了；今年的今日，我才坐在旧寓里，人们都睡觉了，连我的女人和孩子。我又沉重的感到我失掉了很好的朋友，中国失掉了很好的青年，我在悲愤中沉静下去了，不料积习又从沉静中抬起头来，写下了以上那些字。

要写下去，在中国的现在，还是没有写处的。年青时读向子期《思旧赋》[17]，很怪他为什么只有寥寥的几行，刚开头却又煞了尾。然而，现在我懂得了。

203

不是年青的为年老的写记念，而在这三十年中，却使我目睹许多青年的血，层层淤积起来，将我埋得不能呼吸，我只能用这样的笔墨，写几句文章，算是从泥土中挖一个小孔，自己延口残喘，这是怎样的世界呢。夜正长，路也正长，我不如忘却，不说的好罢。但我知道，即使不是我，将来总会有记起他们，再说他们的时候的。……

二月七——八日。

☆ ★ ☆

1 本篇最初发表于一九三三年四月一日《现代》第二卷第六期。

2 **五个青年作家** 他们是李伟森（1903～1931），又名李求实，湖北武昌人，译有《朵思退夫斯基》、《动荡中的新俄农村》等。柔石，参看《柔石小传》。胡也频（1905～1931），福建福州人，作品有小说《到莫斯科去》、《光明在我们的前面》等。冯铿（1907～1931），原名岭梅，女，广东潮州人，作品有小说《最后的出路》、《红的日记》等。殷夫（1909～1931），即白莽，一名徐白，浙江象山人，作品有新诗《孩儿塔》、《伏尔加的黑浪》等，生前未结集出版。他们都是"左联"成员，中国共产党党员。李伟森被捕时在中共中央宣传部工作，其他四人被捕时都是"左联"负责工作人员。一九三一年一月十七日，他们为反对王明等人召集的中共六届四中全会，在上海东方旅社参加集会被捕。同年二月七日，被国民党秘密杀害于龙华。

3 "左联"五位作家被捕遇害的消息，《文艺新闻》第三号（一九三一年三月三十日）以《在地狱或人世的作家？》为题，用读者致编者信的形式，首先透露出来。

4 **林莽** 即楼适夷，浙江余姚人，作家、翻译家。当时"左联"成员。

5 **彼得斐**（Petöfi Sándor，1823～1849） 通译裴多菲，匈牙利爱国诗人。主要诗作有《勇敢的约翰》《民族之歌》等。

6 **《莱克朗氏万有文库》** 一八六七年德国出版的文学丛书。

7 **丸善书店** 日本东京一家出售西文书籍的书店。

8 **"三道头"** 当时上海公共租界里的巡官，制服袖上缀有三道倒人字形标志，被称作"三道头"。

9 **方孝孺**（1357~1402）　浙江宁海人，明建文帝朱允炆时的侍讲学士、文学博士。建文四年（1402）建文帝的叔父燕王朱棣起兵攻陷南京，自立为帝（即永乐帝），命他起草即位诏书；他坚决不从，遂遭杀害，被灭十族。

10 **"人心惟危"**　语见《尚书·大禹谟》。

11 **《说岳全传》**　清代康熙年间的演义小说，题为钱彩编次，金丰增订，共八十回。该书第六十一回写镇江金山寺道悦和尚，因同情岳飞，秦桧就派"家人"何立去抓他。他正在寺内"升座说法"，一见何立，便口占一偈死去。"坐化"，佛家语，佛家传说有些高僧在临终前盘膝端坐，安然而逝，称作"坐化"。偈子，佛经中的唱词，也泛指和尚的隽语。

12 **涅槃**　佛家语，意为寂灭、解脱等，指佛和高僧的死亡，也叫圆寂。后来引伸作死的意思。

13 柔石被捕后，作者于一九三一年一月二十日和家属避居黄陆路花园庄，二月二十八日回寓。

14 指王育和，浙江宁海人，当时是慎昌钟表行的职员，和柔石同住闸北景云里二十八号，柔石在狱中通过送饭人带信给他，由他送周建人转给作者。

15 **日本歌人**　指山本初枝（1898~1966）。据《鲁迅日记》，一九三二年七月十一日，作者将此诗书成小幅，托内山书店寄给她。

16 **"徐培根"**　白莽的哥哥，曾任国民政府的航空署长。

17 **向子期**（约227~272）　向秀，字子期，河内（今河南武陟）人，魏晋时期文学家。他和嵇康、吕安友善。《思旧赋》是他在嵇、吕被司马昭杀害后所作的哀悼文章，共一百五十六字（见《文选》卷十六）。

朋友¹

　　我在小学的时候，看同学们变小戏法，"耳中听字"呀，"纸人出血"呀，很以为有趣。庙会时就有传授这些戏法的人，几枚铜元一件，学得来时，倒从此索然无味了。进中学是在城里，于是兴致勃勃的看大戏法，但后来有人告诉了我戏法的秘密，我就不再高兴走近圈子的旁边。去年到上海来，才又得到消遣无聊的处所，那便是看电影。

　　但不久就在书上看到一点电影片子的制造法，知道了看去好像千丈悬崖者，其实离地不过几尺，奇禽怪兽，无非是纸做的。这使我从此不很觉得电影的神奇，倒往往只留心它的破绽，自己也无聊起来，第三回失掉了消遣无聊的处所。有时候，还自悔去看那一本书，甚至于恨到那作者不该写出制造法来了。

　　暴露者揭发种种隐秘，自以为有益于人们，然而无聊的人，为消遣无聊计，是甘于受欺，并且安于自欺的，否则就更无聊赖。因为这，所以使戏法长存于天地之间，也所以使暴露幽暗不但为欺人者所深恶，亦且为被欺者所深恶。

　　暴露者只在有为的人们中有益，在无聊的人们中便要灭亡。自救之道，只在虽知一切隐秘，却不动声色，帮同欺人，欺那自甘受欺的无聊的人们，任它无聊的戏法一套一套的，终于反反复复的变下去。周围是总有这些人会看的。

变戏法的时时拱手道："……出家靠朋友！"有几分就是对着明白戏法的底细者而发的，为的是要他不来戳穿西洋镜。

"朋友，以义合者也"[2]，但我们向来常常不作如此解。

四月二十二日。

☆　★　☆

1 本篇最初发表于一九三四年五月一日《申报·自由谈》。

2 "朋友，以义合者也"　语出《论语·乡党》宋代朱熹注："朋友以义合。"

忆韦素园君[1]

我也还有记忆的，但是，零落得很。我自己觉得我的记忆好像被刀刮过了的鱼鳞，有些还留在身体上，有些是掉在水里了，将水一搅，有几片还会翻腾，闪烁，然而中间混着血丝，连我自己也怕得因此污了赏鉴家的眼目。

现在有几个朋友要纪念韦素园君，我也须说几句话。是的，我是有这义务的。我只好连身外的水也搅一下，看看泛起怎样的东西来。

怕是十多年之前了罢，我在北京大学做讲师，有一天。在教师豫备室里遇见了一个头发和胡子统统长得要命的青年，这就是李霁野。我的认识素园，大约就是霁野绍介的罢，然而我忘记了那时的情景。现在留在记忆里的，是他已经坐在客店的一间小房子里计画出版了。

这一间小房子，就是未名社[2]。

那时我正在编印两种小丛书，一种是《乌合丛书》，专收创作，一种是《未名丛刊》，专收翻译，都由北新书局出版。出版者和读者的不喜欢翻译书，那时和现在也并不两样，所以《未名丛刊》是特别冷落的。恰巧，素园他们愿意绍介外国文学到中国来，便和李小峰[3]商量，要将《未名丛刊》移出，由几个同人自办。小峰一口答应了，于是这一种丛书便和北新书局脱离。稿子是我们自己的，另筹了一笔印费，就算开始。因这丛书的名目，连社名也就叫了"未名"——但并非"没有名目"的意思，是"还没有名目"的意思，恰如孩子的"还未成丁"似的。

未名社的同人，实在并没有什么雄心和大志，但是，愿意切切实实的，点点滴滴的做下去的意志，却是大家一致的。而其中的骨干就是素园。

于是他坐在一间破小屋子，就是未名社里办事了，不过小半好像也因为他生着病，不能上学校去读书，因此便天然的轮着他守寨。

我最初的记忆是在这破寨里看见了素园，一个瘦小，精明，正经的青年，窗前的几排破旧外国书，在证明他穷着也还是钉住着文学。然而，我同时又有了一种坏印象，觉得和他是很难交往的，因为他笑影少。"笑影少"原是未名社同人的一种特色，不过素园显得最分明，一下子就能够令人感得。但到后来，我知道我的判断是错误了，和他也并不难于交往。他的不很笑，大约是因为年龄的不同，对我的一种特别态度罢，可惜我不能化为青年，使大家忘掉彼我，得到确证了。这真相，我想，霁野他们是知道的。

但待到我明白了我的误解之后，却同时又发见了一个他的致命伤：他太认真；虽然似乎沉静，然而他激烈。认真会是人的致命伤的么？至少，在那时以至现在，可以是的。一认真，便容易趋于激烈，发扬则送掉自己的命，沉静着，又啮碎了自己的心。

这里有一点小例子。——我们是只有小例子的。

那时候，因为段祺瑞⁴总理和他的帮闲们的迫压，我已经逃到厦门，但北京的狐虎之威还正是无穷无尽。段派的女子师范大学校长林素园⁵，带兵接收学校去了，演过全副武行之后，还指留着的几个教员为"共产党"。这个名词，一向就给有些人以"办事"上的便利，而且这方法，也是一种老谱，本来并不希罕的。但素园却好像激烈起来了，从此以后，他给我的信上，有好一晌竟憎恶"素园"两字而不用，改称为"漱园"。同时社内也发生了冲突，高长虹⁶从上海寄信来，说素园压下了向培良的稿子，叫我讲一句话。我一声也不响。于是在《狂飙》上骂起来了，先骂素园，后是我。素园在北京压下了培良的稿子，却由上海的高长虹来抱不平，要在厦门的我去下判断，我颇觉得是出色的滑稽，而且一个团体，虽是小小的文学团体罢，每当光景艰难时，内部是一定有人起来捣乱的，这也并不希罕。然而素园却很认真，他不但写信给我，叙述着详情，还作文登在杂志上剖白。在"天才"们的法庭上，别人剖白得清楚的么？——我不禁长长的叹了一口气，想到他只是一个文人，又生着病，却这么拚命的对付着内忧外患，又怎么能够持久呢。自然，这仅仅是小忧患，但在认真而激烈的个人，却也相当的大的。

不久，未名社就被封⁷，几个人还被捕。也许素园已经咯血，进了病院了罢，他不在内。但后来，被捕的释放，未名社也启封了，忽封忽启，忽捕忽放，我至今还不明白这是怎么的一个玩意。

我到广州，是第二年——一九二七年的秋初，[8]仍旧陆续的接到他几封信，是在西山病院里，伏在枕头上写就的，因为医生不允许他起坐。他措辞更明显，思想也更清楚，更广大了，但也更使我担心他的病。有一天，我忽然接到一本书，是布面装订的素园翻译的《外套》[9]。我一看明白，就打了一个寒噤：这明明是他送给我的一个纪念品，莫非他已经自觉了生命的期限了么？

我不忍再翻阅这一本书，然而我没有法。

我因此记起，素园的一个好朋友也咯过血，一天竟对着素园咯起来，他慌张失措，用了爱和忧急的声音命令道："你不许再吐了！"我那时却记起了伊孛生的《勃兰特》[10]。他不是命令过去的人，从新起来，却并无这神力，只将自己埋在崩雪下面的么？……

我在空中看见了勃兰特和素园，但是我没有话。

一九二九年五月末，我最以为侥幸的是自己到西山病院去，和素园谈了天。他为了日光浴，皮肤被晒得很黑了，精神却并不萎顿。我们和几个朋友都很高兴。但我在高兴中，又时时夹着悲哀：忽而想到他的爱人，已由他同意之后，和别人订了婚；忽而想到他竟连绍介外国文学给中国的一点志愿，也怕难于达到；忽而想到他在这里静卧着，不知道他自以为是在等候全愈，还是等候灭亡；忽而想到他为什么要寄给我一本精装的《外套》？……

壁上还有一幅陀思妥也夫斯基[11]的大画像。对于这先生，我是尊敬，佩服的，但我又恨他残酷到了冷静的文章。他布置了精

211

神上的苦刑，一个个拉了不幸的人来，拷问给我们看。现在他用沉郁的眼光，凝视着素园和他的卧榻，好像在告诉我：这也是可以收在作品里的不幸的人。

自然，这不过是小不幸，但在素园个人，是相当的大的。

一九三二年八月一日晨五时半，素园终于病殁在北平同仁医院里了，一切计画，一切希望，也同归于尽。我所抱憾的是因为避祸，烧去了他的信札，[12]我只能将一本《外套》当作唯一的纪念，永远放在自己的身边。

自素园病殁之后，转眼已是两年了，这其间，对于他，文坛上并没有人开口。这也不能算是希罕的，他既非天才，也非豪杰，活的时候，既不过在默默中生存，死了之后，当然也只好在默默中泯没。但对于我们，却是值得纪念的青年，因为他在默默中支持了未名社。

未名社现在是几乎消灭了，那存在期，也并不长久。然而自素园经营以来，绍介了果戈理（N.Gogol），陀思妥也夫斯基（F.Dostoevsky），安特列夫（L.Andreev），绍介了望·蔼覃（F.van Eeden），绍介了爱伦堡（I.Ehrenburg）的《烟袋》和拉夫列涅夫（B.Lavrenev）的《四十一》。[13]还印行了《未名新集》[14]，其中有丛芜的《君山》，静农的《地之子》和《建塔者》，我的《朝华夕拾》，在那时候，也都还算是相当可看的作品。事实不为轻薄阴险小儿留情，曾几何年，他们就都已烟消火灭，然而未名社的译作，在文苑里却至今没有枯死的。

是的，但素园却并非天才，也非豪杰，当然更不是高楼的尖顶，或名园的美花，然而他是楼下的一块石材，园中的一撮泥土，在中国第一要他多。他不入于观赏者的眼中，只有建筑者和栽植者，决不会将他置之度外。

　　文人的遭殃，不在生前的被攻击和被冷落，一瞑之后，言行两亡，于是无聊之徒，谬托知己，是非蜂起，既以自衒，又以卖钱，连死尸也成了他们的沽名获利之具，这倒是值得悲哀的。现在我以这几千字纪念我所熟识的素园，但愿还没有营私肥己的处所，此外也别无话说了。

　　我不知道以后是否还有记念的时候，倘止于这一次，那么，素园，从此别了！

一九三四年七月十六之夜，鲁迅记。

☆ ★ ☆

　　1 本篇最初发表于一九三四年十月上海《文学》月刊第三卷第四号。

　　2 未名社　文学团体，一九二五年秋成立于北京，主要成员有鲁迅、韦素园、曹靖华、李霁野、台静农等。先后出版过《莽原》半月刊、《未名半月刊》和《未名丛刊》、《未名新集》等。一九三一年秋后因经济困难，无形解体。

　　3 李小峰（1897～1971）　江苏江阴人。北京大学毕业，曾参加新潮社和语丝社，后为北新书局主持人。

　　4 段祺瑞（1864～1936）　安徽合肥人，北洋皖系军阀。曾任北洋政府国务总理、北京临时执政府执政等。

　　5 林素园　福建人，研究系的小官僚。一九二五年八月，北洋政府教育部为镇压北京女子师范大学学潮，下令停办该校，改为北京女子学院师范部，林被任为师范部学长。同年九月五日，他率领军警赴女师大实行武装接收。

　　6 高长虹　山西盂县人，狂飙社主要成员之一，是当时一个思想上带有虚无主义和无政府主义色彩的青年作者。一九二六年十月高长虹等在上海创办《狂飙》周刊，该刊第二期载有高长虹《给鲁迅先生》的通信，其中说："接培良来信，说他同韦素园先生大起冲突，原因是为韦先生退还高歌的《剃刀》，又压下他的《冬天》……现在编辑《莽原》者，且甚至执行编辑之权威者，为韦素园先生也……然权威或可施之于他人，要不应施之于同伴也……今则态度显然，公然以'退还'加诸我等矣！刀搁头上矣！到了这时，我还能不出来一理论吗？"最后他又对鲁迅说："你如愿意说话时，我也想听一听你的意见。"

7 未名社被封 一九二八年春，未名社出版的《文学与革命》（托洛茨基著，李霁野、韦素园译）一书在济南山东省立第一师范学校被扣。北京警察厅据山东军阀张宗昌电告，于三月二十六日查封未名社，捕去李霁野等三人。至十月始启封。

8 按鲁迅到广州应是一九二七年初（一月十八日）。

9 《外套》 俄国作家果戈理所作中篇小说，韦素园的译本出版于一九二六年九月，为《未名丛刊》之一。据《鲁迅日记》，他收到韦素园的赠书是在一九二九年八月三日。

10 伊孛生（H.Ibsen，1828～1906） 通译易卜生，挪威剧作家。《勃兰特》是他作的诗剧，剧中人勃兰特企图用个人的力量鼓动人们起来反对世俗旧习。他带领一群信徒上山去寻找理想的境界，在途中，人们不堪登山之苦，对他的理想产生了怀疑，于是把他击倒，最后他在雪崩下丧生。

11 陀思妥也夫斯基（1821～1881） 俄国作家。著有长篇小说《穷人》《被侮辱与被损害的》《罪与罚》等。参看《陀思妥夫斯基的事》。

12 一九三〇年鲁迅因参加中国自由运动大同盟，遭到国民党当局通缉，次年又因柔石被捕，曾两次被迫"弃家出走"，出走前烧毁了所存的信札。参看《两地书·序言》。

13 收入《未名丛刊》中的译本有：俄国果戈理的小说《外套》（韦素园译），陀思妥也夫斯基的小说《穷人》（韦丛芜译），安特列夫（1871～1919）的剧本《往星中》和《黑假面人》（李霁野译），荷兰望·蔼覃（1860～1932）的童话《小约翰》（鲁迅译），苏联爱伦堡（1891～1967）等七人的短篇小说集《烟袋》（曹靖华辑译），苏联拉甫列涅夫（1891～1959）的中篇小说《第四十一》（曹靖华译）。

14 《未名新集》 未名社印行的专收创作的丛刊。《君山》是诗集，《地之子》和《建塔者》都是短篇小说集。

拿破仑与隋那¹

我认识一个医生，忙的，但也常受病家的攻击，有一回，自解自叹道：要得称赞，最好是杀人，你把拿破仑²和隋那（Edward Jenner 1749~1823）³去比比看……

我想，这是真的。拿破仑的战绩，和我们什么相干呢，我们却总敬服他的英雄。甚而至于自己的祖宗做了蒙古人的奴隶，我们却还恭维成吉思；从现在的卐⁴字眼睛看来，黄人已经是劣种了，我们却还夸耀希特拉。

因为他们三个，都是杀人不眨眼的大灾星。

但我们看看自己的臂膊，大抵总有几个疤，这就是种过牛痘的痕迹，是使我们脱离了天花的危症的。自从有这种牛痘法以来，在世界上真不知救活了多少孩子，——虽然有些人大起来也还是去给英雄们做炮灰，但我们有谁记得这发明者隋那的名字呢？

杀人者在毁坏世界，救人者在修补它，而炮灰资格的诸公，却总在恭维杀人者。

这看法倘不改变，我想，世界是还要毁坏，人们也还要吃苦的。

十一月六日

1　本篇最初印入上海生活书店编辑出版的一九三五年《文艺日记》。

2　**拿破仑**（1769～1821）即拿破仑·波拿巴，法国资产阶级革命时期的军事家、政治家。一七九九年担任共和国执政。一八〇四年建立法兰西第一帝国，自称拿破仑一世。

3　**隋那**　通译琴纳，英国医学家，牛痘接种的创始者。

4　**卐**　德国纳粹党的党徽。

陀思妥夫斯基的事[1]

——为日本三笠书房《陀思妥夫斯基全集》普及本作

到了关于陀思妥夫斯基[2]，不能不说一两句话的时候了。说什么呢？他太伟大了，而自己却没有很细心的读过他的作品。

回想起来，在年青时候，读了伟大的文学者的作品，虽然敬服那作者，然而总不能爱的，一共有两个人。一个是但丁[3]，那《神曲》的《炼狱》里，就有我所爱的异端在；有些鬼魂还在把很重的石头，推上峻峭的岩壁去。这是极吃力的工作，但一松手，可就立刻压烂了自己。不知怎地，自己也好像很是疲乏了。于是我就在这地方停住，没有能够走到天国去。

还有一个，就是陀思妥夫斯基。一读他二十四岁时所作的《穷人》，就已经吃惊于他那暮年似的孤寂。到后来，他竟作为罪孽深重的罪人，同时也是残酷的拷问官而出现了。他把小说中的男男女女，放在万难忍受的境遇里，来试炼它们，不但剥去了表面的洁白，拷问出藏在底下的罪恶，而且还要拷问出藏在那罪恶之下的真正的洁白来。而且还不肯爽利的处死，竭力要放它们活得长久。而这陀思妥夫斯基，则仿佛就在和罪人一同苦恼，和拷问官一同高兴着似的。这决不是平常人做得到的事情，总而言之，就因为伟大的缘故。但我自己，却常常想废书不观。

医学者往往用病态来解释陀思妥夫斯基的作品。这伦勃罗梭[4]式的说明，在现今的大多数的国度里，恐怕实在也非常便利，能得一般人们的赞许的。但是，即使他是神经病者，也是俄国专制时代的神经病者，倘若谁身受了和他相类的重压，那么，愈身受，也就会愈懂得他那夹着夸张的真实，热到发冷的热情，快要破裂的忍从，于是爱他起来的罢。

不过作为中国的读者的我，却还不能熟悉陀思妥夫斯基式的忍从——对于横逆之来的真正的忍从。在中国，没有俄国的基督。在中国，君临的是"礼"，不是神。百分之百的忍从，在未嫁就死了定婚的丈夫，坚苦的一直硬活到八十岁的所谓节妇身上，也许偶然可以发见罢，但在一般的人们，却没有。忍从的形式，是有的，然而陀思妥夫斯基式的掘下去，我以为恐怕也还是虚伪。因为压迫者指为被压迫者的不德之一的这虚伪，对于同类，是恶，而对于压迫者，却是道德的。

但是，陀思妥夫斯基式的忍从，终于也并不只成了说教或抗议就完结。因为这是当不住的忍从，太伟大的忍从的缘故。人们也只好带着罪业，一直闯进但丁的天国，在这里这才大家合唱着，再来修练天人的功德了。只有中庸的人，固然并无堕入地狱的危险，但也恐怕进不了天国的罢。

十一月二十日

☆ ★ ☆

1 本篇原用日文写作，最初发表于日本《文艺》杂志一九三六年二月号，中译文亦于一九三六年二月同时在上海《青年界》月刊第九卷第二期和《海燕》月刊第二期发表。

2 陀思妥也夫斯基（1821～1881）　俄国作家。著有长篇小说《穷人》《被侮辱与被损害的》《罪与罚》等。

3 但丁 (1265～1321)　意大利诗人，《神曲》是他的代表作，通过作者在阴间游历的幻想，揭露了中世纪贵族和教会的罪恶。全诗分《地狱》、《炼狱》、《天堂》三部。"炼狱"又译作"净界"，天主教传说，是人死后入天国前洗净生前罪孽的地方。

4 伦勃罗梭 (C.Lombroso，1836～1909)　意大利精神病学者，刑事人类学派的代表。著有《天才论》《犯罪者论》等书。他认为"犯罪"是自有人类以来长期遗传的结果，提出反动的"先天犯罪"说，主张对"先天犯罪"者采取死刑、终身隔离、消除生殖机能等以"保卫社会"。他的学说曾被德国法西斯采用。

白莽作《孩儿塔》序[1]

春天去了一大半了，还是冷；加上整天的下雨，淅淅沥沥，深夜独坐，听得令人有些凄凉，也因为午后得到一封远道寄来的信，要我给白莽[2]的遗诗写一点序文之类；那信的开首说道："我的亡友白莽，恐怕你是知道的罢。……"——这就使我更加惆怅。

说起白莽来，——不错，我知道的。四年之前，我曾经写过一篇《为忘却的记念》，要将他们忘却。他们就义了已经足有五个年头了，我的记忆上，早又蒙上许多新鲜的血迹；这一提，他的年青的相貌就又在我的眼前出现，像活着一样，热天穿着大棉袍，满脸油汗，笑笑的对我说道："这是第三回了。自己出来的。前两回都是哥哥保出，他一保就要干涉我，这回我不去通知他了。……"——我前一回的文章上是猜错的，这哥哥才是徐培根[3]，航空署长，终于和他成了殊途同归的兄弟；他却叫徐白，较普通的笔名是殷夫。

一个人如果还有友情，那么，收存亡友的遗文真如捏着一团火，常要觉得寝食不安，给它企图流布的。这心情我很了然，也知道有做序文之类的义务。我所惆怅的是我简直不懂诗，也没有诗人的朋友，偶尔一有，也终至于闹开，不过和白莽没有闹，也许是他死得太快了罢。现在，对于他的诗，我一句也不说——因为我不能。

这《孩儿塔》的出世并非要和现在一般的诗人争一日之长，是有别一种意义在。这是东方的微光，是林中的响箭，是冬末的萌芽，是进军的第一步，是对于前驱者的爱的大纛，也是对于摧残者的憎的丰碑。一切所谓圆熟简练，静穆幽远之作，都无须来作比方，因为这诗属于别一世界。

那一世界里有许多许多人，白莽也是他们的亡友。单是这一点，我想，就足够保证这本集子的存在了，又何需我的序文之类。

一九三六年三月十一夜，鲁迅记于上海之且介亭。

221

☆ ★ ☆

1 本篇最初发表于一九三六年四月《文学丛报》月刊第一期，发表时题为《白莽遗诗序》。

2 白莽（1909～1931） 原名徐祖华，笔名白莽、殷夫、徐白，浙江象山人，共产党员，诗人。一九三一年二月七日被国民党反动派杀害于上海龙华。《孩儿塔》是他的诗集。

3 徐培根 当时国民党政府的航空署署长。一九三四年间因航空署焚毁，曾被捕入狱。

关于太炎先生二三事[1]

前一些时，上海的官绅为太炎[2]先生开追悼会，赴会者不满百人，遂在寂寞中闭幕，于是有人慨叹，以为青年们对于本国的学者，竟不如对于外国的高尔基的热诚。这慨叹其实是不得当的。官绅集会，一向为小民所不敢到；况且高尔基是战斗的作家，太炎先生虽先前也以革命家现身，后来却退居于宁静的学者，用自己所手造的和别人所帮造的墙，和时代隔绝了。纪念者自然有人，但也许将为大多数所忘却。

我以为先生的业绩，留在革命史上的，实在比在学术史上还要大。回忆三十余年之前，木板的《訄书》[3]已经出版了，我读不断，当然也看不懂，恐怕那时的青年，这样的多得很。我的知道中国有太炎先生，并非因为他的经学和小学，是为了他驳斥康有为[4]和作邹容[5]的《革命军》序，竟被监禁于上海的西牢[6]。那时留学日本的浙籍学生，正办杂志《浙江潮》[7]，其中即载有先生狱中所作诗，却并不难懂。这使我感动，也至今并没有忘记，现在抄两首在下面——

狱中赠邹容

邹容吾小弟，被发下瀛洲。快剪刀除辫，干牛肉作餱。英雄一入狱，天地亦悲秋。临命须掺手，乾坤只两头。

狱中闻沈禹希[8]见杀

不见沈生久，江湖知隐沦，萧萧悲壮士，今在易京门。

螭魅羞争焰，文章总断魂。中阴当待我，南北几新坟。

一九〇六年六月出狱，即日东渡，到了东京，不久就主持
《民报》[9]。我爱看这《民报》，但并非为了先生的文笔古奥，索
解为难，或说佛法，谈"俱分进化"[10]，是为了他和主张保皇的
梁启超[11]斗争，和"××"的×××斗争[12]，和"以《红楼梦》
为成佛之要道"的×××斗争[13]，真是所向披靡，令人神旺。前
去听讲也在这时候，但又并非因为他是学者，却为了他是有学问
的革命家，所以直到现在，先生的音容笑貌，还在目前，而所讲
的《说文解字》，却一句也不记得了。[14]

民国元年革命后，先生的所志已达，该可以大有作为了，然
而还是不得志。这也是和高尔基的生受崇敬，死备哀荣，截然两
样的。我以为两人遭遇的所以不同，其原因乃在高尔基先前的理
想，后来都成为事实，他的一身，就是大众的一体，喜怒哀乐，
无不相通；而先生则排满之志虽伸，但视为最紧要的"第一是用
宗教发起信心，增进国民的道德；第二是用国粹激动种性，增进
爱国的热肠"（见《民报》第六本）[15]，却仅止于高妙的幻想；不
久而袁世凯[16]又攘夺国柄，以遂私图，就更使先生失却实地，仅垂
空文，至于今，惟我们的"中华民国"之称，尚系发源于先生的
《中华民国解》（最先亦见《民报》）[17]，为巨大的记念而已，
然而知道这一重公案者，恐怕也已经不多了。既离民众，渐入颓

223

唐，后来的参与投壶[18]，接收馈赠，遂每为论者所不满，但这也不过白圭之玷，并非晚节不终。考其生平，以大勋章作扇坠，临总统府之门，大诟袁世凯的包藏祸心者，并世无第二人；七被追捕，三入牢狱[19]，而革命之志，终不屈挠者，并世亦无第二人：这才是先哲的精神，后生的楷范。近有文侩，勾结小报，竟也作文奚落先生以自鸣得意，真可谓"小人不欲成人之美"[20]，而且"蚍蜉撼大树，可笑不自量"[21]了！

但革命之后，先生亦渐为昭示后世计，自藏其锋铓。浙江所刻的《章氏丛书》[22]，是出于手定的，大约以为驳难攻讦，至于忿詈，有违古之儒风，足以贻讥多士的罢，先前的见于期刊的斗争的文章，竟多被刊落，上文所引的诗两首，亦不见于《诗录》中。一九三三年刻《章氏丛书续编》于北平，所收不多，而更纯谨，且不取旧作，当然也无斗争之作，先生遂身衣学术的华衮，粹然成为儒宗，执贽愿为弟子者綦众，至于仓皇制《同门录》[23]成册。近阅日报，有保护版权的广告，有三续丛书的记事，可见又将有遗著出版了，但补入先前战斗的文章与否，却无从知道。战斗的文章，乃是先生一生中最大，最久的业绩，假使未备，我以为是应该一一辑录，校印，使先生和后生相印，活在战斗者的心中的。然而此时此际，恐怕也未必能如所望罢，呜呼！

十月九日。

☆ ★ ☆

1 本篇最初印入一九三七年三月十日在上海出版的《工作与学习丛刊》之一《二三事》一书。

2 太炎　章炳麟（1869～1936），又名绛，号太炎，浙江余杭人，清末革命家、学者。光复会的发起人之一，后参加同盟会，主编《民报》。他的著作汇编为《章氏丛书》（共三编）。

3 《訄书》 章太炎早期的一部学术论著，木刻本印行于一八九九年。一九〇二年改订出版时，作者删去了带有改良主义色彩的《客帝》等篇，增加了宣传反清革命的论文，共收《原学》、《原人》、《序种姓》、《原教》、《哀清史》、《解辫发》等文共六十三篇，卷首有"前录"二篇：《客帝匡谬》和《分镇匡谬》。并在《客帝匡谬》文末说："余自戊己违难，与尊清者游，而作《客帝》，饰苟且之心，弃本崇教，其违于形势远矣……著之以自劾，录而删是篇。"一九一四年作者重行增删时，删去"前录"二篇及《解辫发》等文，并将书名改为《检论》。

4 康有为（1858～1927） 字广厦，号长素，广东南海人，清末维新运动领袖。甲午战争失败后，清政府于一八九五年与日本签订丧权辱国的《马关条约》，康有为与当时同在北京参加会试的各省举人一千三百多人，联名向光绪皇帝上书，要求"拒和、迁都、变法"，成为后来戊戌变法运动的前奏。戊戌变法失败后逃亡国外，组织保皇会，后来并反对孙中山领导的民主革命运动。这里所说"驳斥康有为"，指章太炎发表于一九〇三年五月《苏报》的《驳康有为论革命书》，它批驳了康有为主张中国只可立宪，不能革命的《与南北美洲诸华侨书》。

5 邹容（1885～1905） 字蔚丹，四川巴县人，清末革命家。一九〇二年留学日本，积极宣传反清革命思想；一九〇三年回国，于五月出版鼓吹反清的《革命军》一书，书前有章太炎序。同年七月被清政府勾结上海英租界当局拘捕，次年三月判处监禁二年，一九〇五年四月死于租界狱中。

6 这就是当时有名的"《苏报》案"。《苏报》，一八九六年创刊于上海的鼓吹反清革命的日报。因它曾刊文介绍《革命军》一书，经清政府勾结上海英租界当局于一九〇三年六月和七月先后将章炳麟、邹容等人逮捕。次年三月由上海县知县会同会审公廨审讯，宣布他们的罪状为："章炳麟作《訄书》并《革命军序》，又有驳康有为之一书，污蔑朝廷，形同悖逆；邹容作《革命军》一书，谋为不轨，更为大逆不道。"邹容被判监禁二年，章炳麟监禁三年。

7 《浙江潮》 月刊，清末浙江籍留日学生创办，光绪二十九年正月（一九〇三年二月）创刊于东京。这里的两首诗发表于该刊第七期（一九〇三年九月）。

8 沈禹希（1872～1903） 名荩，字禹希，湖南善化（今长沙）人。清末维新运动的参加者，戊戌变法失败后留学日本。一九〇〇年回国，秘密进行反清活动。一九〇三年被捕，杖死狱中。章太炎所作《祭沈禹希文》，载《浙江潮》第九期（一九〇三年十一月）。

9 《民报》 月刊，同盟会的机关杂志。一九〇五年十一月在东京创刊，一九〇八年

十一月出至第二十四号被日本政府查禁；一九一〇年初又秘密印行两期后停刊。自一九
〇六年九月第七号起直至停刊，都由章太炎主编。

10 "俱分进化" 章太炎曾在《民报》第七号（一九〇六年九月）发表谈佛法的
《俱分进化论》一文，其中说："进化之所以为进化者，非由一方直进，而必由双方并
进。专举一方，惟言智识进化可尔，若以道德言，则善亦进化，恶亦进化；若以生计
言，则乐亦进化，苦亦进化。双方并进，如影之随形……进化之实不可非，而进化之用
无所取；自标吾论曰：'俱分进化论'。"

11 梁启超（1873～1929） 号任公，广东新会人，清末维新运动领导人之一。戊戌
政变后逃亡日本。他逃亡日本后，于一九〇二年在横滨创办《新民丛报》，鼓吹君主立
宪，反对民主革命。章太炎主编的《民报》曾对这种主张予以批驳。

12 和"××"的×××斗争 "××"疑为"献策"二字，×××指吴稚晖。吴稚
晖（名敬恒）曾参加《苏报》工作，在《苏报》案中有叛卖行为。章太炎在《民报》第
十九号（一九〇八年二月）发表的《复吴敬恒书》中说："案仆入狱数日，足下来视，
自述见俞明震（按当时为江苏候补道）屈膝请安及赐面事，又述俞明震语，谓'奉上官
条教，来捕足下，但吾辈办事不可野蛮，有释足下意，愿足下善为谋。'时慰丹在傍，
问曰：'何以有我与章先生？'足下即面色青黄，嗫嚅不语……足下献策事，则□□□
言之。……仆参以足下之屈膝请安，与闻慰丹语而面色青黄……有以知□□言实也。"
后来又在《民报》第二十二号（一九〇八年七月）的《再复吴敬恒书》中说："今告足
下，□□□乃一幕友，前岁来此游历，与仆相见而说其事……足下既见明震，而火票未
发以前，未有一言见告；非表里为奸，岂有坐视同党之危而不先警报者？及巡捕抵门，
他人犹未知明震与美领事磋商事状，足下已先言之。非足下与明震通情之的证乎？非足
下献策之的证乎？"

13 ××× 指蓝公武。章太炎在《民报》第十号（一九〇六年十二月）发表的《与
人书》中说："某某足下：顷者友人以大著见示，中有《俱分进化论批评》一篇。足
下尚崇拜苏轼《赤壁赋》，以《红楼梦》为成佛之要道，所见如此，仆岂必与足下辨
乎？"书末又有附白："再贵报《新教育学冠言》有一语云：'虽如汗牛之充栋'，思
之累日不解。"一九二四年五月二十五日北京《晨报副刊》发表有蓝公武《"汗牛之充
栋"不是一件可笑的事》一文，说："当日和太炎辨难的是我，所辩论的题目，是哲学
上一个善恶的问题。"按蓝公武（1887～1957），江苏吴江人。早年留学日本和德国。
曾任《国民公报》社长、《时事新报》总编辑等职。又章太炎函中所说的"贵报"，指
当时蓝公武与张东荪主办的在日本发行的《教育杂志》。

14 一九〇八年作者在东京时曾在章太炎处听讲小学。据许寿裳在《亡友鲁迅印象记·从章先生学》中说："章先生出狱以后，东渡日本，一面为《民报》撰文，一面为青年讲学……我和鲁迅极愿往听，而苦与学课时间相冲突，因托龚未生（名宝铨）转达，希望另设一班，蒙先生慨然允许。……每星期日清晨，我们前往受业，……先生讲段氏《说文解字注》、郝氏《尔雅义疏》等。"

15 章太炎这几句话，见《民报》第六号（一九〇六年八月）所载他的《演说录》："近日办事的方法……第一要在感情，没有感情，凭你有百千万亿的拿坡仑、华盛顿，总是人各一心，不能团结……要成就这感情，有两件事是最要的，第一是用宗教发起信心，增进国民的道德；第二是用国粹激动种性，增进爱国的热肠。"

16 袁世凯（1859～1916） 字慰亭，河南项城人。原是清朝直隶总督兼北洋大臣、内阁总理大臣。辛亥革命后，窃取中华民国大总统职位。一九一六年一月复辟帝制，自称"洪宪皇帝"；同年三月，在全国人民声讨中被迫取消帝制，六月病死。

17 《中华民国解》发表于《民报》第十五号（一九〇七年七月），后来收入《太炎文录·别录》卷一。

18 投壶 古代宴会时的一种娱乐，宾主依次投矢壶中，负者饮酒。一九二六年八月间，章太炎在南京任孙传芳设立的婚丧祭礼制会会长，孙传芳曾邀他参加投壶仪式，但章未去。

19 七被追捕，三入牢狱 章太炎在一九〇六年五月出狱后，东渡日本，在旅日的革命者为他举行的欢迎会上说："算来自戊戌年（1898）以后，已有七次查拿，六次都拿不到，到第七次方才拿到；以前三次，或因别事株连，或是普拿新党，不专为我一人，后来四次，却都为逐满独立的事。"（载《民报》第六号）至于"三入牢狱"，据《太炎先生自定年谱》可考者为两次：一九〇三年五月因《苏报》案被捕，监禁三年，期满获释；一九一三年八月因反对袁世凯被软禁，袁死后始得自由。

20 "小人不欲成人之美" 语出《论语·颜渊》："君子成人之美，不成人之恶；小人反是。"

21 "蚍蜉撼大树，可笑不自量" 语见韩愈诗《调张籍》。

22 《章氏丛书》 浙江图书馆木刻本于一九一九年刊行，共收著作十三种。其中无"诗录"，诗即附于"文录"卷二之末。下文的《章氏丛书续编》，由章太炎的学生吴承仕、钱玄同等编校，一九三三年刊行，共收著作七种。

23 《同门录》 即同学姓名录。据《汉书·孟喜传》唐代颜师古注："同门，同师学者也。"

04

鲁迅

人生感悟

第四辑　中国人的脸

青年们先可以将中国变成一个有声的中国。大胆地说话，勇敢地进行，忘掉了一切利害，推开了古人，将自己的真心的话发表出来。——真，自然是不容易的。……只有真的声音，才能感动中国的人和世界的人；必须有了真的声音，才能和世界的人同在世界上生活。

战士和苍蝇[1]

Schopenhauer[2]说过这样的话：要估定人的伟大，则精神上的大和体格上的大，那法则完全相反。后者距离愈远即愈小，前者却见得愈大。

正因为近则愈小，而且愈看见缺点和创伤，所以他就和我们一样，不是神道，不是妖怪，不是异兽。他仍然是人，不过如此。但也惟其如此，所以他是伟大的人。

战士战死了的时候，苍蝇们所首先发见的是他的缺点和伤痕，嘬着，营营地叫着，以为得意，以为比死了的战士更英雄。但是战士已经战死了，不再来挥去他们。于是乎苍蝇们即更其营营地叫，自以为倒是不朽的声音，因为它们的完全，远在战士之上。

的确的，谁也没有发见过苍蝇们的缺点和创伤。

然而，有缺点的战士终竟是战士，完美的苍蝇也终竟不过是苍蝇。

去罢，苍蝇们！虽然生着翅子，还能营营，总不会超过战士的。你们这些虫豸们！

三月二十一日。

☆ ★ ☆

1　本篇最初发表于一九二五年三月二十四日北京《京报》附刊《民众文艺周刊》第十四号。

作者在同年四月三日《京报副刊》发表的《这是这么一个意思》中对本文曾有说明："所谓战士者，是指中山先生和民国元年前后殉国而反受奴才们讥笑糟蹋的先烈；苍蝇则当然是指奴才们。"

2　Schopenhauer　叔本华（1788～1860），德国哲学家，唯意志论者。这里引述的话，见他的《比喻·隐喻和寓言》一文。

231

略论中国人的脸[1]

大约人们一遇到不大看惯的东西，总不免以为他古怪。我还记得初看见西洋人的时候，就觉得他脸太白，头发太黄，眼珠太淡，鼻梁太高。虽然不能明明白白地说出理由来，但总而言之：相貌不应该如此。至于对于中国人的脸，是毫无异议；即使有好丑之别，然而都不错的。

我们的古人，倒似乎并不放松自己中国人的相貌。周的孟轲就用眸子来判胸中的正不正[2]，汉朝还有《相人》[3]二十四卷。后来闹这玩艺儿的尤其多；分起来，可以说有两派罢：一是从脸上看出他的智愚贤不肖；一是从脸上看出他过去，现在和将来的荣枯。于是天下纷纷，从此多事，许多人就都战战兢兢地研究自己的脸。我想，镜子的发明，恐怕这些人和小姐们是大有功劳的。不过近来前一派已经不大有人讲究，在北京上海这些地方捣鬼的都只是后一派了。

我一向只留心西洋人。留心的结果，又觉得他们的皮肤未免太粗；毫毛有白色的，也不好。皮上常有红点，即因为颜色太白之故，倒不如我们之黄。尤其不好的是红鼻子，有时简直像是将要熔化的蜡烛油，仿佛就要滴下来，使人看得栗栗危惧，也不及

232

黄色人种的较为隐晦，也见得较为安全。总而言之：相貌还是不应该如此的。

后来，我看见西洋人所画的中国人，才知道他们对于我们的相貌也很不敬。那似乎是《天方夜谈》或者《安兑生童话》[4]中的插画，现在不很记得清楚了。头上戴着拖花翎的红缨帽，一条辫子在空中飞扬，朝靴的粉底非常之厚。但这些都是满洲人连累我们的。独有两眼歪斜，张嘴露齿，却是我们自己本来的相貌。不过我那时想，其实并不尽然，外国人特地要奚落我们，所以格外形容得过度了。

但此后对于中国一部分人们的相貌，我也逐渐感到一种不满，就是他们每看见不常见的事件或华丽的女人，听到有些醉心的说话的时候，下巴总要慢慢挂下，将嘴张了开来。这实在不大雅观；仿佛精神上缺少着一样什么机件。据研究人体的学者们说，一头附着在上颚骨上，那一头附着在下颚骨上的"咬筋"，力量是非常之大的。我们幼小时候想吃核桃，必须放在门缝里将它的壳夹碎。但在成人，只要牙齿好，那咬筋一收缩，便能咬碎一个核桃。有着这么大的力量的筋，有时竟不能收住一个并不沉重的自己的下巴，虽然正在看得出神的时候，倒也情有可原，但我总以为究竟不是十分体面的事。

日本的长谷川如是闲是善于做讽刺文字的。去年我见过他的一本随笔集，叫作《猫·狗·人》[5]；其中有一篇就说到中国人的脸。大意是初见中国人，即令人感到较之日本人或西洋人，脸上总欠缺着一点什么。久而久之，看惯了，便觉得这样已经尽够，并不缺少东西；倒是看得西洋人之流的脸上，多余着一点什么。这多余着的东西，他就给它一个不大高妙的名目：兽性。中国人

233

的脸上没有这个，是人，则加上多余的东西，即成了下列的算式：

人＋兽性＝西洋人

他借了称赞中国人，贬斥西洋人，来讥刺日本人的目的，这样就达到了，自然不必再说这兽性的不见于中国人的脸上，是本来没有的呢，还是现在已经消除。如果是后来消除的，那么，是渐渐净尽而只剩了人性的呢，还是不过渐渐成了驯顺。野牛成为家牛，野猪成为猪，狼成为狗，野性是消失了，但只足使牧人喜欢，于本身并无好处。人不过是人，不再夹杂着别的东西，当然再好没有了。倘不得已，我以为还不如带些兽性，如果合于下列的算式倒是不很有趣的：

人＋家畜性＝某一种人。

中国人的脸上真可有兽性的记号的疑案，暂且中止讨论罢。我只要说近来却在中国人所理想的古今人的脸上，看见了两种多余。一到广州，我觉得比我所从来的厦门丰富得多的，是电影，而且大半是"国片"，有古装的，有时装的。因为电影是"艺术"，所以电影艺术家便将这两种多余加上去了。

古装的电影也可以说是好看，那好看不下于看戏；至少，决不至于有大锣大鼓将人的耳朵震聋。在"银幕"上，则有身穿不知何时何代的衣服的人物，缓慢地动作；脸正如古人一般死，因为要显得活，便只好加上些旧式戏子的昏庸。

时装人物的脸，只要见过清朝光绪年间上海的吴友如的《画报》[6]的，便会觉得神态非常相像。《画报》所画的大抵不是流氓拆梢[7]，便是妓女吃醋，所以脸相都狡猾。这精神似乎至今不变，国产影片中的人物，虽是作者以为善人杰士者，眉宇间也总带些上海洋场式的狡猾。可见不如此，是连善人杰士也做不成的。

听说，国产影片之所以多，是因为华侨欢迎，能够获利，每一新片到，老的便带了孩子去指点给他们看道："看哪，我们的祖国的人们是这样的。"在广州似乎也受欢迎，日夜四场，我常见看客坐得满满。

广州现在也如上海一样，正在这样地修养他们的趣味。可惜电影一开演，电灯一定熄灭，我不能看见人们的下巴。

四月六日。

☆ ★ ☆

1 本篇最初发表于一九二七年十一月二十五日北京《莽原》半月刊第二卷第二十一、二十二期合刊。

2 《孟子·离娄》有如下的话："孟子曰：存乎人者，莫良于眸子，眸子不能掩其恶。胸中正，则眸子瞭焉；胸中不正，则眸子眊焉。听其言也，观其眸子，人焉廋哉。"

3 《相人》谈相术的书，见《汉书·艺文志》的《数术》类，著者不详。

4 《天方夜谈》 原名《一千○一夜》，古代阿拉伯民间故事集。安兑生（H.C.Andersen，1805～1875），通译安徒生，丹麦童话作家。这里所说的插画，见于当时美国霍顿·密夫林公司出版的安徒生《童话集》中的《夜莺》篇。

5 长谷川如是闲（1875～1969） 日本评论家。著有《日本的性格》、《现代社会批判》等。《猫·狗·人》，日本改造社一九二四年五月出版，内有《中国人的脸及其他》一文。

6 吴友如（？～1893） 名猷（又作嘉猷），字友如，江苏元和（今吴县）人，清末画家。以善画人物、世态著名。他主编的《点石斋画报》，旬刊，一八八四年创刊，一八九八年停刊，随上海《申报》发行。

7 拆梢 上海一带方言，指流氓制造事端诈取财物的行为。

235

无声的中国[1]

——二月十六日在香港青年会[2]讲

我这样没有什么可听的无聊的讲演，又在这样大雨的时候，竟还有这许多来听的诸君，我首先应当声明我的郑重的感谢。

我现在所讲的题目是：《无声的中国》。

现在，浙江，陕西，都在打仗，[3]那里的人民哭着呢还是笑着呢，我们不知道。香港似乎很太平，住在这里的中国人，舒服呢还是不很舒服呢，别人也不知道。

发表自己的思想，感情给大家知道的是要用文章的，然而拿文章来达意，现在一般的中国人还做不到。这也怪不得我们；因为那文字，先就是我们的祖先留传给我们的可怕的遗产。人们费了多年的工夫，还是难于运用。因为难，许多人便不理它了，甚至于连自己的姓也写不清是张还是章，或者简直不会写，或者说道：Chang。虽然能说话，而只有几个人听到，远处的人们便不知道，结果也等于无声。又因为难，有些人便当作宝贝，像玩把戏似的，之乎者也，只有几个人懂，——其实是不知道可真懂，而大多数的人们却不懂得，结果也等于无声。

文明人和野蛮人的分别，其一，是文明人有文字，能够把他们的思想，感情，藉此传给大众，传给将来。中国虽然有文字，现在却已经和大家不相干，用的是难懂的古文，讲的是陈旧的古意思，所有的声音，都是过去的，都就是只等于零的。所以，大家不能互相了解，正像一大盘散沙。

将文章当作古董，以不能使人认识，使人懂得为好，也许是有趣的事罢。但是，结果怎样呢？是我们已经不能将我们想说的话说出来。我们受了损害，受了侮辱，总是不能说出些应说的话。拿最近的事情来说，如中日战争，[4]拳匪事件，民元革命这些大事件，一直到现在，我们可有一部像样的著作？民国以来，也还是谁也不作声。反而在外国，倒常有说起中国的，但那都不是中国人自己的声音，是别人的声音。

这不能说话的毛病，在明朝是还没有这样厉害的；他们还比较地能够说些要说的话。待到满洲人以异族侵入中国，讲历史的，尤其是讲宋末的事情的人被杀害了，讲时事的自然也被杀害了。所以，到乾隆年间，人民大家便更不敢用文章来说话了。[5]所谓读书人，便只好躲起来读经，校刊古书，做些古时的文章，和当时毫无关系的文章。有些新意，也还是不行的；不是学韩，便是学苏。韩愈苏轼[6]他们，用他们自己的文章来说当时要说的话，那当然可以的。我们却并非唐宋时人，怎么做和我们毫无关系的时候的文章呢。即使做得像，也是唐宋时代的声音，韩愈苏轼的声音，而不是我们现代的声音。然而直到现在，中国人却还要着这样的旧戏法。人是有的，没有声音，寂寞得很。——人会没有声音的么？没有，可以说，是死了。倘要说得客气一点，那就是：已经哑了。

要恢复这多年无声的中国，是不容易的，正如命令一个死掉的人道："你活过来！"我虽然并不懂得宗教，但我以为正如想出现一个宗教上之所谓"奇迹"一样。

首先来尝试这工作的是"五四运动"前一年，胡适之先生所提倡的"文学革命"[7]。"革命"这两个字，在这里不知道可害怕，有些地方是一听到就害怕的。但这和文学两字连起来的"革命"，却没有法国革命[8]的"革命"那么可怕，不过是革新，改换一个字，就很平和了，我们就称为"文学革新"罢，中国文字上，这样的花样是很多的。那大意也并不可怕，不过说：我们不必再去费尽心机，学说古代的死人的话，要说现代的活人的话；不要将文章看作古董，要做容易懂得的白话的文章。然而，单是文学革新是不够的，因为腐败思想，能用古文做，也能用白话做。所以后来就有人提倡思想革新。思想革新的结果，是发生社会革新运动。这运动一发生，自然一面就发生反动，于是便酿成战斗……

但是，在中国，刚刚提起文学革新，就有反动了。不过白话文却渐渐风行起来，不大受阻碍。这是怎么一回事呢？就因为当时又有钱玄同先生提倡废止汉字，用罗马字母来替代[9]。这本也不过是一种文字革新，很平常的，但被不喜欢改革的中国人听见，就大不得了了，于是便放过了比较的平和的文学革命，而竭力来骂钱玄同。白话乘了这一个机会，居然减去了许多敌人，反而没有阻碍，能够流行了。

中国人的性情是总喜欢调和，折中的。譬如你说，这屋子太暗，须在这里开一个窗，大家一定不允许的。但如果你主张拆掉屋顶，他们就会来调和，愿意开窗了。没有更激烈的主张，他们总连平和的改革也不肯行。那时白话文之得以通行，就因为有废掉中国字而用罗马字母的议论的缘故。

其实，文言和白话的优劣的讨论，本该早已过去了，但中国是总不肯早早解决的，到现在还有许多无谓的议论。例如，有的说：古文各省人都能懂，白话就各处不同，反而不能互相了解了。殊不知这只要教育普及和交通发达就好，那时就人人都能懂较为易解的白话文；至于古文，何尝各省人都能懂，便是一省里，也没有许多人懂得的。有的说：如果都用白话文，人们便不能看古书，中国的文化就灭亡了。其实呢，现在的人们大可以不必看古书，即使古书里真有好东西，也可以用白话来译出的，用不着那么心惊胆战。他们又有人说，外国尚且译中国书，足见其好，我们自己倒不看么？殊不知埃及的古书，外国人也译，非洲黑人的神话，外国人也译，他们别有用意，即使译出，也算不了怎样光荣的事的。

近来还有一种说法，是思想革新紧要，文字改革倒在其次，所以不如用浅显的文言来作新思想的文章，可以少招一重反对。这话似乎也有理。然而我们知道，连他长指甲都不肯剪去的人，是决不肯剪去他的辫子的。

因为我们说着古代的话，说着大家不明白，不听见的话，已经弄得像一盘散沙，痛痒不相关了。我们要活过来，首先就须由青年们不再说孔子孟子和韩愈柳宗元[10]们的话。时代不同，情形也两样，孔子时代的香港不这样，孔子口调的"香港论"是无从做起的，"吁嗟阔哉香港也"，不过是笑话。

我们要说现代的，自己的话；用活着的白话，将自己的思想，感情直白地说出来。但是，这也要受前辈先生非笑的。他们说白话文卑鄙，没有价值；他们说年青人作品幼稚，贻笑大方。我们中国能做文言的有多少呢，其余的都只能说白话，难道这许

239

多中国人，就都是卑鄙，没有价值的么？至于幼稚，尤其没有什么可羞，正如孩子对于老人，毫没有什么可羞一样。幼稚是会生长，会成熟的，只不要衰老，腐败，就好。倘说待到纯熟了才可以动手，那是虽是村妇也不至于这样蠢。她的孩子学走路，即使跌倒了，她决不至于叫孩子从此躺在床上，待到学会了走法再下地面来的。

青年们先可以将中国变成一个有声的中国。大胆地说话，勇敢地进行，忘掉了一切利害，推开了古人，将自己的真心的话发表出来。——真，自然是不容易的。譬如态度，就不容易真，讲演时候就不是我的真态度，因为我对朋友，孩子说话时候的态度是不这样的。——但总可以说些较真的话，发些较真的声音。只有真的声音，才能感动中国的人和世界的人；必须有了真的声音，才能和世界的人同在世界上生活。

我们试想现在没有声音的民族是那几种民族。我们可听到埃及人的声音？可听到安南，朝鲜的声音？印度除了泰戈尔[11]，别的声音可还有？

我们此后实在只有两条路：一是抱着古文而死掉，一是舍掉古文而生存。

240

☆　★　☆

1　本篇最初刊于香港报纸（报纸名称及日期未详），一九二七年三月二十三日汉口《中央日报》副刊转载。据《鲁迅日记》，这篇讲演作于二月十八日。

2　**青年会**　即基督教青年会，基督教进行社会文化活动的机构之一。

3　这里说的浙江陕西在打仗，指一九二六年末至一九二七年初北洋军阀孙传芳在浙江进攻与广州国民政府有联系的陈仪、周凤岐等部，和一九二六年十二月冯玉祥所部国民军在陕西反对北洋军阀吴佩孚的战争。

4　**中日战争**　指一八九四年（甲午）日本军国主义侵略中国而引起的战争。拳匪事件，指一九〇〇年义和团反对帝国主义侵略的斗争。**民元革命**，即一九一一年（辛亥）孙中山领导的推翻清王朝、建立民国的民主革命。

5　指清初统治者多次施于汉族人民的文字狱，其中较著名的有康熙年间的"庄廷鑨之狱"、"戴名世之狱"，雍正年间的"吕留良曾静之狱"，乾隆年间的"胡中藻之狱"等。这些文字狱的起因，都是由于他们在著作中记载了汉族人民在历史上（特别是宋末和明末）反抗民族压迫的事实，或涉及了当时一些政治事件，因而遭到迫害和屠杀。

6　**韩愈**（768～824）字退之，河阳（今河南孟县）人，唐代文学家，著有《韩昌黎集》。**苏轼**（1037～1101），字子瞻，号东坡居士，眉山（今属四川）人，宋代文学家，著有《东坡全集》等。

7　**胡适之**（1891～1962）名适，字适之，安徽绩溪人。他在"五四"时期是新文化运动右翼的代表人物。这里所说他提倡**"文学革命"**，是指他在《新青年》杂志第四卷第四号（一九一八年四月）上发表的《建设的文学革命论》一文。

8　**法国革命**　指一七八九年至一七九四年的法国资产阶级革命。这次革命摧毁了法国封建专制制度，促进了法国资本主义的发展，并推动了欧洲各国的革命。

241

9　**钱玄同**（1887～1939）浙江吴兴人，文字学家，"五四"时期新文化运动的积极参加者。他在一九一八年一月《新青年》第四卷第一号《论注音字母》一文中说过，"高等字典和中学以上的高深书籍，都应该用罗马字母记音"；在同年四月《新青年》第四卷第四号《中国今后之文字问题》的"通信"中，提出"废灭汉文"，代以世界语的主张。

10　**孔子**（前551～前479）名丘，字仲尼，春秋末期鲁国陬邑（今山东曲阜）人，儒家学派创始人。他的主要言行记载在《论语》一书中。**孟子**（约前372～前289），名轲，字子舆，战国中期邹（今山东邹县）人，继孔丘之后儒家的代表人物。他的重要言行记载在《孟子》一书中。**柳宗元**（773～819），字子厚，河东（今山西运城）人，唐代文学家，著有《柳河东集》等。

11　**泰戈尔**（R．Tagore，1861～1941）印度诗人，著有诗集《新月集》《飞鸟集》和长篇小说《沉船》等。

流氓的变迁[1]

孔墨都不满于现状，要加以改革，但那第一步，是在说动人主，而那用以压服人主的家伙，则都是"天"[2]。

孔子之徒为儒，墨子之徒为侠[3]。"儒者，柔也"[4]，当然不会危险的。惟侠老实，所以墨者的末流，至于以"死"[5]为终极的目的。到后来，真老实的逐渐死完，止留下取巧的侠，汉的大侠，就已和公侯权贵相馈赠，[6]以备危急时来作护符之用了。

司马迁说："儒以文乱法，而侠以武犯禁"[7]，"乱"之和"犯"，决不是"叛"，不过闹点小乱子而已，而况有权贵如"五侯"[8]者在。

"侠"字渐消，强盗起了，但也是侠之流，他们的旗帜是"替天行道"。他们所反对的是奸臣，不是天子，他们所打劫的是平民，不是将相。李逵劫法场[9]时，抡起板斧来排头砍去，而所砍的是看客。一部《水浒》，说得很分明：因为不反对天子，所以大军一到，便受招安，替国家打别的强盗——不"替天行道"[10]的强盗去了。终于是奴才。

满洲入关，中国渐被压服了，连有"侠气"的人，也不敢再起盗心，不敢指斥奸臣，不敢直接为天子效力，于是跟一个好官员或钦差大臣，给他保镖，替他捕盗，一部《施公案》[11]，也说得很分明，还有《彭公案》[12]，《七侠五义》[13]之流，至今没有穷尽。他们出身清白，连先前也并无坏处，虽在钦差之下，究居平民之上，对一方面固然必须听命，对别方面还是大可逞雄，安全之度增多了，奴性也跟着加足。

然而为盗要被官兵所打，捕盗也要被强盗所打，要十分安全的侠客，是觉得都不妥当的，于是有流氓。和尚喝酒他来打，男女通奸他来捉，私娼私贩他来凌辱，为的是维持风化；乡下人不懂租界章程他来欺侮，为的是看不起无知；剪发女人他来嘲骂，社会改革者他来憎恶，为的是宝爱秩序。但后面是传统的靠山，对手又都非浩荡的强敌，他就在其间横行过去。现在的小说，还没有写出这一种典型的书，惟《九尾龟》[14]中的章秋谷，以为他给妓女吃苦，是因为她要敲人们竹杠，所以给以惩罚之类的叙述，约略近之。

由现状再降下去，大概这一流人将成为文艺书中的主角了，我在等候"革命文学家"张资平[15]"氏"的近作。

☆ ★ ☆

1 本篇最初发表于一九三〇年一月一日上海《萌芽月刊》第一卷第一期。

2 "天" 指儒、墨两家著作中的所谓"天命"、"天意"。如《论语·季氏》："君子有三畏：畏天命，畏大人，畏圣人之言。"《墨子·天志》："顺天意者兼相爱，交相利，必得赏。反天意者别相恶，交相贼，必得罚。"

3 墨子 （约前468～前376） 名翟，春秋战国之际鲁国人，墨家学派的创始者。他的言行，经他的弟子及后学辑入《墨子》一书。墨子之徒多尚武。他死后，他的学派起分化，以宋钘、许行等为代表的正统派，到秦汉时演化成为游侠。

4 "儒者，柔也" 见许慎《说文解字》："儒者，柔也，术士之称。"

5 "死" 指游侠中流行的所谓"其言必信,其行必果,已诺必诚,不爱其躯"(见《史记·游侠列传》)的一种侠义精神。这些游侠往往为某些权贵所豢养。"士为知己者死",就是他们的道德观念。

6 汉代的大侠多和权贵交往勾结,如《汉书·游侠传》载,陈遵"居长安中,列侯近臣贵戚皆贵重之。牧守当之官,及郡国豪杰至京师者,莫不相因到遵门。"

7 "儒以文乱法,而侠以武犯禁" 语见《韩非子·五蠹》。司马迁在《史记·游侠列传》中也曾引用此语。

8 "五侯" 汉成帝(刘骜)河平二年(前27),外戚王谭、王逢时、王根、王立、王商兄弟五人同日封侯,当时称为"五侯"。据《汉书·游侠传》载,"五侯"豢养许多儒侠之士,其中大侠楼护(君卿)最受信用,是"五侯上客"。

9 李逵劫法场 见一百二十回本《水浒传》第四十回。

10 《水浒》 即《水浒传》,元末明初施耐庵作,是一部以北宋宋江领导的农民起义为题材的长篇小说。书中有宋江受朝廷招安后又去镇压方腊等农民起义军的情节。"替天行道"是宋江一贯打着的旗号。

11 《施公案》 清代公案小说,作者不详,共九十七回。写康熙年间施仕纶官江都知县至漕运总督时,黄天霸为他办案的故事,一八三八年印行。

12 《彭公案》 清代公案小说,署贪梦道人作,共一百回。写康熙年间一帮江湖侠客为三河知县彭鹏办案的故事,一八九一年印行。

13 《七侠五义》 原名《三侠五义》,清代侠义小说,署石玉昆述,入迷道人编订,共一百二十回。一八七九年印行,后经俞樾修订,一八八九年重印,改名《七侠五义》。前半部主要写包拯审案的故事,后半部主要写江湖侠客的活动。

14 《九尾龟》 张春帆作,描写妓女生活的小说,一九一〇年出版。

15 张资平 (1893~1959)广东梅县人,创造社早期成员,抗日战争时期堕落为汉奸。他写过大量三角恋爱小说,在革命文学论争中,自称"转换方向"。他在自己主编的《乐群》月刊第二卷第十二期(一九二九年十二月)的《编后》中,攻击《拓荒者》、《萌芽月刊》等刊物,其中说:"有人还自谦'拓荒''萌芽',或许觉得那样的探求嫌过早,但你们不要因为自己脚小便叫别人在路上停下来等你,我们要勉力跑快一点了,不要'收获'回到'拓荒',回到'萌芽',甚而至于回到'下种'呀!不要自己跟不上,便厌人家太早太快,望着人家走去。"

244

关于女人[1]

国难期间，似乎女人也特别受难些。一些正人君子责备女人爱奢侈，不肯光顾国货。就是跳舞，肉感等等，凡是和女性有关的，都成了罪状。仿佛男人都做了苦行和尚，女人都进了修道院，国难就会得救似的。

其实那不是女人的罪状，正是她的可怜。这社会制度把她挤成了各种各式的奴隶，还要把种种罪名加在她头上。西汉末年，女人的"堕马髻"，"愁眉啼妆"[2]，也说是亡国之兆。其实亡汉的何尝是女人！不过，只要看有人出来唉声叹气的不满意女人的妆束，我们就知道当时统治阶级的情形，大概有些不妙了。

奢侈和淫靡只是一种社会崩溃腐化的现象，决不是原因。私有制度的社会，本来把女人也当做私产，当做商品。一切国家，一切宗教都有许多稀奇古怪的规条，把女人看做一种不吉利的动物，威吓她，使她奴隶般的服从；同时又要她做高等阶级的玩具。正像现在的正人君子，他们骂女人奢，板起面孔维持风化，而同时正在偷偷地欣赏着肉感的大腿文化。

阿剌伯的一个古诗人说："地上的天堂是在圣贤的经书上，马背上，女人的胸脯上。"[3]这句话倒是老实的供状。

自然，各种各式的卖淫总有女人的份。然而买卖是双方的。没有买淫的嫖男，那里会有卖淫的娼女。所以问题还在买淫的社会根源。这根源存在一天，也就是主动的买者存在一天，那所谓女人的淫靡和奢侈就一天不会消灭。男人是私有主的时候，女人自身也不过是男人的所有品。也许是因此罢，她的爱惜家财的心或者比较的差些，她往往成了"败家精"。何况现在买淫的机会那么多，家庭里的女人直觉地感觉到自己地位的危险。民国初年我就听说，上海的时髦是从长三幺二⁴传到姨太太之流，从姨太太之流再传到太太奶奶小姐。这些"人家人"，多数是不自觉地在和娼妓竞争，——自然，她们就要竭力修饰自己的身体，修饰到拉得住男子的心的一切。这修饰的代价是很贵的，而且一天一天的贵起来，不但是物质上的，而且还有精神上的。

美国一个百万富翁说："我们不怕共匪（原文无匪字，谨遵功令改译），我们的妻女就要使我们破产，等不及工人来没收。"中国也许是惟恐工人"来得及"，所以高等华人的男女这样赶紧的浪费着，享用着，畅快着，那里还管得到国货不国货，风化不风化。然而口头上是必须维持风化，提倡节俭的。

四月十一日。

☆ ★ ☆

1　本篇最初发表于一九三三年六月十五日《申报月刊》第二卷第六号，署名洛文。

2　"堕马髻"、"愁眉啼妆"　见《后汉书·梁冀传》：汉顺帝时大将军梁冀妻孙寿"色美而善为妖态，作愁眉啼（啼）妆、堕马髻。"据唐代李贤注引《风俗通》说："愁眉者，细而曲折；啼妆者，薄拭目下若啼处；堕马髻者，侧在一边。"

3 **阿剌伯古诗人** 指穆塔纳比（Mutanabbi，915~965）。他在晚年写了一首无题的抒情诗，最后四句是："美丽的女人给了我短暂的幸福，后来一片荒漠就把我们隔断开。世界上最好的地方——是骑在骏马的鞍上。而经书——则时时刻刻是最好的伴侣！"

4 **长三幺二** 旧时上海妓院中妓女的等级名称，头等的叫做长三，二等的叫做幺二。

上海的少女[1]

　　在上海生活，穿时髦衣服的比土气的便宜。如果一身旧衣服，公共电车的车掌会不照你的话停车，公园看守会格外认真的检查入门券，大宅子或大客寓的门丁会不许你走正门。所以，有些人宁可居斗室，喂臭虫，一条洋服裤子却每晚必须压在枕头下，使两面裤腿上的折痕天天有棱角。

　　然而更便宜的是时髦的女人。这在商店里最看得出：挑选不完，决断不下，店员也还是很能忍耐的。不过时间太长，就须有一种必要的条件，是带着一点风骚，能受几句调笑。否则，也会终于引出普通的白眼来。

　　惯在上海生活了的女性，早已分明地自学着这种自己所具有光荣，同时也明白着这种光荣中所含的危险。所以凡有时髦女子所表现的神气、是在招摇，也在固守，在罗致，也在抵御，像一切异性的亲人，也像一切异性的敌人，她在喜欢，也正在恼怒。这神气也传染了未成年的少女，我们有时会看见她们在店铺里购买东西，侧着头，佯嗔薄怒，如临大敌。自然，店员们是能像对于成年的女性一样，加以调笑的，而她也早明白着这调笑的意义，总之：她们大抵早熟了。

然而我们在日报上，确也常常看见诱拐女孩，甚而至于凌辱少女的新闻。

不但是《西游记》[2]里的魔王，吃人的时候必须童男童女而已，在人类中的富户豪家，也一向以童女侍奉，纵欲，鸣高，寻仙，采补的材料，恰如食品的餍足了普通的肥甘，就像乳猪芽茶一样。现在这现象并且已经见于商人和工人里面了，但这乃是人们的生活不能顺遂的结果，应该以饥民的掘食草根树皮为比例，和富户豪家的纵恣的变态是不可同日而语的。

但是，要而言之，中国是连少女也进了险境了。

这险境，要使她们早熟起来，精神已是成人，肢体却还是孩子。俄国的作家梭罗古勃曾经写过这一种类型的少女，说是还是小孩子气，而眼睛却已经长大了。[3]然而我们中国的作家是另有一种称赞的写法是：所谓"娇小玲珑"者就是。

八月十二日

☆ ★ ☆

1 本篇最初发表于一九三三年九月十五日《申报月刊》第二卷第九号，署名洛文。

2 《西游记》 长篇小说，明代吴承恩著，一百回。写唐僧（玄奘）在孙悟空等护送下到西天取经，沿途战胜妖魔险阻的故事。

3 梭罗古勃在长篇小说《小鬼》中，描写过一群早熟的少女。

上海的儿童[1]

上海越界筑路[2]的北四川路一带，因为打仗，去年冷落了大半年，今年依然热闹了，店铺从法租界搬回，电影院早经开始，公园左近也常见携手同行的爱侣，这是去年夏天所没有的。

倘若走进住家的弄堂里去，就看见便溺器，吃食担，苍蝇成群的在飞，孩子成队的在闹，有剧烈的捣乱，有发达的骂詈，真是一个乱烘烘的小世界。但一到大路上，映进眼帘来的却只是轩昂活泼地玩着走着的外国孩子，中国的儿童几乎看不见了。但也并非没有，只因为衣裤郎当，精神萎靡，被别人压得像影子一样，不能醒目了。

中国中流的家庭，教孩子大抵只有两种法。其一，是任其跋扈，一点也不管，骂人固可，打人亦无不可，在门内或门前是暴主，是霸王，但到外面，便如失了网的蜘蛛一般，立刻毫无能力。其二，是终日给以冷遇或呵斥，甚而至于打扑，使他畏葸退缩，仿佛一个奴才，一个傀儡，然而父母却美其名曰"听话"，自以为是教育的成功，待到放他到外面来，则如暂出樊笼的小禽，他决不会飞鸣，也不会跳跃。

现在总算中国也有印给儿童看的画本了，其中的主角自然是儿童，然而画中人物，大抵倘不是带着横暴冥顽的气味，甚而至于流氓模样的，过度的恶作剧的顽童，就是钩头耸背，低眉顺眼，一副死板板的脸相的所谓"好孩子"。这虽然由于画家本领的欠缺，但也是取儿童为范本的，而从此又以作供给儿童仿效的范本。我们试一看别国的儿童画罢，英国沉着，德国粗豪，俄国雄厚，法国漂亮，日本聪明，都没有一点中国似的衰惫的气象。观民风是不但可以由诗文，也可以由图画，而且可以由不为人们所重的儿童画的。

顽劣，钝滞，都足以使人没落，灭亡。童年的情形，便是将来的命运。我们的新人物，讲恋爱，讲小家庭，讲自立，讲享乐了，但很少有人为儿女提出家庭教育的问题，学校教育的问题，社会改革的问题。先前的人，只知道"为儿孙作马牛"，固然是错误的，但只顾现在，不想将来，"任儿孙作马牛"，却不能不说是一个更大的错误。

251

八月十二日。

☆ ★ ☆

1 本篇最初发表于一九三三年九月十五日《申报月刊》第二卷第九号，署名洛文。

2 **越界筑路** 指当时上海租界当局越出租界范围以外修筑马路的区域。

从讽刺到幽默[1]

讽刺家，是危险的。

假使他所讽刺的是不识字者，被杀戮者，被囚禁者，被压迫者罢，那很好，正可给读他文章的所谓有教育的智识者嘻嘻一笑，更觉得自己的勇敢和高明。然而现今的讽刺家之所以为讽刺家，却正在讽刺这一流所谓有教育的智识者社会。

因为所讽刺的是这一流社会，其中的各分子便各各觉得好像刺着了自己，就一个个的暗暗的迎出来，又用了他们的讽刺，想来刺死这讽刺者。

最先是说他冷嘲，渐渐的又七嘴八舌的说他谩骂，俏皮话，刻毒，可恶，学匪，绍兴师爷，等等，等等。然而讽刺社会的讽刺，却往往仍然会"悠久得惊人"的，即使捧出了做过和尚的洋人[2]或专办了小报来打击，也还是没有效，这怎不气死人也么哥[3]呢！

枢纽是在这里：他所讽刺的是社会，社会不变，这讽刺就跟着存在，而你所刺的是他个人，他的讽刺倘存在，你的讽刺就落空了。

所以，要打倒这样的可恶的讽刺家，只好来改变社会。

　　然而社会讽刺家究竟是危险的，尤其是在有些"文学家"明明暗暗的成了"王之爪牙"⁴的时代。人们谁高兴做"文字狱"中的主角呢，但倘不死绝，肚子里总还有半口闷气，要借着笑的幌子，哈哈的吐他出来。笑笑既不至于得罪别人，现在的法律上也尚无国民必须哭丧着脸的规定，并非"非法"，盖可断言的。

　　我想：这便是去年以来，文字上流行了"幽默"的原因，但其中单是"为笑笑而笑笑"的自然也不少。

　　然而这情形恐怕是过不长久的，"幽默"既非国产，中国人也不是长于"幽默"的人民，而现在又实在是难以幽默的时候。于是虽幽默也就免不了改变样子了，非倾于对社会的讽刺，即堕入传统的"说笑话"和"讨便宜"。

三月二日。

☆ ★ ☆

253

1 本篇最初发表于一九三三年三月七日《申报·自由谈》，署名何家干。

2 做过和尚的洋人　可能指国际间谍特莱比歇·林肯（T Lincoln，1879～1943），生于匈牙利的犹太人。他当时曾在上海活动，以和尚面目出现，法名照空。

3 也么哥　元曲中常用的衬词，无字义可解；也有写作也波哥、也末哥的。

4 "王之爪牙"　语出《诗经·小雅·祈父》："予王之爪牙。"这里指反动派的帮凶。

从幽默到正经[1]

　　"幽默"一倾于讽刺，失了它的本领且不说，最可怕的是有些人又要来"讽刺"，来陷害了，倘若堕于"说笑话"，则寿命是可以较为长远，流年也大致顺利的，但愈堕愈近于国货，终将成为洋式徐文长[2]。当提倡国货声中，广告上已有中国的"自造舶来品"，便是一个证据。

　　而况我实在恐怕法律上不久也就要有规定国民必须哭丧着脸的明文了。笑笑，原也不能算"非法"的。但不幸东省沦陷，举国骚然，爱国之士竭力搜索失地的原因，结果发见了其一是在青年的爱玩乐，学跳舞。当北海上正在嘻嘻哈哈的溜冰的时候，一个大炸弹抛下来[3]，虽然没有伤人，冰却已经炸了一个大窟窿，不能溜之大吉了。又不幸而榆关失守，热河吃紧了，有名的文人学士，也就更加吃紧起来，做挽歌的也有，做战歌的也有，讲文德[4]的也有，骂人固然可恶，俏皮也不文明，要大家做正经文章，装正经脸孔，以补"不抵抗主义"之不足。

　　但人类究竟不能这么沉静，当大敌压境之际，手无寸铁，杀不得敌人，而心里却总是愤怒的，于是他就不免寻求敌人的替代。这时候，笑嘻嘻的可就遭殃了，因为他这时便被叫作："陈叔宝全无心肝"⁵。所以知机的人，必须也和大家一样哭丧着脸，以免于难。"聪明人不吃眼前亏"，亦古贤之遗教也，然而这时也就"幽默"归天，"正经"统一了剩下的全中国。

明白这一节，我们就知道先前为什么无论贞女与淫女，见人时都得不笑不言；现在为什么送葬的女人，无论悲哀与否，在路上定要放声大叫。

这就是"正经"。说出来么，那就是"刻毒"。

三月二日。

☆ ★ ☆

1 本篇最初发表于一九三三年三月八日《申报·自由谈》，署名何家干。

2 徐文长（1521～1593）名渭，号青藤道士，浙江山阴（今绍兴）人，明末文学家、书画家。著有《徐文长初集》、《徐文长三集》及戏曲《四声猿》等。浙东一带流传许多关于他的故事，有的把他描写成诙谐、尖刻的人物。这些故事大部分是民间的创造，同徐文长本人无关。

3 一个大炸弹抛下来 一九三三年元旦，当北平学生在中南海公园举行化装溜冰大会时，有人当场掷炸弹一枚。在此之前，曾有人以"锄奸救国团"名义，警告男女学生不要只顾玩乐，忘记国难。

4 讲文德 国民党政客戴季陶曾在南京《新亚细亚月刊》第五卷第一、二期合刊（一九三三年一月）发表《文德与文品》一文，其中说："开口骂人说俏皮话……都非文明人之所应有。"

5 "陈叔宝全无心肝" 陈叔宝即南朝陈后主。《南史·陈本纪》："（陈叔宝）既见宥，隋文帝给赐甚厚，数得引见，班同三品；每预宴，恐致伤心，为不奏吴音。后监守者奏言：'叔宝云，既无秩位，每预朝集，愿得一官号。'隋文帝曰：'叔宝全无心肝。'"

内外[1]

古人说内外有别，道理各各不同。丈夫叫"外子"，妻叫"贱内"。伤兵在医院之内，而慰劳品在医院之外，非经查明，不准接收。对外要安，对内就要攘，或者嚷。

何香凝[2]先生叹气："当年唯恐其不起者，今日唯恐其不死。"然而死的道理也是内外不同的。

庄子曰，"哀莫大于心死，而身死次之。"[3]次之者，两害取其轻也。所以，外面的身体要它死，而内心要它活；或者正因为那心活，所以把身体治死。此之谓治心。

治心的道理很玄妙：心固然要活，但不可过于活。

心死了，就明明白白地不抵抗，结果，反而弄得大家不镇静。心过于活了，就胡思乱想，当真要闹抵抗：这种人，"绝对不能言抗日"[4]。

为要镇静大家，心死的应该出洋[5]，留学是到外国去治心的方法。

而心过于活的，是有罪，应该严厉处置，这才是在国内治心的方法。

何香凝先生以为"谁为罪犯是很成问题的"，——这就因为她不懂得内外有别的道理。

四月十一日。

☆ ★ ☆

1 本篇最初发表于一九三三年四月十七日《申报·自由谈》，署名何家干。

2 何香凝（1878～1972） 广东南海人，廖仲恺的夫人。早年参加孙中山领导的同盟会，从事革命活动。一九二七年蒋介石叛变革命后，她坚持进步立场，对反动派进行了不妥协的斗争。一九三三年三月她曾致书国民党中央各委员，建议大赦全国政治犯，由她率领北上，从事抗日军的救护工作，但国民党当局置之不理。本文所引用的，是她在三月十八日就此事对日日社记者的谈话，曾刊于次日上海各报。

3 "哀莫大于心死，而身死次之。" 语出《庄子·田子方》："仲尼曰：'恶，可不察与！夫哀莫大于心死，而人死亦次之。'"

4 "绝对不能言抗日" 一九三三年春，蒋介石在第四次"围剿"被粉碎后，于四月十日在南昌对国民党将领演讲说："抗日必先剿匪。征之历代兴亡，安内始能攘外，在匪未剿清之先，绝对不能言抗日，违者即予最严厉处罚。……剿匪要领，首须治心，王阳明在赣剿匪，致公之道，即由于此。哀莫大于心死，内忧外患，均不足惧，惟国人不幸心死，斯可忧耳。救国须从治心做起，吾人当三致意焉。"

5 心死的应该出洋 指张学良。九一八事变时，张学良奉蒋介石"绝对抱不抵抗主义"的命令，放弃东北。一九三三年三月日军侵占热河，蒋介石为推卸责任，平抑民愤，又迫令张"引咎辞职"，派何应钦继张学良任军事委员会北平分会代理委员长。张辞职后，于四月十一日出国。

豪语的折扣[1]

豪语的折扣其实也就是文学上的折扣，凡作者的自述，往往须打一个扣头，连自白其可怜和无用[2]也还是并非"不二价"的，更何况豪语。

仙才李太白[3]的善作豪语，可以不必说了；连留长了指甲，骨瘦如柴的鬼才李长吉[4]，也说"见买若耶溪水剑，明朝归去事猿公"起来，简直是毫不自量，想学刺客了。这应该折成零，证据是他到底并没有去。南宋时候，国步艰难，陆放翁[5]自然也是慷慨党中的一个，他有一回说："老子犹堪绝大漠，诸君何至泣新亭。"他其实是去不得的，也应该折成零。——但我手头无书，引诗或有错误，也先打一个折扣在这里。

其实，这故作豪语的脾气，正不独文人为然，常人或市侩，也非常发达。市上甲乙打架，输的大抵说："我认得你的！"这是说，他将如伍子胥[6]一般，誓必复仇的意思。不过总是不来的居多，倘是智识分子呢，也许另用一些阴谋，但在粗人，往往这就是斗争的结局，说的是有口无心，听的也不以为意，久成为打架收场的一种仪式了。

旧小说家也早已看穿了这局面，他写暗娼和别人相争，照例攻击过别人的偷汉之后，就自序道："老娘是指头上站得人，臂膊上跑得马……"[7]底下怎样呢？他任别人去打折扣。他知道别人是决不那么胡涂，会十足相信的，但仍得这么说，恰如卖假药的，包纸上一定印着"存心欺世，雷殛火焚"一样，成为一种仪式了。

但因时势的不同，也有立刻自打折扣的。例如在广告上，我们有时会看见自说"我是坐不改名，行不改姓的人"[8]，真要蓦地发生一种好像见了《七侠五义》[9]中人物一般的敬意，但接着就是"纵令有时用其他笔名，但所发表文章，均自负责"，却身子一扭，土行孙[10]似的不见了。予岂好"用其他笔名"哉？予不得已也。上海原是中国的一部分，当然受着孔子的教化的。便是商家，柜内的"不二价"的金字招牌也时时和屋外"大廉价"的大旗互相辉映，不过他总有一个缘故：不是提倡国货，就是纪念开张。

259

所以，自打折扣，也还是没有打足的，凡"老上海"，必须再打它一下。

八月四日。

☆ ★ ☆

1 本篇最初发表于一九三三年八月八日《申报·自由谈》

2 自白其可怜和无用 指曾今可。曾今可在一九三三年七月四日《申报》刊登的答复崔万秋的启事中的话："鄙人既未有党派作护身符，也不借主义为工具，更无集团的背景，向来不敢狂妄。惟能力薄弱，无法满足朋友们之要求，遂不免获罪于知己。……（虽自幸未尝出卖灵魂，亦足见没有'帮口'的人的可怜了！）"

3 李太白（701~762） 名白，字太白，祖籍陇西成纪（今甘肃秦安），后迁居绵州昌隆（今四川江油），唐代诗人。他的诗豪放飘逸，有"诗仙"之称。后代文人曾将他与下文提到的李长吉并论，如北宋宋祁等人就有"太白仙才，长吉鬼才"的说法（见《文献通考·经籍六十九》）。

4 **李长吉**（790～816） 名贺，字长吉，昌谷（今河南宜阳）人，唐代诗人。《新唐书·文艺传》说他"为人纤瘦，通眉，长指爪"。他的诗想象丰富，诡异新奇。这里引用的两句，见他的《南园》十三首中的第七首，意思是说他要去学剑术。"**猿公**"典出《吴越春秋》卷九：越有处女，善剑术，应聘往见勾践，途中遇一老翁，自称袁公，要求和她比剑，结果两力相敌，老翁飞上树枝，化为白猿而去。

5 **陆放翁**（1125～1210） 名游，字务观，自号放翁，山阴（今浙江绍兴）人，南宋诗人。他生活在外族入侵、国势衰微的时代，诗词慷慨激昂。这里所引两句，见他的《夜泊水村》一诗，意思是说他虽然年老，但也还可以到边塞去驱逐敌人，并鼓励他人对国事不要悲观。"**新亭**"，典出《世说新语·言语》：东晋初年，由北方逃到建康（今南京）的一批士大夫，有一天在新亭（在今南京市南）宴会，周顗（晋元帝时的尚书左仆射）想起西晋的首都洛阳，叹息说："风景不殊，正自有河山之异！"于是大家"皆相视流泪"。

6 **伍子胥**（？～前484） 名员，春秋时楚国人。楚平王杀了他的父亲伍奢、哥哥伍尚，他出奔吴国，力谋复仇；后佐吴王阖庐（一作阖闾）伐楚，攻破楚国首都郢（在今湖北江陵），掘平王墓，鞭尸三百。

260

7 这两句是小说《水浒》中人物潘金莲所说的话，见该书第二十四回。原作"拳头上立得人，胳膊上走得马"。

8 此句与下文"纵令有时用其他笔名……"句，都是张资平在一九三三年七月六日上海《时事新报》刊登的启事中的话，参看《伪自由书·后记》。

9 **《七侠五义》** 原名《三侠五义》，清代侠义小说，共一二〇回，署"石玉昆述"，一八七九年出版。十年后经俞樾改撰第一回并对全书作了修订，改名为《七侠五义》。书中所叙人物，口头常说"坐不改名，行不改姓"这一句话。

10 **土行孙** 明代神魔小说《封神演义》中的人物，小说写他善"地行之术"——"身子一扭，即时不见"。

女人未必多说谎[1]

侍桁[2]先生在《谈说谎》里，以为说谎的原因之一是由于弱，那举证的事实，是："因此为什么女人讲谎话要比男人来得多。"

那并不一定是谎话，可是也不一定是事实。我们确也常常从男人们的嘴里，听说是女人讲谎话要比男人多，不过却也并无实证，也没有统计。叔本华[3]先生痛骂女人，他死后，从他的书籍里发见了医梅毒的药方；还有一位奥国的青年学者[4]，我忘记了他的姓氏，做了一大本书，说女人和谎话是分不开的，然而他后来自杀了。我恐怕他自己正有神经病。

我想，与其说"女人讲谎话要比男人来得多"，不如说"女人被人指为'讲谎话要比男人来得多'的时候来得多"，但是，数目字的统计自然也没有。

譬如罢，关于杨妃[5]，禄山之乱以后的文人就都撒着大谎，玄宗逍遥事外，倒说是许多坏事情都由她，敢说"不闻夏殷衰，中自诛褒妲"[6]的有几个。就是妲己，褒姒，也还不是一样的事？女人的替自己和男人伏罪，真是太长远了。

今年是"妇女国货年"[7]，振兴国货，也从妇女始。不久，

261

是就要挨骂的，因为国货也未必因此有起色，然而一提倡，一责骂，男人们的责任也尽了。

记得某男士有为某女士鸣不平的诗道："君王城上竖降旗，妾在深宫那得知？二十万人齐解甲，更无一个是男儿！"[8]快哉快哉！

一月八日。

☆ ★ ☆

2 **侍桁** 即韩侍桁。他的《谈说谎》一文发表于一九三四年一月八日《申报·自由谈》，其中说："不管为自己的地位的坚固而说谎也吧，或为了拯救旁人的困难而说谎也吧，都是含着有弱者的欲望与现实的不合的原因。虽是一个弱者，他也会想如果能这样，那就多么好，可是一信嘴说出来，那就成了大谎了。但也有非说谎便不能越过某种难关的场合，而这场合也是弱者遇到的时候较多，大概也就是因此为什么女人讲谎话要比男人来得多。"

3 **叔本华**（A.Schopenhauer，1788～1860） 德国哲学家，唯意志论者。他一生反对妇女解放，在所著的《妇女论》中诬蔑妇女虚伪、愚昧、无是非之心。

4 **一位奥国的青年学者** 指华宁该尔（O.Weininger，1880～1903），奥地利人，仇视女性主义者。他在一九〇三年出版的《性和性格》一书中，说女性"能说谎"，"往往是虚伪的"，并力图证明妇女的地位应该低于男子。

5 **杨妃** 即唐玄宗的妃子杨玉环（719～756），蒲州永乐（今山西永济）人。她的堂兄杨国忠因她得宠而骄奢跋扈，败坏朝政。天宝十四年（755），安禄山以诛国忠为名于范阳起兵反唐，进逼长安，唐玄宗仓皇南逃四川，至马嵬驿，将士归罪杨家，杀国忠，唐玄宗为安定军心，令杨妃缢死。

6 **"不闻夏殷衰，中自诛褒妲"** 语见唐代杜甫《北征》诗。旧史传说夏桀宠幸妃子妹喜，殷纣宠幸妃子妲己，周幽王宠幸妃子褒姒，招致了三朝的灭亡。杜甫在此处合用了这些传说。

7 **"妇女国货年"** 一九三三年十二月上海市商会等团体邀请各界开会，决定一九三四年为"妇女国货年"，要求妇女增强"爱国救国之观念"，购买国货。

8 "君王城上竖降旗"一诗，相传是五代后蜀主孟昶的妃子花蕊夫人所作。北宋陈师道《后山诗话》说："费氏，蜀之青城人。以才色入蜀宫，后主嬖之，号花蕊夫人，效王建作《宫词》百首。国亡，入备后宫，太祖闻之，召使陈诗，诵其《国亡诗》云：'君王城上竖降旗，妾在深宫那得知？十四万人齐解甲，更无一个是男儿。'太祖悦，盖蜀兵十四万，而王师数万尔。"又据后蜀何光远《鉴戒录》卷五说，前蜀后主王衍亡于后唐时，有后唐兴圣太子随军王承旨作过一首类似的诗，嘲讽因耽于酒色嬉戏而亡国的王衍："蜀朝昏主出降时，衍璧牵羊倒系旗，二十万军齐拱手，更无一个是男儿。"

骂杀与捧杀[1]

现在有些不满于文学批评的，总说近几年的所谓批评，不外乎捧与骂。

其实所谓捧与骂者，不过是将称赞与攻击，换了两个不好看的字眼。指英雄为英雄，说娼妇是娼妇，表面上虽像捧与骂，实则说得刚刚合式，不能责备批评家的。批评家的错处，是在乱骂与乱捧，例如说英雄是娼妇，举娼妇为英雄。

批评的失了威力，由于"乱"，甚而至于"乱"到和事实相反，这底细一被大家看出，那效果有时也就相反了。所以现在被骂杀的少，被捧杀的却多。

人古而事近的，就是袁中郎。这一班明末的作家，在文学史上，是自有他们的价值和地位的。而不幸被一群学者们捧了出来，颂扬，标点，印刷，"色借，日月借，烛借，青黄借，眼色无常。声借，钟鼓借，枯竹窍借……"[2]借得他一榻胡涂，正如在中郎脸上，画上花脸，却指给大家看，啧啧赞叹道："看哪，这多么'性灵'呀！"对于中郎的本质，自然是并无关系的，但在未经别人将花脸洗清之前，这"中郎"总不免招人好笑，大触其霉头。

人近而事古的，我记起了泰戈尔[3]。他到中国来了，开坛讲演，人给他摆出一张琴，烧上一炉香，左有林长民[4]，右有徐志摩[5]，各各头戴印度帽。徐诗人开始介绍了："荩！叽哩咕噜，白云清风，银磬……当！"说得他好像活神仙一样，于是我们的地上的青年们失望，离开了。神仙和凡人，怎能不离开明？但我今年看见他论苏联的文章，自己声明道："我是一个英国治下的印度人。"他自己知道得明明白白。大约他到中国来的时候，决不至于还胡涂，如果我们的诗人诸公不将他制成一个活神仙，青年们对于他是不至于如此隔膜的。现在可是老大的晦气。

以学者或诗人的招牌，来批评或介绍一个作者，开初是很能够蒙混旁人的，但待到旁人看清了这作者的真相的时候，却只剩了他自己的不诚恳，或学识的不够了。然而如果没有旁人来指明真相呢，这作家就从此被捧杀，不知道要多少年后才翻身。

十一月十九日。

265

☆ ★ ☆

1 本篇最初发表于一九三四年十一月二十三日《中华日报·动向》。

2 当时刘大杰标点、林语堂校阅的《袁中郎全集》断句错误甚多。这里的引文是该书《广庄·齐物论》中的一段；标点应为："色借日月，借烛，借青黄，借眼；色无常。声借钟鼓，借枯竹窍，借……"。曹聚仁曾在一九三四年十一月十三日《中华日报·动向》上发表《标点三不朽》一文，指出刘大杰标点本的这个错误。

3 泰戈尔 (R.Tagore, 1861~1941) 印度诗人。著有《新月集》、《园丁集》、《飞鸟集》等。一九二四年到中国旅行。一九三〇年访问苏联，作有《俄罗斯书简》（一九三一年出版），其中说过自己是"英国的臣民"的话。

4 林长民 (1876~1925) 福建闽侯人，政客。

5 徐志摩 (1897~1931) 浙江海宁人，诗人，新月社主要成员。著有《志摩的诗》、《猛虎集》等。泰戈尔来华时他担任翻译。

论"人言可畏"¹

"人言可畏"是电影明星阮玲玉²自杀之后,发见于她的遗书中的话。这哄动一时的事件,经过了一通空论,已经渐渐冷落了,只要《玲玉香消记》一停演,就如去年的艾霞³自杀事件一样,完全烟消火灭。她们的死,不过像在无边的人海里添了几粒盐,虽然使扯淡的嘴巴们觉得有些味道,但不久也还是淡,淡,淡。

这句话,开初是也曾惹起一点小风波的。有评论者,说是使她自杀之咎,可见也在日报记事对于她的诉讼事件的张扬;不久就有一位记者公开的反驳,以为现在的报纸的地位,舆论的威信,可怜极了,那里还有丝毫主宰谁的运命的力量,况且那些记载,大抵采自经官的事实,绝非捏造的谣言,旧报具在,可以复按。所以阮玲玉的死,和新闻记者是毫无关系的。

这都可以算是真实话。然而——也不尽然。

现在的报章之不能像个报章,是真的;评论的不能逞心而谈,失了威力,也是真的,明眼人决不会过分的责备新闻记者。但是,新闻的威力其实是并未全盘坠地的,它对甲无损,对乙却会有伤;对强者它是弱者,但对更弱者它却还是强者,所以有时虽然吞声忍气，有时仍可以耀武扬威。于是阮玲玉之流，就成了发扬余威的好材料了，因为她颇有名，却无力。小市民总爱听人们的丑闻，尤其是有些熟识的人的丑闻。上海的街头巷尾的老虔婆，一知道近邻的阿二嫂家有野男人出入，津津乐道，但如果对她讲甘肃的谁在偷汉，新疆的谁在再嫁，她就不要听了。阮玲玉正在现身银幕，是一个大家认识的人，因此她更是给报章凑热闹的好材料，至少也可以增加一点销场。读者看了这些，有的想："我虽然没有阮玲玉那么漂亮，却比她正经"；有的想："我虽然不及阮玲玉的有本领，却比她出身高"；连自杀了之后，也还可以给人想："我虽然没有阮玲玉的技艺，却比她有勇气，因为我没有自杀"。化几个铜元就发见了自己的优胜，那当然是很上算的。但靠演艺为生的人，一遇到公众发生了上述的前两种的感想，她就够走到末路了。所以我们且不要高谈什么连自己也并不了然的社会组织或意志强弱的滥调，先来设身处地的想一想罢，那么，大概就会知道阮玲玉的以为"人言可畏"，是真的，或人的以为她的自杀，和新闻记事有关，也是真的。

但新闻记者的辩解，以为记载大抵采自经官的事实，却也是真的。上海的有些介乎大报和小报之间的报章，那社会新闻，几乎大半是官司已经吃到公安局或工部局去了的案件。但有一点坏习气，是偏要加上些描写，对于女性，尤喜欢加上些描写；这种案件，是不会有名公巨卿在内的，因此也更不妨加上些描写。案中的男人的年纪和相貌，是大抵写得老实的，一遇到女人，可就要发挥才藻了，不是"徐娘半老，风韵犹存"，就是"豆蔻年华，玲珑可爱"。一个女孩儿跑掉了，自奔或被诱还不可知，才子就断定道，"小姑独宿，不惯无郎"，你怎么知道？一个村妇再醮了两回，原是穷乡僻壤的常事，一到才子的笔下，就又赐以大字的题目道，"奇淫不减武则天"，这程度你又怎么知道？这些轻薄句子，加之村姑，大约是并无什么影响的，她不识字，她的关系人也未必看报。但对于一个智识者，尤其是对于一个出到社会上了的女性，却足够使她受伤，更不必说故意张扬，特别渲染的文字了。然而中国的习惯，这些句子是摇笔即来，不假思索的，这时不但不会想到这也是玩弄着女性，并且也不会想到自己乃是人民的喉舌。但是，无论你怎么描写，在强者是毫不要紧的，只消一封信，就会有正误或道歉接着登出来，不过无拳无勇如阮玲玉，可就正做了吃苦的材料了，她被额外的画上一脸花，没法洗刷。叫她奋斗吗？她没有机关报，怎么奋斗；有冤无头，有怨无主，和谁奋斗呢？我们又可以设身处地的想一想，那么，大概就又知她的以为"人言可畏"，是真的，或人的以为她的自杀，和新闻记事有关，也是真的。

然而，先前已经说过，现在的报章的失了力量，却也是真的，不过我以为还没有到达如记者先生所自谦，竟至一钱不值，毫无责任的时候。因为它对于更弱者如阮玲玉一流人，也还有左右她命运的若干力量的，这也就是说，它还能为恶，自然也还能为善。"有闻必录"或"并无能力"的话，都不是向上的负责的记者所该采用的口头禅，因为在实际上，并不如此，——它是有选择的，有作用的。

至于阮玲玉的自杀，我并不想为她辩护。我是不赞成自杀，自己也不豫备自杀的。但我的不豫备自杀，不是不屑，却因为不能。凡有谁自杀了，现在是总要受一通强毅的评论家的呵斥，阮玲玉当然也不在例外。然而我想，自杀其实是不很容易，决没有我们不豫备自杀的人们所渺视的那么轻而易举的。倘有谁以为容易么，那么，你倒试试看！

自然，能试的勇者恐怕也多得很，不过他不屑，因为他有对于社会的伟大的任务。那不消说，更加是好极了，但我希望大家都有一本笔记簿，写下所尽的伟大的任务来，到得有了曾孙的时候，拿出来算一算，看看怎么样。

五月五日。

☆ ★ ☆

1 本篇最初发表于一九三五年五月二十日《太白》半月刊第二卷第五期，署名赵令仪。

2 **阮玲玉**（1910~1935） 广东中山人，电影演员。因婚姻问题受到一些报纸的毁谤，于一九三五年三月间自杀。

3 **艾霞** 当时的电影演员，于一九三四年二月间自杀。

05

鲁迅

人生感悟

第五辑　老调子已经唱完

我想，凡有老旧的调子，一到有一个时候，是都应该唱完的，凡是有良心，有觉悟的人，到一个时候，自然知道老调子不该再唱，将它抛弃。

271

致李秉中（240924）

庸倩兄：

回家后看见来信。给幼渔[1]先生的信，已经写出了，我现在也难料结果如何，但好在这并非生死问题的事，何妨随随便便，暂且听其自然。

关于我这一方面的推测，并不算对。我诚然总算帮过几回忙，但若是一个有力者，这些便都是些微小的事，或者简直不算是小事，现在之所以看去很像帮忙者，其原因即在我之无力，所以还是无效的回数多。即使有效，也（不）算什么，都可以毫不放在心里。

我恐怕是以不好见客出名的。但也不尽然，我所怕见的是谈不来的生客，熟识的不在内，因为我可以不必装出陪客的态度。我这里的客并不多，我喜欢寂寞，又憎恶寂寞，所以有青年肯来访问我，很使我喜欢。但我说一句真话罢，这大约你未曾觉得的，就是这人如果以我为是，我便发生一种悲哀，怕他要陷入我一类的命运；倘若一见之后，觉得我非其族类，不复再来，我便知道他较我更有希望，十分放心了。

其实我何尝坦白？我已经能够细嚼黄连而不皱眉了。我很憎恶我自己，因为有若干人，或则愿我有钱，有名，有势，或则愿我陨灭，死亡，而我偏偏无钱无名无势，又不灭不亡，对于各方面，都无以报答盛意，年纪已经如此，恐将遂以如此终。我也常常想到自杀，也常想杀人，然而都不实行，我大约不是一个勇士。现在仍然只好对于愿我得意的便拉几个钱来给他看，对于愿我灭亡的避开些，以免他再费机谋。我不大愿意使人失望，所以对于爱人和仇人，都愿意有以骗之，亦即所以慰之，然而仍然各处都弄不好。

我自己总觉得我的灵魂里有毒气和鬼气，我极憎恶他，想除去他，而不能。我虽然竭力遮蔽着，总还恐怕传染给别人，我之所以对于和我往来较多的人有时不免觉到悲哀者以此。

然而这些话并非要拒绝你来访问我，不过忽然想到这里，写到这里，随便说说而已。你如果觉得并不如此，或者虽如此而甘心传染，或不怕传染，或自信不至于被传染，那可以只管来，而且敲门也不必如此小心。

树人

廿四日夜

☆　★　☆

1 幼渔　马裕藻（1878～1945），字幼渔，浙江鄞县人。曾留学日本，后任浙江教育司视学和北京大学中文系主任，北京女子师范大学教授等。

老调子已经唱完[1]

——二月十九日在香港青年会讲

今天我所讲的题目是"老调子已经唱完"：初看似乎有些离奇，其实是并不奇怪的。

凡老的，旧的，都已经完了！这也应该如此。虽然这一句话实在对不起一般老前辈，可是我也没有别的法子。

中国人有一种矛盾思想，即是：要子孙生存，而自己也想活得很长久，永远不死；及至知道没法可想，非死不可了，却希望自己的尸身永远不腐烂。但是，想一想罢，如果从有人类以来的人们都不死，地面上早已挤得密密的，现在的我们早已无地可容了；如果从有人类以来的人们的尸身都不烂，岂不是地面上的死尸早已堆得比鱼店里的鱼还要多，连掘井，造房子的空地都没有了么？所以，我想，凡是老的，旧的，实在倒不如高高兴兴的死去的好。

在文学上，也一样，凡是老的和旧的，都已经唱完，或将要唱完。举一个最近的例来说，就是俄国。他们当俄皇专制的时代，有许多作家很同情于民众，叫出许多惨痛的声音，后来他们又看见民众有缺点，便失望起来，不很能怎样歌唱，待到革命以后，文学上便没有什么大作品了。只有几个旧文学家跑到外国去，作了几篇作品，但也不见得出色，因为他们已经失掉了先前的环境了，不再能照先前似的开口。

在这时候，他们的本国是应该有新的声音出现的，但是我们还没有很听到。我想，他们将来是一定要有声音的。因为俄国是活的，虽然暂时没有声音，但他究竟有改造环境的能力，所以将来一定也会有新的声音出现。

再说欧美的几个国度罢。他们的文艺是早有些老旧了，待到世界大战时候，才发生了一种战争文学。战争一完结，环境也改变了，老调子无从再唱，所以现在文学上也有些寂寞。将来的情形如何，我们实在不能豫测。但我相信，他们是一定也会有新的声音的。

现在来想一想我们中国是怎样。中国的文章是最没有变化的，调子是最老的，里面的思想是最旧的。但是，很奇怪，却和别国不一样。那些老调子，还是没有唱完。

这是什么缘故呢？有人说，我们中国是有一种"特别国情"²。——中国人是否真是这样"特别"，我是不知道，不过我听得有人说，中国人是这样。——倘使这话是真的，那么，据我看来，这所以特别的原因，大概有两样。

第一，是因为中国人没记性，因为没记性，所以昨天听过的话，今天忘记了，明天再听到，还是觉得很新鲜。做事也是如此，昨天做坏了的事，今天忘记了，明天做起来，也还是"仍旧贯"³的老调子。

第二，是个人的老调子还未唱完，国家却已经灭亡了好几次了。何以呢？我想，凡有老旧的调子，一到有一个时候，是都应该唱完的，凡是有良心，有觉悟的人，到一个时候，自然知道老调子不该再唱，将它抛弃。但是，一般以自己为中心的人们，却决不肯以民众为主体，而专图自己的便利，总是三翻四复的唱不完。于是，自己的老调子固然唱不完，而国家却已被唱完了。

宋朝的读书人讲道学，讲理学[4]，尊孔子，千篇一律。虽然有几个革新的人们，如王安石[5]等等，行过新法，但不得大家的赞同，失败了。从此大家又唱老调子，和社会没有关系的老调子，一直到宋朝的灭亡。

宋朝唱完了，进来做皇帝的是蒙古人——元朝。那么，宋朝的老调子也该随着宋朝完结了罢，不，元朝人起初虽然看不起中国人[6]，后来却觉得我们的老调子，倒也新奇，渐渐生了羡慕，因此元人也跟着唱起我们的调子来了，一直到灭亡。

这个时候，起来的是明太祖。元朝的老调子，到此应该唱完了罢，可是也还没有唱完。明太祖又觉得还有些意趣，就又教大家接着唱下去。什么八股咧，道学咧，和社会，百姓都不相干，就只向着那条过去的旧路走，一直到明亡。

清朝又是外国人。中国的老调子，在新来的外国主人的眼里又见得新鲜了，于是又唱下去。还是八股，考试，做古文，看古书。但是清朝完结，已经有十六年了，这是大家都知道的。他们到后来，倒也略略有些觉悟，曾经想从外国学一点新法来补救，然而已经太迟，来不及了。

老调子将中国唱完，完了好几次，而它却仍然可以唱下去。因此就发生一点小议论。有人说："可见中国的老调子实在好，正不妨唱下去。试看元朝的蒙古人，清朝的满洲人，不是都被我们同化了？照此看来，则将来无论何国，中国都会这样地将他们同化的。"原来我们中国就如生着传染病的病人一般，自己生了病，还会将病传到别人身上去，这倒是一种特别的本领。

殊不知这种意见，在现在是非常错误的。我们为甚么能够同化蒙古人和满洲人呢？是因为他们的文化比我们的低得多。倘使别人的文化和我们的相敌或更进步，那结果便要大不相同了。他们倘比我们更聪明，这时候，我们不但不能同化他们，反要被他们利用了我们的腐败文化，来治理我们这腐败民族。他们对于中国人，是毫不爱惜的，当然任凭你腐败下去。现在听说又很有别国人在尊重中国的旧文化了，那里是真在尊重呢，不过是利用！

从前西洋有一个国度，国名忘记了，要在非洲造一条铁路。顽固的非洲土人很反对，他们便利用了他们的神话来哄骗他们道："你们古代有一个神仙，曾从地面造一道桥到天上。现在我们所造的铁路，简直就和你们的古圣人的用意一样。"[7]非洲人不胜佩服，高兴，铁路就造起来。——中国人是向来排斥外人的，然而现在却渐渐有人跑到他那里去唱老调子了，还说道："孔夫子也说过，'道不行，乘桴浮于海。'[8]所以外人倒是好的。"外国人也说道："你家圣人的话实在不错。"

倘照这样下去，中国的前途怎样呢？别的地方我不知道，只好用上海来类推。上海是：最有权势的是一群外国人，接近他们的是一圈中国的商人和所谓读书的人，圈子外面是许多中国的苦人，就是下等奴才。将来呢，倘使还要唱着老调子，那么，上海的情状会扩大到全国，苦人会多起来。因为现在是不像元朝清朝时候，我们可以靠着老调子将他们唱完，只好反而唱完自己了。这就因为，现在的外国人，不比蒙古人和满洲人一样，他们的文化并不在我们之下。

那么，怎么好呢？我想，唯一的方法，首先是抛弃了老调

277

子。旧文章，旧思想，都已经和现社会毫无关系了，从前孔子周游列国的时代，所坐的是牛车。现在我们还坐牛车么？从前尧舜的时候，吃东西用泥碗，现在我们所用的是甚么？所以，生在现今的时代，捧着古书是完全没有用处的了。

但是，有些读书人说，我们看这些古东西，倒并不觉得于中国怎样有害，又何必这样决绝地抛弃呢？是的。然而古老东西的可怕就正在这里。倘使我们觉得有害，我们便能警戒了，正因为并不觉得怎样有害，我们这才总是觉不出这致死的毛病来。因为这是"软刀子"。这"软刀子"的名目，也不是我发明的，明朝有一个读书人，叫做贾凫西[9]的，鼓词里曾经说起纣王，道："几年家软刀子割头不觉死，只等得太白旗悬才知道命有差。"我们的老调子，也就是一把软刀子。

中国人倘被别人用钢刀来割，是觉得痛的，还有法子想；倘是软刀子，那可真是"割头不觉死"，一定要完。

我们中国被别人用兵器来打，早有过好多次了。例如，蒙古人满洲人用弓箭，还有别国人用枪炮。用枪炮来打的后几次，我已经出了世了，但是年纪青。我仿佛记得那时大家倒还觉得一点苦痛的，也曾经想有些抵抗，有些改革。用枪炮来打我们的时候，听说是因为我们野蛮；现在，倒不大遇见有枪炮来打我们了，大约是因为我们文明了罢。现在也的确常常有人说，中国的文化好得很，应该保存。那证据，是外国人也常在赞美。这就是软刀子。用钢刀，我们也许还会觉得的，于是就改用软刀子。我想：叫我们用自己的老调子唱完我们自己的时候，是已经要到了。

中国的文化，我可是实在不知道在那里。所谓文化之类，和

278

鲁迅

人生感悟

第五辑 老调子已经唱完

现在的民众有甚么关系，甚么益处呢？近来外国人也时常说，中国人礼仪好，中国人看馔好。中国人也附和着。但这些事和民众有甚么关系？车夫先就没有钱来做礼服，南北的大多数的农民最好的食物是杂粮。有什么关系？

中国的文化，都是侍奉主子的文化，是用很多的人的痛苦换来的。无论中国人，外国人，凡是称赞中国文化的，都只是以主子自居的一部份。

以前，外国人所作的书籍，多是嘲骂中国的腐败；到了现在，不大嘲骂了，或者反而称赞中国的文化了。常听到他们说："我在中国住得很舒服呵！"这就是中国人已经渐渐把自己的幸福送给外国人享受的证据。所以他们愈赞美，我们中国将来的苦痛要愈深的！

这就是说：保存旧文化，是要中国人永远做侍奉主子的材料，苦下去，苦下去。虽是现在的阔人富翁，他们的子孙也不能逃。我曾经做过一篇杂感，大意是说："凡称赞中国旧文化的，多是住在租界或安稳地方的富人，因为他们有钱，没有受到国内战争的痛苦，所以发出这样的赞赏来。殊不知将来他们的子孙，营业要比现在的苦人更其贱，去开的矿洞，也要比现在的苦人更其深。"[10]这就是说，将来还是要穷的，不过迟一点。但是先穷的苦人，开了较浅的矿，他们的后人，却须开更深的矿了。我的话并没有人注意。他们还是唱着老调子，唱到租界去，唱到外国去。但从此以后，不能像元朝清朝一样，唱完别人了，他们是要唱完了自己。

这怎么办呢？我想，第一，是先请他们从洋楼，卧室，书房里踱出来，看一看身边怎么样，再看一看社会怎么样，世界怎样。然后自己想一想，想得了方法，就做一点。"跨出房门，是危险的。"自然，唱老调子的先生们又要说。然而，做人是总有些危险的，如果躲在房里，就一定长寿，白胡子的老先生应该非常多；但是我们所见的有多少呢？他们也还是常常早死，虽然不危险，他们也胡涂死了。

要不危险，我倒曾经发见了一个很合式的地方。这地方，就是：牢狱。人坐在监，牢里便不至于再捣乱，犯罪了；救火机关也完全，不怕失火；也不怕盗劫，到牢狱里去抢东西的强盗是从来没有的。坐监是实在最安稳。

但是，坐监却独独缺少一件事，这就是：自由。所以，贪安稳就没有自由，要自由就总要历些危险。只有这两条路。那一条好，是明明白白的，不必待我来说了。

现在我还要谢诸位今天到来的盛意。

☆ ★ ☆

1 本篇最初发表于一九二七年三月（？）广州《国民新闻》副刊《新时代》，同年五月十一日汉口《中央日报》副刊第四十八号曾予转载。

2 "特别国情" 一九一五年袁世凯阴谋复辟帝制时，他的宪法顾问美国人古德诺，曾于八月十日北京《亚细亚日报》发表《共和与君主论》一文，说中国自有"特别国情"，不适宜实行民主政治，应当恢复君主政体。这种谬论，曾经成为反动派阻挠民主改革和反对进步学说的借口。

3 "仍旧贯" 语见《论语·先进》："鲁人为长府，闵子骞曰：'仍旧贯，如之何？何必改作！'"

4 理学 又称道学，是宋代周敦颐、程颢、程颐、朱熹等人阐释儒家学说而形成的唯心主义思想体系。它认为"理"是宇宙的本体，把"三纲五常"等封建伦理道德说成是"天理"，提出"存天理，灭人欲"的主张。

5 王安石（1021～1086） 字介甫，抚州临川（今属江西）人。北宋政治家、文学家。他在宋神宗熙宁二年（1069）出任宰相，实行改革，推行均输、青苗、免役、市贸、方田均税、保甲保马等新法，后因受大官僚、大地主的反对而失败。

6 元朝将全国人分为四等：蒙古人最贵，色目人次之，汉人又次之，南人最贱。按汉人指契丹、女贞、高丽和原金朝治下的北中国汉人；南人指南宋遗民。

7 关于西洋人用神话哄骗非洲土人的事，参看《热风·随感录四十二》。

8 "**道不行，乘桴浮于海**" 语见《论语·公冶长》。

9 **贾凫西**（约1592～1674） 字应宠，号木皮散人，山东曲阜人，明代遗民、鼓词作家。这里所引的话见于明亡后他作的《木皮散人鼓词》中关于周武王灭商纣王的一段："多亏了散宜生定下胭粉计，献上个兴周灭商的女娇娃；……他爷们（按指周文王、武王父子等）昼夜商议行仁政，那纣王胡里胡涂在黑影爬；几年家软刀子割头不觉死，只等得太白旆悬才知道命有差。"

10 参看《无花的蔷薇之二》。

古书与白话[1]

记得提倡白话那时，受了许多谣诼诬谤，而白话终于没有跌倒的时候，就有些人改口说：然而不读古书，白话是做不好的。我们自然应该曲谅这些保古家的苦心，但也不能不悯笑他们这祖传的成法。凡有读过一点古书的人都有这一种老手段：新起的思想，就是"异端"[2]，必须歼灭的，待到它奋斗之后，自己站住了，这才寻出它原来与"圣教同源"；外来的事物，都要"用夷变夏"[3]，必须排除的，但待到这"夷"入主中夏，却考订出来了，原来连这"夷"也还是黄帝的子孙。这岂非出人意料之外的事呢？无论什么，在我们的"古"里竟无不包函了！

用老手段的自然不会长进，到现在仍是说非"读破几百卷书者"即做不出好白话文，于是硬拉吴稚晖[4]先生为例。可是竟又会有"肉麻当有趣"，述说得津津有味的，天下事真是千奇百怪。其实吴先生的"用讲话体为文"，即"其貌"也何尝与"黄口小儿所作若同"。不是"纵笔所之，辄万数千言"么？[5]其中自然有古典，为"黄口小儿"所不知，尤有新典，为"束发小生"所不晓。清光绪末，我初到日本东京时，这位吴稚晖先生已在和公使蔡钧大战了，[6]其战史就有这么长，则见闻之多，自然非现在的

"黄口小儿"所能企及。所以他的遣辞用典，有许多地方是惟独熟于大小故事的人物才能够了然，从青年看来，第一是惊异于那文辞的滂沛。这或者就是名流学者们所认为长处的罢，但是，那生命却不在于此。甚至于竟和名流学者们所拉拢恭维的相反，而在自己并不故意显出长处，也无法灭去名流学者们的所谓长处；只将所说所写，作为改革道中的桥梁，或者竟并不想到作为改革道中的桥梁。

愈是无聊赖，没出息的脚色，愈想长寿，想不朽，愈喜欢多照自己的照相，愈要占据别人的心，愈善于摆臭架子。但是，似乎"下意识"[7]里，究竟也觉得自己之无聊的罢，便只好将还未朽尽的"古"一口咬住，希图做着肠子里的寄生虫，一同传世；或者在白话文之类里找出一点古气，反过来替古董增加宠荣。如果"不朽之大业"[8]不过这样，那未免太可怜了罢。而且，到了二九二五年[9]，"黄口小儿"们还要看什么《甲寅》之流，也未免过于可惨罢，即使它"自从孤桐先生下台之后，……也渐渐的有了生气了"[10]。

菲薄古书者，惟读过古书者最有力，这是的确的。因为他洞知弊病，能"以子之矛攻子之盾"[11]，正如要说明吸雅片的弊害，大概惟吸过雅片者最为深知，最为痛切一般。但即使"束发小生"，也何至于说，要做戒绝雅片的文章，也得先吸尽几百两雅片才好呢。

古文已经死掉了；白话文还是改革道上的桥梁，因为人类还在进化。便是文章，也未必独有万古不磨的典则。虽然据说美国的某处已经禁讲进化论了，[12]但在实际上，恐怕也终于没有效的。

一月二十五日。

1 本篇最初发表于一九二六年二月二日《国民新报副刊》。

2 "异端" 语见《论语·为政》："子曰：攻乎异端，斯害也已。"

3 "用夷变夏" 语出《孟子·滕文公》："吾闻用夏变夷者，未闻变于夷者也。"这里指用外来文化同化中国的意思。夷，古人对少数民族或外国的蔑称；夏，即华夏，中国或中华民族的古称。

4 吴稚晖（1865～1953） 名敬恒，江苏武进人，国民党政客。他原是清末举人，曾先后留学日本、英国。一九〇五年参加同盟会，自称无政府主义者，是资产阶级民主革命中的右翼。

5 这里的引文都见于章士钊在《甲寅》周刊第一卷第二十七号（一九二六年一月十六日）发表的《再答稚晖先生》，其中说："先生近用讲话体为文。纵笔所之。辄万数千言。其貌与黄口小儿所作若同。而其神则非读破几百卷书者。不能道得只字。"陈西滢在《现代评论》第三卷第五十九期（一九二六年一月二十三日）的《闲话》里，特别将这一段引出，说"很有趣"，并说吴稚晖三十岁前在南菁书院把那里的书"都看了一遍"。而"近十年随便涉览和参考的汉文书籍至少可以抵得三四个区区的毕生所读的线装书。"以此来为章士钊的文章作证。这里所说"竟又会有'肉麻当有趣'，述说得津津有味的"，即指陈西滢而言。

6 一九〇二年（清光绪二十八年）夏，我国留日自费学生九人，志愿入成城学校（相当于士官预备学校）肄业；由于清政府对陆军学生顾忌很大，所以驻日公使蔡钧坚决拒绝保送。当时有留日学生二十余人（吴稚晖在内）前往公使馆代为交涉，蔡钧始终不允，双方因而发生争吵。

7 "下意识" 章士钊在《再答稚晖先生》中曾说："近莆罗乙德言心解者流。极重Subconsciousness之用。谓吾人真正意态。每于无意识中发焉。而凡所发。则又在意识用事时正言否之。此人生一奇也。"心解，即弗洛伊德的精神分析学说。Subconsciousness，英语：下意识。

8 "不朽之大业" 语出曹丕《典论·论文》："盖文章经国之大业，不朽之盛事。"按吴稚晖在《我们所请愿于孙先生者》一文中，曾引用曹植《与杨修书》中的"岂徒以翰墨为勋绩，辞赋为君子"等轻视文章的话，章士钊在《再答稚晖先生》里说这是吴稚晖"在意识用事时"对于他自己重视文章的"真正意态"的否认，所以这里引用了曹丕的这句和曹植意见相反的话。

284

9 二九二五年　陶孟和曾说，他有一部"要到二○二五年才可以发表"的著作。

10 陈西滢在《现代评论》第三卷第五十九期（一九二六年一月二十三日）的《闲话》中为章士钊和他所主办的《甲寅》周刊吹嘘说："自从孤桐先生下台之后，《甲寅》虽然还没有恢复十年前的精神，也渐渐的有了生气了。可见做时事文章的人官实在是做不得的。"接着他便举章士钊在《甲寅》周刊发表的那篇《再答稚晖先生》来作为这"有了生气"的例证。

11 *"以子之矛攻子之盾"*　这是《韩非子·难势》中的一个寓言："人有鬻矛与盾者，誉其盾之坚，物莫能陷也；俄而又誉其矛，曰：'吾矛之利，物无不陷也。'人应之曰：'以子之矛，陷子之盾，何如'？其人弗能应也。"

12 章士钊在《甲寅》周刊第一卷第十七号（一九二五年十一月七日）发表《再疏解辀义》一文，借评述一九二五年七月美国田纳西州小学教员师科布因讲授进化论被控的事，以辩护他自己的种种"开倒车"的言行。按章士钊在《甲寅》周刊第一卷第七号（一九二五年八月二十九日）先已发表过一篇《说辀》，其中说："辀者还也。车相避也。相避者又非徒相避也。乃乍还以通其道。旋乃复进也。……今谚有所谓开倒车者。时人谈及。以谓有背进化之通义。辄大病之。是全不明夫辀义者也。"

285

关于知识阶级[1]
—— 十月二十五日在上海劳动大学讲

我到上海约二十多天，这回来上海并无什么意义，只是跑来跑去偶然到上海就是了。

我没有什么学问和思想，可以贡献给诸君。但这次易先生[2]要我来讲几句话；因为我去年亲见易先生在北京和军阀官僚怎样奋斗，而且我也参与其间，所以他要我来，我是不得不来的。

我不会讲演，也想不出什么可讲的，讲演近于做八股，是极难的，要有讲演的天才才好，在我是不会的。终于想不出什么，只能随便一谈；刚才谈起中国情形，说到"知识阶级"四字，我想对于知识阶级发表一点个人的意见，只是我并不是站在引导者的地位，要诸君都相信我的话，我自己走路都走不清楚，如何能引导诸君？

"知识阶级"一辞是爱罗先珂（V.Eroshenko）七八年前讲演"知识阶级及其使命"[3]时提出的，他骂俄国的知识阶级，也骂中国的知识阶级，中国人于是也骂起知识阶级来了；后来便要打倒知识阶级，再利害一点，甚至于要杀知识阶级了。

知识就仿佛是罪恶，但是一方面虽有人骂知识阶级；一方面却又有人以此自豪：这种情形是中国所特有的，所谓俄国的知识阶级，其实与中国的不同，俄国当革命以前，社会上还欢迎知识阶级。为什么要欢迎呢？因为他确能替平民抱不平，把平民的苦痛告诉大众。他为什么能把平民的苦痛说出来？因为他与平民接近，或自身就是平民。几年前有一位中国大学教授，他很奇怪，为什么有人要描写一个车夫的事情，[4]这就因为大学教授一向住在高大的洋房里，不明白平民的生活。欧洲的著作家往往是平民出身，（欧洲人虽出身穷苦，而也做文章；这因为他们的文字容易写，中国的文字却不容易写了。）所以也同样的感受到平民的苦痛，当然能痛痛快快写出来为平民说话，因此平民以为知识阶级对于自身是有益的；于是赞成他，到处都欢迎他，但是他们既受此荣誉，地位就增高了，而同时却把平民忘记了，变成一种特别的阶级。那时他们自以为了不得，到阔人家里去宴会，钱也多了，房子东西都要好的，终于与平民远远的离开了。他享受了高贵的生活，就记不起从前一切的贫苦生活了。——所以请诸位不要拍手，拍了手把我的地位一提高，我就要忘记了说话的。他不但不同情于平民或许还要压迫平民，以致变成了平民的敌人，现在贵族阶级不能存在；贵族的知识阶级当然也不能站住了，这是知识阶级缺点之一。

287

还有知识阶级不可免避的运命，在革命时代是注重实行的，动的；思想还在其次，直白地说：或者倒有害。至少我个人的意见如此的。唐朝奸臣李林甫有一次看兵操练很勇敢，就有人对着他称赞。他说："兵好是好，可是无思想，"这话很不差。[5]因为兵之所以勇敢，就在没有思想，要是有了思想，就会没有勇气了。现在倘叫我去当兵，要我去革命，我一定不去，因为明白了利害是非，就难于实行了。有知识的人，讲讲柏拉图（Plato）

讲讲苏格拉底（Socrates）[6]是不会有危险的。讲柏拉图可以讲一年，讲苏格拉底可以讲三年，他很可以安安稳稳地活下去，但要他去干危险的事情，那就很费踌躇。譬如中国人，凡是做文章，总说"有利然而又有弊"，这最足以代表知识阶级的思想。其实无论什么都是有弊的，就是吃饭也是有弊的，它能滋养我们这方面是有利的；但是一方面使我们消化器官疲乏，那就不好而有弊了。假使做事要面面顾到，那就什么事都不能做了。

还有，知识阶级对于别人的行动，往往以为这样也不好，那样也不好。先前俄国皇帝杀革命党，他们反对皇帝；后来革命党杀皇族，他们也起来反对。问他怎么才好呢？他们也没办法。所以在皇帝时代他们吃苦，在革命时代他们也吃苦，这实在是他们本身的缺点。

所以我想，知识阶级能否存在还是个问题。知识和强有力是冲突的，不能并立的；强有力不许人民有自由思想，因为这能使能力分散，在动物界有很显的例；猴子的社会是最专制的，猴王说一声走，猴子都走了。在原始时代酋长的命令是不能反对的，无怀疑的，在那时酋长带领着群众并吞衰小的部落；于是部落渐渐的大了，团体也大了。一个人就不能支配了。因为各个人思想发达了，各人的思想不一，民族的思想就不能统一，于是命令不行，团体的力量减小，而渐趋灭亡。在古时野蛮民族常侵略文明很发达的民族，在历史上常见的。现在知识阶级在国内的弊病，正与古时一样。

英国罗素（Russel）[7]法国罗曼罗兰（R.Rolland）[8]反对欧战，大家以为他们了不起，其实幸而他们的话没有实行，否则，德国早已打进英国和法国了；因为德国如不能同时实行非战，是没有办法的。俄国托尔斯泰（Tolstoi）的无抵抗主义之所以不能实行，也是这个原因。他不主张以恶报恶的，他的意思是皇帝叫我们去当兵，我们不去当兵。叫警察去捉，他不去；叫刽子手去杀，他不去杀，大家都不听皇帝的命令，他也没有兴趣；那末做皇帝也无聊起来，天下也就太平了。然而如果一部分的人偏听皇帝的话，那就不行。

　　我从前也很想做皇帝，后来在北京去看到宫殿的房子都是一个刻板的格式，觉得无聊极了。所以我皇帝也不想做了。做人的趣味在和许多朋友有趣的谈天，热烈的讨论。做了皇帝，口出一声，臣民都下跪，只有不绝声的Yes[9]，Yes，那有什么趣味？但是还有人做皇帝，因为他和外界隔绝，不知外面还有世界！

　　总之，思想一自由，能力要减少，民族就站不住，他的自身也站不住了！现在思想自由和生存还有冲突，这是知识阶级本身的缺点。

　　然而知识阶级将怎么样呢？还是在指挥刀下听令行动，还是发表倾向民众的思想呢？要是发表意见，就要想到什么就说什么。真的知识阶级是不顾利害的，如想到种种利害，就是假的，冒充的知识阶级；只是假知识阶级的寿命倒比较长一点。像今天发表这个主张，明天发表那个意见的人，思想似乎天天在进步；只是真的知识阶级的进步，决不能如此快的。不过他们对于社会永不会满意的，所感受的永远是痛苦，所看到的永远是缺点，他们预备着将来的牺牲，社会也因为有了他们而热闹，不过他的本身——心身方面总是苦痛的；因为这也是旧式社会传下来的遗物。至于诸君，是与旧的不同，是二十世纪初叶青年，如在劳动大学一方读书，一方做工，这是新的境遇；或许可以造成新的局面，但是环境是老样子，着着逼人堕落，倘不与这老社会奋斗，还是要回到老路上去的。

譬如从前我在学生时代不吸烟，不吃酒，不打牌，没有一点嗜好；后来当了教员，有人发传单说我抽鸦片。我很气，但并不辩明，为要报复他们，前年我在陕西就真的抽一回鸦片，看他们怎样？此次来上海有人在报纸上说我来开书店；又有人说我每年版税有一万多元。但是我也并不辩明；但曾经自己想，与其负空名，倒不如真的去赚这许多进款。

还有一层，最可怕的情形，就是比较新的思想运动起来时，如与社会无关，作为空谈，那是不要紧的，这也是专制时代所以能容知识阶级存在的原故。因为痛哭流泪与实际是没有关系的，只是思想运动变成实际的社会运动时，那就危险了。往往反为旧势力所扑灭。中国现在也是如此，这现象，革新的人称之为"反动"。我在文艺史上，却找到一个好名辞，就是Renaissance[10]，在意大利文艺复兴的意义，是把古时好的东西复活，将现存的坏的东西压倒，因为那时候思想太专制腐败了，在古时代确实有些比较好的；因此后来得到了社会上的信仰。现在中国顽固派的复古，把孔子礼教都拉出来了，但是他们拉出来的是好的么？如果是不好的，就是反动，倒退，以后恐怕是倒退的时代了。

还有，中国人现在胆子格外小了，这是受了共产党的影响。人一听到俄罗斯，一看见红色，就吓得一跳；一听到新思想，一看到俄国的小说，更其害怕，对于较特别的思想，较新思想尤其丧心发抖，总要仔仔细细底想，这有没有变成共产党思想的可能性？！这样的害怕，一动也不敢动，怎样能够有进步呢？这实在是没有力量的表示，比如我们吃东西，吃就吃，若是左思右想，吃牛肉怕不消化，喝茶时又要怀疑，那就不行了，——老年人才是如此；有力量，有自信力的人是不至于此的。虽是西洋文明罢，我们能吸收时，就是西洋文明也变成我们自己的了。好像吃牛肉一样，决不会吃了牛肉自己也即变成牛肉的，要是如此胆小，那真是衰弱的知识阶级了，不衰弱的知识阶级，尚且对于将来的存在不能确定；而衰弱的知识阶级是必定要灭亡的。从前或许有，将来一定不能存在的。

现在比较安全一点的，还有一条路，是不做时评而做艺术家。要为艺术而艺术[11]。住在"象牙之塔"[12]里，目下自然要比别处平安。就我自己来说罢，——有人说我只会讲自己，这是真的。我先前独自住在厦门大学的一所静寂的大洋房里；到了晚上，我总是孤思默想，想到一切，想到世界怎样，人类怎样，我静静地思想时，自己以为很了不得的样子；但是给蚊子一咬，跳了一跳，把世界人类的大问题全然忘了，离不开的还是我本身。

就我自己说起来，是早就有人劝我不要发议论，不要做杂感，你还是创作去吧！因为做了创作在世界史上有名字，做杂感是没有名字的。其实就是我不做杂感，世界史上，还是没有名字的，这得声明一句，是：这些劝我做创作，不要写杂感的人们之中，有几个是别有用意，是被我骂过的。所以要我不再做杂感。但是我不听他，因此在北京终于站不住了，不得不躲到厦门的图书馆上去了。

艺术家住在象牙塔中，固然比较地安全，但可惜还是安全不到底。秦始皇，汉武帝想成仙，终于没有成功而死了。危险的临头虽然可怕，但别的运命说不定，"人生必死"的运命却无法逃避，所以危险也仿佛用不着害怕似的。但我并不想劝青年得到危险，也不劝他人去做牺牲，说为社会死了名望好，高巍巍的镌起铜像来。自己活着的人没有劝别人去死的权利，假使你自己以为死是好的，那末请你自己先去死吧。诸君中恐有钱人不多罢。那末，我们穷人唯一的资本就是生命。以生命来投资，为社会做一点事，总得多赚一点利才好；以生命来做利息小的牺牲，是不值得的。所以我从来不叫人去牺牲，但也不要再爬进象牙之塔和知识阶级里去了，我以为是最稳当的一条路。

至于有一班从外国留学回来，自称知识阶级，以为中国没有他们就要灭亡的，却不在我所论之内，像这样的知识阶级，我还不知道是些什么东西！

今天的说话很没有伦次，望诸君原谅！

1 本篇最初发表于一九二七年十一月上海劳动大学《劳大周刊》第五期，是鲁迅在该校讲演的记录稿。由黄河清记录，发表前经过鲁迅校阅。

上海劳动大学，以国民党西山会议派为背景，标榜无政府主义的一所半工半读学校，分农学院、工学院、社会科学院三部。一九二七年创办，一九三三年停办。

2 易先生　即易培基（1880~1937），字寅村，湖南长沙人。一九二四年十一月、一九二五年十二月两次担任短时期的北洋政府教育总长。他支持北京女子师范大学学生运动，该校复校后曾兼任校长。一九二七年任上海劳动大学校长。

3 "知识阶级及其使命"　俄国作家爱罗先珂在北京的一次讲演的题目。记录稿最初连载于一九二二年三月六日、七日《晨报副刊》，题为《知识阶级的使命》。

4 指东南大学教授吴宓。参看《二心集·上海文艺之一瞥》。

5 李林甫疑为许敬宗之误。唐代刘觫《隋唐嘉话》卷中："太宗之征辽，作飞梯临其城。有应募为梯首，城中矢石如雨，而竞为先登。英公指谓中书舍人许敬宗曰：'此人岂不大健？'敬宗曰：'健即大健，要是不解思量。'"

6 苏格拉底（前469~前399）　古希腊哲学家。

7 **罗素** 在第一次世界大战时，他反对英国参战，因而被解除剑桥大学教职；之后又因反对征兵，被判监禁四个月。

8 **罗曼罗兰** 在第一次世界大战时，他曾发表《站在斗争之上》等文，反对帝国主义战争。

9 Yes 英语：是。

10 Renaissance 英语：文艺复兴。十四至十五世纪兴起的西方新兴资产阶级反对封建主义和宗教神权的思想文化运动。最初开始于意大利，后来扩及德、法、英、荷等欧洲国家。这个运动以复兴久被泯没的古希腊、罗马文化为口号，因而得名。

11 **为艺术而艺术** 最早由法国作家戈蒂叶（1811~1872）提出的一种资产阶级文艺观。它认为艺术应该超越一切功利而存在，创作的目的在于艺术本身，与社会政治无关。

12 **"象牙之塔"** 原是法国文艺批评家圣·佩韦（1804~1869）批评同时代消极浪漫主义诗人维尼的用语，后来用以比喻脱离现实的文艺家的小天地。

293

《自选集》自序[1]

　　我做小说，是开手于一九一八年，《新青年》[2]上提倡"文学革命"[3]的时候的。这一种运动，现在固然已经成为文学史上的陈迹了，但在那时，却无疑地是一个革命的运动。

　　我的作品在《新青年》上，步调是和大家大概一致的，所以我想，这些确可以算作那时的"革命文学"。

　　然而我那时对于"文学革命"，其实并没有怎样的热情。见过辛亥革命[4]，见过二次革命[5]，见过袁世凯称帝[6]，张勋复辟[7]，看来看去，就看得怀疑起来，于是失望，颓唐得很了。民族主义的文学家在今年的一种小报上说，"鲁迅多疑"，是不错的，我正在疑心这批人们也并非真的民族主义文学者，变化正未可限量呢。不过我却又怀疑于自己的失望，因为我所见过的人们，事件，是有限得很的，这想头，就给了我提笔的力量。

　　"绝望之为虚妄，正与希望相同。"[8]

　　既不是直接对于"文学革命"的热情，又为什么提笔的呢？想起来，大半倒是为了对于热情者们的同感。这些战士，我想，虽在寂寞中，想头是不错的，也来喊几声助助威罢。首先，就是为此。自然，在这中间，也不免夹杂些将旧社会的病根暴露出

294

来，催人留心，设法加以疗治的希望。但为达到这希望计，是必须与前驱者取同一的步调的，我于是删削些黑暗，装点些欢容，使作品比较的显出若干亮色，那就是后来结集起来的《呐喊》，一共有十四篇。

这些也可以说，是"遵命文学"。不过我所遵奉的，是那时革命的前驱者的命令，也是我自己所愿意遵奉的命令，决不是皇上的圣旨，也不是金元和真的指挥刀。

后来《新青年》的团体散掉了，有的高升，有的退隐，有的前进，我又经验了一回同一战阵中的伙伴还是会这么变化，并且落得一个"作家"的头衔，依然在沙漠中走来走去，不过已经逃不出在散漫的刊物上做文字，叫作随便谈谈。有了小感触，就写些短文，夸大点说，就是散文诗，以后印成一本，谓之《野草》。得到较整齐的材料，则还是做短篇小说，只因为成了游勇，布不成阵了，所以技术虽然比先前好一些，思路也似乎较无拘束，而战斗的意气却冷得不少。新的战友在那里呢？我想，这是很不好的。于是集印了这时期的十一篇作品，谓之《彷徨》，愿以后不再这模样。

"路漫漫其修远兮，吾将上下而求索。"9

不料这大口竟夸得无影无踪。逃出北京，躲进厦门，只在大楼上写了几则《故事新编》和十篇《朝花夕拾》。前者是神话，传说及史实的演义，后者则只是回忆的记事罢了。

此后就一无所作，"空空如也"。

可以勉强称为创作的，在我至今只有这五种，本可以顷刻读了的，但出版者要我自选一本集。推测起来，恐怕因为这么一办，一者能够节省读者的费用，二则，以为由作者自选，该能比别人格外明白罢。对于第一层，我没有异议；至第二层，我却觉得也很难。因为我向来就没有格外用力或格外偷懒的作品，所以也没有自以为特别高妙，配得上提拔出来的作品。没有法，就将材料，写法，都有些不同，可供读者参考的东西，取出二十二篇来，凑成了一本，但将给读者一种"重压之感"的作品，却特地竭力抽掉了。这是我现在自有我的想头的：

　　"并不愿将自以为苦的寂寞，再来传染给也如我那年青时候似的正做着好梦的青年。"10

　　然而这又不似做那《呐喊》时候的故意的隐瞒，因为现在我相信，现在和将来的青年是不会有这样的心境的了。

　　一九三二年十二月十四日，鲁迅于上海寓居记。

☆ ★ ☆

1 本篇最初印入一九三三年三月上海天马书店出版的《鲁迅自选集》。

　　这本《自选集》内收《野草》中的七篇：《影的告别》《好的故事》《过客》《失掉的好地狱》《这样的战士》《聪明人和傻子和奴才》《淡淡的血痕中》；《呐喊》中的五篇：《孔乙己》《一件小事》《故乡》《阿Q正传》《鸭的喜剧》；《彷徨》中的五篇：《在酒楼上》《肥皂》《示众》《伤逝》《离婚》；《故事新编》中的两篇：《奔月》《铸剑》；《朝花夕拾》中的三篇：《狗·猫·鼠》《无常》《范爱农》。共计二十二篇。

　　2 《新青年》 《新青年》最初的编辑是陈独秀。在北京出版后，主要成员有李大钊、鲁迅、胡适、钱玄同、刘复、吴虞等。随着五四运动的深入发展，《新青年》团体逐渐发生分化。鲁迅是这个团体中的重要撰稿人。

　　3 "文学革命" 指"五四"时期反对旧文学，提倡新文学，反对文言文，提倡白话文的运动。

　　4 辛亥革命 一九一一年（辛亥）孙中山领导的资产阶级民主革命。它推翻了清王朝，结束了中国两千多年的封建君主统治，建立了中华民国。但由于中国资产阶级的软

鲁迅

人生感悟 ╱ 第五辑 老调子已经唱完 ╱

296

弱性和妥协性，没有也不可能完成反帝、反封建的革命任务，革命果实很快就被代表大地主大买办阶级利益的袁世凯所窃夺。

  5 二次革命　一九一三年七月孙中山领导的反对袁世凯独裁统治的战争。因对一九一一年辛亥革命而言，所以称为"二次革命"。它很快就被袁世凯扑灭。

  6 袁世凯称帝　袁世凯（1859～1916），河南项城人，北洋军阀首领。原为清朝大臣，他在窃取中华民国大总统职位后，于一九一六年一月实行帝制，自称皇帝，定年号为"洪宪"；同年三月被迫撤销。

  7 张勋复辟　张勋（1854～1923），江西奉新人，北洋军阀之一。一九一七年六月，他在任安徽督军时，从徐州带兵到北京，七月一日和康有为等扶植清废帝溥仪复辟，七月十二日即告失败。

  8 "绝望之为虚妄，正与希望相同"　原是匈牙利诗人裴多菲在一八四七年七月十七日致友人弗里杰什·凯雷尼信中的话，鲁迅在《野草·希望》中曾引用。

  9 "路漫漫其修远兮，吾将上下而求索"　语见屈原《离骚》。鲁迅曾引用它作为《彷徨》的题辞。

  10 这两句话，引自《呐喊·自序》。

297

帮忙文学与帮闲文学[1]

——十一月二十二日在北京大学第二院讲

我四五年来未到这边，对于这边情形不甚熟悉；我在上海的情形，也非诸君所知。所以今天还是讲帮闲文学与帮忙文学。

这当怎么讲？从五四运动后，新文学家很提倡小说；其故由当时提倡新文学的人看见西洋文学中小说地位甚高，和诗歌相仿佛；所以弄得像不看小说就不是人似的。但依我们中国的老眼睛看起来，小说是给人消闲的，是为酒余茶后之用。因为饭吃得饱饱的，茶喝得饱饱的，闲起来也实在是苦极的事，那时候又没有跳舞场：明末清初的时候，一份人家必有帮闲的东西存在的。那些会念书会下棋会画画的人，陪主人念念书，下下棋，画几笔画，这叫做帮闲，也就是篾片！所以帮闲文学又名篾片文学。小说就做着篾片的职务。汉武帝时候，只有司马相如不高兴这样，常常装病不出去。[2]至于究竟为什么装病，我可不知道。倘说他反对皇帝是为了卢布，我想大概是不会的，因为那个时候还没有卢布。大凡要亡国的时候，皇帝无事，臣子谈谈女人，谈谈酒，像六朝的南朝，开国的时候，这些人便做诏令，做敕，做宣言，做电报，——做所谓皇皇大文。主人一到第二代就不忙了，于是臣子就帮闲。所以帮闲文学实在就是帮忙文学。

中国文学从我看起来，可以分为两大类：（一）廊庙文学，这就是已经走进主人家中，非帮主人的忙，就得帮主人的闲；与这相对的是（二）山林文学。唐诗即有此二种。如果用现代话讲起来，是"在朝"和"下野"。后面这一种虽然暂时无忙可帮，无闲可帮，但身在山林，而"心存魏阙"[3]。如果既不能帮忙，又不能帮闲，那么，心里就甚是悲哀了。

中国是隐士和官僚最接近的。那时很有被聘的希望，一被聘，即谓之征君；开当铺，卖糖葫芦是不会被征的。我曾经听说有人做世界文学史，称中国文学为官僚文学。看起来实在也不错。一方面固然由于文字难，一般人受教育少，不能做文章，但在另一方面看起来，中国文学和官僚也实在接近。

现在大概也如此。惟方法巧妙得多了，竟至于看不出来。

今日文学最巧妙的有所谓为艺术而艺术派。这一派在五四运动时代，确是革命的，因为当时是向"文以载道"[4]说进攻的，但是现在却连反抗性都没有了。不但没有反抗性，而且压制新文学的发生。对社会不敢批评，也不能反抗，若反抗，便说对不起艺术。故也变成帮忙柏勒思（plus）[5]帮闲。为艺术而艺术派对俗事是不问的，但对于俗事如主张为人生而艺术的人是反对的，则如现代评论派[6]，他们反对骂人，但有人骂他们，他们也是要骂的。他们骂骂人的人，正如杀杀人的一样——他们是刽子手。

这种帮忙和帮闲的情形是长久的。我并不劝人立刻把中国的文物都抛弃了，因为不看这些，就没有东西看；不帮忙也不帮闲的文学真也太不多。现在做文章的人们几乎都是帮闲帮忙的人物。有人说文学家是很高尚的，我却不相信与吃饭问题无关，不过我又以为文学与吃饭问题有关也不打紧，只要能比较的不帮忙不帮闲就好。

☆ ★ ☆

1 本篇记录稿最初发表于一九三二年十二月十七日天津《电影与文艺》创刊号。收入本书的曾经鲁迅修订。

2 关于司马相如装病不出的事，据《史记·司马相如传》："相如口吃而善著书。常有消渴疾。与卓氏婚，饶于财。其进仕宦，未尝肯与公卿国家之事，常称病闲居，不慕官爵。"

3 "心存魏阙" 语出《庄子·让王》："身在江海之上，心居乎魏阙之下。"魏阙，古代宫门上巍然高耸的楼观，后来用作朝廷的代称。

4 "文以载道" 语出宋代周敦颐《通书·文辞》："文所以载道也"。

5 柏勒思（plus） 英语："加"的意思。

6 现代评论派 指《现代评论》杂志（一九二四年十二月在北京创刊）的主要撰稿人胡适、陈西滢、徐志摩等。陈西滢在《现代评论》第三卷第五十三期（一九二五年十二月十二日）发表的《闲话》中标谤"绝不肆口嫚骂"。但实际上他们常对鲁迅和他们所反对的人进行种种攻击和谩骂。

文摊秘诀十条[1]

一，须竭力巴结书坊老板，受得住气。

二，须多谈胡适之[2]之流，但上面应加"我的朋友"四字，但仍须讥笑他几句。

三，须设法办一份小报或期刊，竭力将自己的作品登在第一篇，目录用二号字。

301

四，须设法将自己的照片登载杂志上，但片上须看见玻璃书箱一排，里面都是洋装书，而自己则作伏案看书，或默想之状。

五，须设法证明墨翟是一只黑野鸡，或杨朱是澳洲人，[3]并且出一本"专号"。

六，须编《世界文学家辞典》一部，将自己和老婆儿子，悉数详细编入。

七，须取《史记》或《汉书》中文章一二篇，略改字句，用自己的名字出版，同时又编《世界史学家辞典》一部，办法同上。

八，须常常透露目空一切的口气。

九，须常常透露游欧或游美的消息。

十，倘有人作文攻击，可说明此人曾来投稿，不予登载，所以挟嫌报复。

☆ ★ ☆

1 本篇最初发表于一九三三年三月二十日上海《申报·自由谈》，署名孺牛。

2 胡适之（1891～1962）　即胡适，字适之，安徽绩溪人。早年留学美国，曾任北京大学教授。"五四"时期参加《新青年》编辑工作，提倡白话文学，在文化教育界名声较大。有些人提及他时便常称为"我的朋友胡适之"。

3 墨翟（前468～前376）　春秋战国之际鲁国人，曾为宋国大夫。墨家学派的创始人。杨朱，战国时魏国人。胡怀琛曾在《东方杂志》第二十五卷第八号、第十六号（一九二八年四月、八月）先后发表《墨翟为印度人辨》和《墨翟续辨》两文，据"墨"字义为黑、"翟"与"狄"同音，而断言墨翟为印度人。这里说"墨翟是一只黑野鸡"，"杨朱是澳洲人"，是对这类"考据学"的讽刺。（按"翟"字本义是一种长尾野鸡，"杨"与"洋"同音，故有此谐语。）

读几本书[1]

读死书会变成书呆子，甚至于成为书橱，早有人反对过了，时光不绝地进行，反读书的思潮也越加彻底，于是有人来反对读任何一本书。他的根据是叔本华的老话，说是倘读别人的著作，不过是在自己的脑里给作者跑马。[2]

这对于读死书的人们，确是一下当头棒，但为了与其探究，不如跳舞，或者空暴躁、瞎牢骚的天才起见，却也是一句值得绍介的金言。不过要明白：死抱住这句金言的天才，他的脑里却正被叔本华跑了一趟马，踏得一塌糊涂了。

现在是批评家在发牢骚，因为没有较好的作品；创作家也在发牢骚，因为没有正确的批评。张三说李四的作品是象征主义[3]，于是李四也自以为是象征主义，读者当然更以为是象征主义。然而怎样是象征主义呢？向来就没有弄分明，只好就用李四的作品为证。所以中国之所谓象征主义，和另国之所谓Symbolism是不一样的，虽然前者其实是后者的译语，然而听说梅特林[4]是象征派的作家，于是李四就成为中国的梅特林了。此外中国的法朗士[5]，中国的白璧德[6]，中国的吉尔波丁[7]，中国的高尔基[8]……还多得很。然而真的法朗士他们的作品的译本，在中国却少的很。莫非因为都有了"国货"的缘故吗？

在中国的文坛上，有几个国货文人的寿命也真太长；而洋货文人的可也真太短，姓名刚刚记熟，据说是已经过去了。易卜生[9]大有出全集之意，但至今不见第三本；柴霍甫[10]和莫泊桑[11]的选集，也似乎走了虎头蛇尾运。但在我们所深恶痛疾的日本，《吉诃德先生》和《一千零一夜》是有全译本的；莎士比亚、歌德……都有全集；托尔斯泰的有三种，托斯妥耶夫斯基的有两种。

读死书是害己，一开口就害人；但不读书也并不见得好。至少，譬如要批评托尔斯泰，则他的作品是必得看几本的。自然，现在是国难时期，哪有功夫译这些书，看这些书呢？但我所提议的是向着只在暴躁和牢骚的大人物，并非对于正在赴难或"卧薪尝胆"的英雄。因为这些人物，是即使不读书，也不过玩着，并不去赴难的。

五月十四日。

☆ ★ ☆

1 本篇最初发表于一九三四年五月十八日《申报·自由谈》。

2 上海《人言》周刊第一卷第十期（一九三四年四月二十一日）载有胡雁的《谈读书》一文，先引叔本华"脑子里给别人跑马"的话，然后说"看过一本书，是让人跑过一次马，看的书越多，脑子便变成跑马场，处处是别人的马的跑道，……我想，书大可不必读。"按叔本华在《读书和书籍》等文中，反对读书，认为"读书时，我们的脑已非自己的活动地。这是别人的思想的战场了"，主张"由自己思想得来真理"。

3 象征主义　十九世纪末叶在法国兴起的颓废主义文艺思潮中的一个流派。它认为现实世界是虚幻的、痛苦的，而"另一世界"是真的、美的。要求用晦涩难解的语言和形象刺激感官，产生恍惚迷离的神秘联想，形成某种"意象"，即所谓"象征"，借以暗示这种虚幻的"另一世界"。

4 **梅特林** (M.Maeterlinck，1862～1949)　通译梅特林克，比利时剧作家，象征主义戏剧的代表。主要作品有剧本《青鸟》等。

5 **法朗士** (A.france，1844～1924)　法国作家。主要作品有长篇小说《波纳尔之罪》《黛依丝》及《企鹅岛》等。

6 **白璧德** (I.Babbitt，1865～1933)　美国近代新人文主义运动的领导者之一。著有《新拉奥孔》《卢梭与浪漫主义》《民主和领导》等。

7 **吉尔波丁**　苏联文艺批评家。著有《俄国马克思列宁主义的思想先驱》等。

8 **高尔基** (1868～1936)　苏联无产阶级作家，主要作品有长篇小说《福玛·高尔捷耶夫》《母亲》和自传体三部曲《童年》《在人间》《我的大学》等。

9 **易卜生** (H.Ibsen，1828～1906)　挪威剧作家。主要作品有《玩偶之家》、《国民公敌》、《群鬼》等。当时上海商务印书馆曾出版潘家洵译的《易卜生集》，只出两册。

10 **柴霍甫** (1860～1904)　通译契诃夫，俄国作家。主要作品有《三姊妹》《樱桃园》等剧本和《变色龙》《套中人》等大量的短篇小说。当时开明书店曾出版赵景深译的《柴霍甫短篇杰作集》八册。

11 **莫泊桑** (1850～1893)　法国作家。主要作品有长篇小说《一生》《漂亮的朋友》以及短篇小说《羊脂球》等。当时商务印书馆曾出版李青崖译的《莫泊桑短篇小说集》三册。

305

病后杂谈[1]

一

生一点病，的确也是一种福气。不过这里有两个必要条件：一要病是小病，并非什么霍乱吐泻，黑死病，或脑膜炎之类；二要至少手头有一点现款，不至于躺一天，就饿一天。

这二者缺一，便是俗人，不足与言生病之雅趣的。

我曾经爱管闲事，知道过许多人，这些人物，都怀着一个大愿。大愿，原是每个人都有的，不过有些人却模模胡胡，自己抓不住，说不出。他们中最特别的有两位：一位是愿天下的人都死掉，只剩下他自己和一个好看的姑娘，还有一个卖大饼的；另一位是愿秋天薄暮，吐半口血，两个侍儿扶着，恹恹的到阶前去看秋海棠。这种志向，一看好像离奇，其实却照顾得很周到。第一位姑且不谈他罢，第二位的"吐半口血"，就有很大的道理。才子本来多病，但要"多"，就不能重，假使一吐就是一碗或几升，一个人的血，能有几回好吐呢？过不几天，就雅不下去了。

我一向很少生病，上月却生了一点点。开初是每晚发热，没有力，不想吃东西，一礼拜不肯好，只得看医生。医生说是流行性感冒。好罢，就是流行性感冒。但过了流行性感冒一定退热的时期，我的热却还不退。医生从他那大皮包里取出玻璃管来，要取我的血液，我知道他在疑心我生伤寒病了，自己也有些发愁。然而他第二天对我说，血里没有一粒伤寒菌；于是注意的听肺，平常；听心，上等。这似乎很使他为难。我说，也许是疲劳罢；他也不甚反对，只是沉吟着说，但是疲劳的发热，还应该低一点。……

好几回检查了全体，没有死症，不至于呜呼哀哉是明明白白的，不过是每晚发热，没有力，不想吃东西而已，这真无异于"吐半口血"，大可享生病之福了。因为既不必写遗嘱，又没有大痛苦，然而可以不看正经书，不管柴米账，玩他几天，名称又好听，叫作"养病"。从这一天起，我就自己觉得好像有点儿"雅"了；那一位愿吐半口血的才子，也就是那时躺着无事，忽然记了起来的。

307　　光是胡思乱想也不是事，不如看点不劳精神的书，要不然，也不成其为"养病"。像这样的时候，我赞成中国纸的线装书，这也就是有点儿"雅"起来了的证据。洋装书便于插架，便于保存，现在不但有洋装二十五六史，连《四部备要》也硬领而皮靴了，[2]——原是不为无见的。但看洋装书要年富力强，正襟危坐，有严肃的态度。假使你躺着看，那就好像两只手捧着一块大砖头，不多工夫，就两臂酸麻，只好叹一口气，将它放下。所以，我在叹气之后，就去寻线装书。

一寻，寻到了久不见面的《世说新语》[3]之类一大堆，躺着来看，轻飘飘的毫不费力了，魏晋人的豪放潇洒的风姿，也仿佛在眼前浮动。由此想到阮嗣宗[4]的听到步兵厨善于酿酒，就求为步兵校尉；陶渊明[5]的做了彭泽令，就教官田都种秫，以便做酒，因了太太的抗议，这才种了一点秫。这真是天趣盎然，决非现在的"站在云端里呐喊"[6]者们所能望其项背。但是，"雅"要想到适可而止，再想便不行。例如阮嗣宗可以求做步兵校尉，陶渊明补了彭泽令，他们的地位，就不是一个平常人，要"雅"，也还是要地位。"采菊东篱下，悠然见南山"是渊明的好句，但我们在上海学起来可就难了。没有南山，我们还可以改作"悠然见洋房"或"悠然见烟囱"的，然而要租一所院子里有点竹篱，可以种菊的房子，租钱就每月总得一百两，水电在外；巡捕捐按房租百分之十四，每月十四两。单是这两项，每月就是一百十四两，每两作一元四角算，等于一百五十九元六。近来的文稿又不值钱，每千字最低的只有四五角，因为是学陶渊明的雅人的稿子，现在算他每千字三大元罢，但标点，洋文，空白除外。那么，单单为了采菊，他就得每月译作净五万三千二百字。吃饭呢？要另外想法子生发，否则，他只好"饥来驱我去，不知竟何之"了。

"雅"要地位，也要钱，古今并不两样的，但古代的买雅，自然比现在便宜；办法也并不两样，书要摆在书架上，或者抛几本在地板上，酒杯要摆在桌子上，但算盘却要收在抽屉里，或者最好是在肚子里。

此之谓"空灵"。

二

为了"雅"，本来不想说这些话的。后来一想，这于"雅"并无伤，不过是在证明我自己的"俗"。王夷甫[7]口不言钱，还是一个不干不净人物，雅人打算盘，当然也无损其为雅人。不过他应该有时收起算盘，或者最妙是暂时忘却算盘，那么，那时的一言一笑，就都是灵机天成的一言一笑，如果念念不忘世间的利害，那可就成为"杭育杭育派"[8]了。这关键，只在一者能够忽而放开，一者却是永远执着，因此也就大有了雅俗和高下之分。我想，这和时而"敦伦"[9]者不失为圣贤，连白天也在想女人的就要被称为"登徒子"[10]的道理，大概是一样的。

所以我恐怕只好自己承认"俗"，因为随手翻了一通《世说新语》，看过"娓隅跃清池"[11]的时候，千不该万不该竟从"养病"想到"养病费"上去了，于是一骨碌爬起来，写信讨版税，催稿费。写完之后，觉得和魏晋人有点隔膜，自己想，假使此刻有阮嗣宗或陶渊明在面前出现，我们也一定谈不来的。于是另换了几本书，大抵是明末清初的野史，时代较近，看起来也许较有趣味。第一本拿在手里的是《蜀碧》[12]。

这是蜀宾[13]从成都带来送我的，还有一部《蜀龟鉴》[14]，都是讲张献忠[15]祸蜀的书，其实是不但四川人，而是凡有中国人都该翻一下的著作，可惜刻的太坏，错字颇不少。翻了一遍，在卷三里看见了这样的一条——

"又，剥皮者，从头至尻，一缕裂之，张于前，如鸟展翅，率逾日始绝。有即毙者，行刑之人坐死。"

也还是为了自己生病的缘故罢，这时就想到了人体解剖。医术和虐刑，是都要生理学和解剖学智识的。中国却怪得很，固有的医书上的人身五脏图，真是草率错误到见不得人，但虐刑的方法，则往往好像古人早懂得了现代的科学。例如罢，谁都知道从周到汉，有一种施于男子的"宫刑"，也叫"腐刑"，次于"大辟"一等。对于女性就叫"幽闭"，向来不大有人提起那方法，但总之，是决非将她关起来，或者将它缝起来。近时好像被我查

309

出一点大概来了，那办法的凶恶，妥当，而又合乎解剖学，真使我不得不吃惊。但妇科的医书呢？几乎都不明白女性下半身的解剖学的构造，他们只将肚子看作一个大口袋，里面装着莫名其妙的东西。

单说剥皮法，中国就有种种。上面所抄的是张献忠式；还有孙可望[16]式，见于屈大均的《安龙逸史》[17]，也是这回在病中翻到的。其时是永历六年，即清顺治九年，永历帝已经躲在安隆（那时改为安龙），秦王孙可望杀了陈邦传父子，御史李如月就弹劾他"擅杀勋将，无人臣礼"，皇帝反打了如月四十板。可是事情还不能完，又给孙党张应科知道了，就去报告了孙可望。

"可望得应科报，即令应科杀如月，剥皮示众。俄缚如月至朝门，有负石灰一筐，稻草一捆，置于其前。如月问，'如何用此？'其人曰，'是揎你的草！'如月叱曰，'瞎奴！此株株是文章，节节是忠肠也！'既而应科立右角门阶，捧可望令旨，喝如月跪。如月叱曰，'我是朝廷命官，岂跪贼令！？'乃步至中门，向阙再拜。……应科促令仆地，剖脊，及臀，如月大呼曰：'死得快活，浑身清凉！'又呼可望名，大骂不绝。及断至手足，转前胸，犹微声恨骂；至颈绝而死。随以灰渍之，纫以线，后乃入草，移北城门通衢阁上，悬之。……"

张献忠的自然是"流贼"式；孙可望虽然也是流贼出身，但这时已是保明拒清的柱石，封为秦王，后来降了满洲，还是封为义王，所以他所用的其实是官式。明初，永乐皇帝剥那忠于建文帝的景清[18]的皮，也就是用这方法的。大明一朝，以剥皮始，以剥皮终，可谓始终不变；至今在绍兴戏文里和乡下人的嘴上，还偶然可以听到"剥皮揎草"的话，那皇泽之长也就可想而知了。

真也无怪有些慈悲心肠人不愿意看野史，听故事；有些事情，真也不像人世，要令人毛骨悚然，心里受伤，永不全愈的。残酷的事实尽有，最好莫如不闻，这才可以保全性灵，也是"是以君子远庖厨也"[19]的意思。比灭亡略早的晚明名家的潇洒小品在现在的盛行，实在也不能说是无缘无故。不过这一种心地晶莹的雅致，又必须有一种好境遇，李如月仆地"剖脊"，脸孔向下，原是一个看书的好姿势[20]，但如果这时给他看袁中郎的《广庄》[21]，我想他是一定不要看的。这时他的性灵有些儿不对，不懂得真文艺了。

然而，中国的士大夫是到底有点雅气的，例如李如月说的"株株是文章，节节是忠肠"，就很富于诗趣。临死做诗的，古今来也不知道有多少。直到近代，谭嗣同[22]在临刑之前就做一绝"闭门投辖思张俭"，秋瑾[23]女士也有一句"秋雨秋风愁杀人"，然而还雅得不够格，所以各种诗选里都不载，也不能卖钱。

三

清朝有灭族，有凌迟，却没有剥皮之刑，这是汉人应该惭愧的，但后来脍炙人口的虐政是文字狱。虽说文字狱，其实还含着许多复杂的原因，在这里不能细说；我们现在还直接受到流毒的，是他删改了许多古人的著作的字句，禁了许多明清人的书。

《安龙逸史》大约也是一种禁书，我所得的是吴兴刘氏嘉业堂[24]的新刻本。他刻的前清禁书还不止这一种，屈大均的又有《翁山文外》；还有蔡显的《闲渔闲闲录》[25]，是作者因此"斩立决"，还累及门生的，但我细看了一遍，却又寻不出什么忌讳。对于这种刻书家，我是很感激的，因为他传授给我许多知

311

识——虽然从雅人看来，只是些庸俗不堪的知识。但是到嘉业堂去买书，可真难。我还记得，今年春天的一个下午，好容易在爱文义路找着了，两扇大铁门，叩了几下，门上开了一个小方洞，里面有中国门房，中国巡捕，白俄镖师各一位。巡捕问我来干什么的。我说买书。他说账房出去了，没有人管，明天再来罢。我告诉他我住得远，可能给我等一会呢？他说，不成！同时也堵住了那个小方洞。过了两天，我又去了，改作上午，以为此时账房也许不至于出去。但这回所得回答却更其绝望，巡捕曰："书都没有了！卖完了！不卖了！"

我就没有第三次再去买，因为实在回复的斩钉截铁。现在所有的几种，是托朋友去辗转买来的，好像必须是熟人或走熟的书店，这才买得到。

每种书的末尾，都有嘉业堂主人刘承干先生的跋文，他对于明季的遗老很有同情，对于清初的文祸也颇不满。但奇怪的是他自己的文章却满是前清遗老的口风；书是民国刻的，"儀"字还缺着末笔[26]。我想，试看明朝遗老的著作，反抗清朝的主旨，是在异族的入主中夏的，改换朝代，倒还在其次。所以要顶礼明末的遗民，必须接受他的民族思想，这才可以心心相印。现在以明遗老之仇的满清的遗老自居，却又引明遗老为同调，只着重在"遗老"两个字，而毫不问遗于何族，遗在何时，这真可以说是"为遗老而遗老"，和现在文坛上的"为艺术而艺术"，成为一副绝好的对子了。

倘以为这是因为"食古不化"的缘故，那可也并不然。中国的士大夫，该化的时候，就未必决不化。就如上面说过的《蜀龟鉴》，原是一部笔法都仿《春秋》的书，但写到"圣祖仁皇帝康熙元年春正月", 就有"赞"道: "……明季之乱甚矣! 风终幽, 雅终《召旻》,[27]托乱极思治之隐忧而无其实事, 孰若臣祖亲见之, 臣身亲被之乎? 是编以元年正月终者, 非徒谓体元表正[28], 蔑以加兹; 生逢盛世, 荡荡难名, 一以寄没世不忘之恩, 一以见太平之业所由始耳!"

《春秋》上是没有这种笔法的。满洲的肃王的一箭, 不但射死了张献忠[29], 也感化了许多读书人, 而且改变了"春秋笔法"[30]了。

四

病中来看这些书, 归根结蒂, 也还是令人气闷。但又开始知道了有些聪明的士大夫, 依然会从血泊里寻出闲适来。例如《蜀碧》, 总可以说是够惨的书了, 然而序文后面却刻着一位乐斋先生的批语道: "古穆有魏晋间人笔意。"

这真是天大的本领! 那死似的镇静, 又将我的气闷打破了。

我放下书, 合了眼睛, 躺着想想学这本领的方法, 以为这和"君子远庖厨也"的法子是大两样的, 因为这时是君子自己也亲到了庖厨里。瞑想的结果, 拟定了两手太极拳。一, 是对于世事要"浮光掠影", 随时忘却, 不甚了然, 仿佛有些关心, 却又并不恳切; 二, 是对于现实要"蔽聪塞明", 麻木冷静, 不受感触, 先由努力, 后成自然。第一种的名称不大好听, 第二种却也是却病延年的要诀, 连古之儒者也并不讳言的。这都是大道。还有一种轻捷的小道, 是: 彼此说谎, 自欺欺人。

有些事情, 换一句话说就不大合式, 所以君子憎恶俗人的"道破"。其实, "君子远庖厨也"就是自欺欺人的办法: 君子非吃牛肉不可, 然而他慈悲, 不忍见牛的临死的觳觫, 于是走

313

开，等到烧成牛排，然后慢慢的来咀嚼。牛排是决不会"觳觫"的了，也就和慈悲不再有冲突，于是他心安理得，天趣盎然，剔剔牙齿，摸摸肚子，"万物皆备于我矣"[31]了。彼此说谎也决不是伤雅的事情，东坡先生在黄州，有客来，就要客谈鬼，客说没有，东坡道："姑妄言之！"[32]至今还算是一件韵事。

撒一点小谎，可以解无聊，也可以消闷气；到后来，忘却了真，相信了谎。也就心安理得，天趣盎然了起来。永乐的硬做皇帝，一部分士大夫是颇以为不大好的。尤其是对于他的惨杀建文的忠臣。和景清一同被杀的还有铁铉[33]，景清剥皮，铁铉油炸，他的两个女儿则发付了教坊，叫她们做婊子。这更使士大夫不舒服，但有人说，后来二女献诗于原问官，被永乐所知，赦出，嫁给士人了。[34]

这真是"曲终奏雅"[35]，令人如释重负，觉得天皇毕竟圣明，好人也终于得救。她虽然做过官妓，然而究竟是一位能诗的才女，她父亲又是大忠臣，为夫的士人，当然也不算辱没。但是，必须"浮光掠影"到这里为止，想不得下去。一想，就要想到永乐的上谕[36]，有些是凶残猥亵，将张献忠祭梓潼神的"咱老子姓张，你也姓张，咱老子和你联了宗罢。尚飨！"的名文[37]，和他的比起来，真是高华典雅，配登西洋的上等杂志，那就会觉得永乐皇帝决不像一位爱才怜弱的明君。况且那时的教坊是怎样的处所？罪人的妻女在那里是并非静候嫖客的，据永乐定法，还要她们"转营"，这就是每座兵营里都去几天，目的是在使她们为多数男性所凌辱，生出"小龟子"和"淫贱材儿"来！所以，现在成了问题的"守节"，在那时，其实是只准"良民"专利的特典。在这样的治下，这样的地狱里，做一首诗就能超生的么？

我这回从杭世骏的《订讹类编》³⁸（续补卷上）里，这才确切的知道了这佳话的欺骗。他说：

"……考铁长女诗，乃吴人范昌期《题老妓卷》作也。诗云：'教坊落籍洗铅华，一片春心对落花。旧曲听来空有恨，故园归去却无家。云鬟半馨临青镜，雨泪频弹湿绛纱。安得江州司马在，尊前重为赋琵琶。'昌期，字鸣凤；诗见张士瀹《国朝文纂》。同时杜琼用嘉亦有次韵诗，题曰《无题》，则其非铁氏作明矣。次女诗所谓'春来雨露深如海，嫁得刘郎胜阮郎'，其论尤为不伦。宗正睦木挈论革除事，谓建文流落西南诸诗，皆好事伪作，则铁女之诗可知。……"

《国朝文纂》³⁹我没有见过，铁氏次女的诗，杭世骏也并未寻出根底，但我以为他的话是可信的，——虽然他败坏了口口相传的韵事。况且一则他也是一个认真的考证学者，二则我觉得凡是得到大杀风景的结果的考证，往往比表面说得好听，玩得有趣的东西近真。

首先将范昌期的诗嫁给铁氏长女，聊以自欺欺人的是谁呢？我也不知道。但"浮光掠影"的一看，倒也罢了，一经杭世骏道破，再去看时，就很明白的知道了确是咏老妓之作，那第一句就不像现任官妓的口吻。不过中国的有一些士大夫，总爱无中生有，移花接木的造出故事来，他们不但歌颂升平，还粉饰黑暗。关于铁氏二女的撒谎，尚其小焉者耳，大至胡元杀掠，满清焚屠之际，也还会有人单单捧出什么烈女绝命，难妇题壁的诗词来，这个艳传，那个步韵，比对于华屋丘墟，生民涂炭之惨的大事情还起劲。到底是刻了一本集，连自己们都附进去，而韵事也就完结了。

我在写着这些的时候，病是要算已经好了的了，用不着写遗书。但我想在这里趁便拜托我的相识的朋友，将来我死掉之后，即使在中国还有追悼的可能，也千万不要给我开追悼会或者出什么记念册。因为这不过是活人的讲演或挽联的斗法场，为了造语惊人，对仗工稳起见，有些文豪们是简直不恤于胡说八道的。结果至多也不过印成一本书，即使有谁看了，于我死人，于读者活人，都无益处，就是对于作者，其实也并无益处，挽联做得好，也不过挽联做得好而已。

现在的意见，我以为倘有购买那些纸墨白布的闲钱，还不如选几部明人，清人或今人的野史或笔记来印印，倒是于大家很有益处的。但是要认真，用点工夫，标点不要错。

十二月十一日。

☆ ★ ☆

1 本篇第一节最初发表于一九三五年二月《文学》月刊第四卷第二号，其他三节都被国民党检查官删去。

2 上海开明书店出版的《二十五史》（即原来的《二十四史》加上《新元史》），共精装九大册；上海书报合作社出版的《二十六史》（上述的《二十五史》加上《清史稿》），共精装二十大册。又上海中华书局印行的《四部备要》（经、史、子、集四部古籍三三六种）原订二千五百册，也有精装本，合订一百册。

3 《世说新语》 南朝宋刘义庆撰，共三卷。内容是记述东汉至东晋间一般文士名流的言谈、风貌、轶事等。

4 阮嗣宗（210～263） 名籍，字嗣宗，陈留尉氏（今属河南）人，三国魏诗人，曾为从事中郎。《晋书·阮籍传》载："籍闻步兵厨营人善酿，有贮酒三百斛，乃求为步兵校尉。"《三国志·魏书·阮籍传》注引《魏氏春秋》："（籍）闻步兵校尉缺，厨多美酒，营人善酿酒，求为校尉。"《世说新语·任诞》也有类此记载。

5 陶渊明（约372～427） 一名潜，字元亮，浔阳柴桑（今江西九江）人，晋代诗人。《晋书·陶潜传》载："陶潜……为彭泽令。在县公田悉令种秫谷，曰：'令吾常醉于酒足矣。'妻子固请种秔，乃使一顷五十亩种秫，五十亩种秔。"按《宋书·隐逸传》及《南史·隐逸传》，"一顷五十亩"均作"二顷五十亩"。下文提到的"采菊东篱下""饥来驱我去"等诗句，分别见于陶潜的《饮酒》、《乞食》两诗。

6 **"站在云端里呐喊"** 这原是林语堂说的话，他在《人间世》半月刊第十三期（一九三四年十月五日）《怎样洗炼白话入文》一文中说："今日既无人能用一二十字说明大众语是何物，又无人能写一二百字模范大众语，给我们见识见识，只管在云端呐喊，宜乎其为大众之谜也"。

7 **王夷甫**（256～311） 名衍，晋代琅琊临沂（今属山东）人。《晋书·王戎传》："衍疾郭（按即王衍妻郭氏）之贪鄙，故口未尝言钱。郭欲试之，令婢以钱绕床，使不得行。衍晨起见钱，谓婢曰：'举阿堵物却！'"又说："衍虽居宰辅之重，不以经国为念，而思自全之计。说东海王越曰：'中国已乱，当赖方伯，宜得文武兼资以任之。'乃以弟澄为荆州，族弟敦为青州。因谓澄、敦曰：'荆州有江、汉之固，青州有负海之险，卿二人在外，而吾留此，足以为三窟矣。'识者鄙之。……衍以太尉为太傅军司。及越薨，众共推为元帅。……俄而举军为石勒所破，勒呼王公，与之相见……衍自说少不豫事，欲求自免，因劝勒称尊号。勒怒曰：'君名盖四海，身居重任，少壮登朝，至于白首，何得言不豫世事邪！破坏天下，正是君罪。'……使人夜排墙填杀之。"

8 **"杭育杭育派"** 意指大众文学。这里是针对林语堂而发的。林语堂在一九三四年四月二十八、三十日及五月三日《申报·自由谈》所载《方巾气研究》一文中说："在批评方面，近来新旧卫道派颇一致，方巾气越来越重。凡非哼哼唧唧文学，或杭育杭育文学，皆在鄙视之列。"又说："《人间世》出版，动起杭育杭育派的方巾气，七手八脚，乱吹乱撞，却丝毫没有打动了《人间世》"。

9 **"敦伦"** 意即性交。清代袁枚在《答杨笠湖书》中说："李刚主自负不欺之学，日记云：昨夜与老妻'敦伦'一次。至今传为笑谈。"按李塨（1659～1733）字刚主，清代经学家。

10 **"登徒子"** 宋玉曾作有《登徒子好色赋》，后来就称好色的人为登徒子。按宋玉文中所说的登徒子，是楚国的一个大夫，姓登徒。

11 **"娵隅跃清池"** 《世说新语·排调》载："郝隆为桓公南蛮参军，三月三日会，作诗，不能者罚酒三升。隆初以不能受罚，既饮，揽笔便作一句云："娵隅跃清

317

池。"桓问："娵隅是何物？"答曰："蛮名鱼为娵隅。"桓公曰："作诗何以作蛮语？"隆曰："千里投公，始得蛮府参军，那得不作蛮语也！"

12 《蜀碧》 清代彭遵泗著，共四卷。内容是记述张献忠在四川时的事迹，书前有作者在康熙二十一年（1682）作的自序，说明全书是他根据幼年所闻张献忠遗事及杂采他人的记载而成。

13 蜀宾 许钦文的笔名。据一九三四年十二月一日《鲁迅日记》："晚钦文来，并赠《蜀碧》一部二本。"

14 《蜀龟鉴》 清代刘景伯著，共八卷。内容杂录明季遗闻，与《蜀碧》大致相似。

15 张献忠（1606～1646） 延安柳树涧（今陕西定边东）人，明末农民起义领袖。崇祯三年（1630）起义，转战陕西、河南等地。崇祯十七年（1644）入川，在成都建立大西国。清顺治三年（1646）出川途中，在川北盐亭界为清兵所害。旧史书中常有关于他杀人的夸大记载。

16 孙可望（？～1660） 陕西米脂人，张献忠的养子及部将。张败死后，他率部从四川转往贵州、云南。永历五年（1651）他向南明永历帝求封为秦王，后遣兵送永历帝到贵州安隆所（改名为安龙府），自己则驻在贵阳，定朝仪，设官制；最后投降清朝。

17 屈大均（1630～1696） 字翁山，广东番禺人，明末文学家，清兵入广州前后曾参加抗清活动，失败后一度削发为僧。著有《翁山文外》、《翁山诗外》、《广东新语》等。《安龙逸史》，清朝禁毁书籍之一，作者署名沧洲渔隐（据《禁书总目》，又一本署名溪上樵隐），被列入"军机处奉准全毁书"中。一九一六年吴兴刘氏嘉业堂刻本《安龙逸史》，分上下二卷，题屈大均撰；但内容与《残明纪事》（不署作者，也是军机处奉准全毁书之一）相同，字句小异。

18 景清 真宁（今甘肃正宁）人，建文帝（朱允炆）时官御史大夫。据《明史·景清传》载，成祖（朱棣）登位，他佯为归顺，后以谋刺成祖，磔死。他被剥皮事，见谷应泰《明史纪事本末·壬午殉难》："八月望日早朝，清绯衣入。……朝毕，出御门，清奋跃而前，将犯驾。文皇急命左右收之，得所佩剑。清知志不得遂，乃起植立嫚骂。抉其齿，且抉且骂，含血直噀御袍。乃命剥其皮，草楑之，械系长安门。"

19 "是以君子远庖厨也" 语见《孟子·梁惠王》。

20 看书的好姿势 《论语》第二十八期（一九三三年十一月一日）载有黄嘉音作的一组画，题为《介绍几个读论语的好姿势》，共六图，其中之一为"游蛟伏地式"，画

318

的是一人伏在地上看书。作者在这里顺笔给以讽刺。

21 袁中郎（1858～1610） 名宏道，字中郎，湖广公安（今属湖北）人，明代文学家。他与兄宗道，弟中道，反对文学上的拟古主义，主张"独抒性灵，不拘格套"，世称"公安派"。当时林语堂、周作人等提倡"公安派"文章，借明人小品以宣扬所谓"闲适"、"性灵"。《广庄》是袁中郎仿《庄子》文体谈道家思想的作品，并七篇，后收入《袁中郎全集》。

22 谭嗣同（1865～1898） 字复生，湖南浏阳人，清末维新运动的重要人物，戊戌政变中牺牲的"六君子"之一。"闭门投辖思张俭"，原作"望门投止思张俭"，是他被害前所作七绝《狱中题壁》的第一句。张俭，后汉山阳高平（今山东邹县）人，灵帝时官东部督邮。《后汉书·党锢列传》载：他的仇家"上书告俭与同郡二十四人为党，于是刊章讨捕。俭得亡命，困迫遁走，望门投止，莫不重其名行，破家相容。"（"闭门投辖"是汉代陈遵好客的故事，见《汉书游侠列传》。）

23 秋瑾（1879？～1907） 字璇卿，号竞雄，别署鉴湖女侠，浙江绍兴人，反清革命团体光复会主要人物之一。一九〇七年七月，她因筹划起义事泄，被清政府逮捕，十五日（夏历六月初六）被害于绍兴城内轩亭口。陈去病在《鉴湖女侠秋瑾传》中叙述秋瑾受审时的情形说："有见之者，谓初终无所供，惟于刑庭书'秋雨秋风愁杀人'句而已。"

24 吴兴刘氏嘉业堂 我国著名的私人藏书楼，在浙江吴兴南浔镇，藏书达六十万卷，并自行雕版印书，刻有《嘉业堂丛书》、《求恕斋丛书》等。创办人刘承干（1882～1963），字贞一，号翰怡，浙江吴兴人。

25 蔡显（约1697～1767） 字笠夫，江苏华亭（今上海松江）人。《清代文字狱档》第二辑收有"蔡显《闲渔闲闲录》"案，此案发生于乾隆三十二年（1767），据当时的奏折称：蔡显系雍正时举人，年七十一岁，自号闲渔；所著《闲闲录》一书，语含诽谤，意多悖逆。后来的结果是蔡显被"斩决"，他的儿子"斩监候秋后处决"，门人等分别"杖流"及"发伊犁等处充当苦差"。《闲渔闲闲录》，九卷，是一部杂录朝典、时事、诗句的杂记，刘氏嘉业堂刻本于一九一五年印行。

26 缺着末笔 从唐代开始的一种避讳方法，即在书写或镂刻本朝皇帝或尊长的名字时省略最末一笔。刘承干对"仪"字缺末笔，是避清废帝溥仪的讳。

27 风终《幽》，雅终《召旻》 《诗经》计分"国风"、"小雅"、"大雅"、"颂"四类。《豳》列于"国风"的最后，共七篇。据《诗序》称：这些都是关于周公"遭变

319

故"、"救乱"、"东征"的诗。《召旻》是"大雅"的最后一篇,据《诗序》称:
"《召旻》,凡伯(周大夫)刺幽王大坏也。"

28 **体元表正** "体元",见《春秋》隐公元年:"元年,春,王正月。"晋代杜预注:"凡人君即位,欲其体元以居正,故不言一年一月也。"据唐代孔颖达疏:"元正实是始长之义,但因名以广之。元者:气之本也,善之长也;人君执大本,长庶物,欲其与元同体,故年称元年。""表正",见《书经·仲虺之诰》:"表正万邦。"汉代孔安国注:"仪表天下,法正万国。"

29 关于张献忠之死,史书上的说法不一。据《明史·张献忠传》载:清顺治三年(1646)清肃亲王豪格进兵四川,"献忠尽焚成都官殿庐舍,夷其城,率众出川北,……会我大清兵至汉中,……至盐亭界,大雾。献忠晓行,猝遇我兵于凤凰坡,中矢坠马,蒲伏积薪下。于是我兵擒献忠出,斩之。"但《明史纪事本末·张献忠之乱》说他是"以病死于蜀中"。

30 **"春秋笔法"** 《春秋》是春秋时期鲁国的编年史,相传为孔丘所修。过去的经学家认为它每用一字,都隐含"褒""贬"的"微言大义",称为"春秋笔法"。

31 **"万物皆备于我矣"** 孟轲的话。语见《孟子·尽心》。

32 **东坡** 苏轼(1037~1101),字子瞻,号东坡居士,眉山(今属四川)人,宋代文学家。神宗初年曾因反对王安石新法,被贬黄州。他要客谈鬼的事,见宋代叶梦得《石林避暑录话》卷一:"子瞻在黄州及岭表,每旦起,不招客相与语,则必出而访客。所与游者亦不尽择,各随其人高下,谈谐放荡,不复为畛畦。有不能谈者,则强之使说鬼,或辞无有,则曰'姑妄言之',于是闻者无不绝倒,皆尽欢而去。"

33 **铁铉(1366~1402)** 字鼎石,河南邓州(今邓县)人。明建文帝时任山东参政,燕王朱棣(即后来的永乐帝)起兵夺位,他在济南屡破燕王兵,升兵部尚书。燕王登位后被处死。据谷应泰《明史纪事本末·壬午殉难》载:"铁铉被执至京陛见,背立庭中,正言不屈,令一顾不可得。割其耳鼻,竟不肯顾……遂寸磔之,至死,犹喃喃骂不绝。文皇(永乐)乃令舁大镬至,纳油数斛,熬之,投铉尸,顷刻成煤炭。"

34 关于铁铉两个女儿入教坊的事,据明代王鏊的《震泽纪闻》载:"铉有二女,入教坊数月,终不受辱。有铉同官至,二女为诗以献。文皇曰:'彼终不屈乎?'乃赦出之,皆适士人。"**教坊**,唐代开始设立的掌管教练女乐的机构。后来封建统治者常把罪犯的妻女罚入教坊,实际上是一种官妓。

35 **"曲终奏雅"** 语见《汉书·司马相如传》:"扬雄以为靡丽之赋劝百而讽一,

犹骋郑卫之声，曲终而奏雅，不已戏乎？"

36 **永乐的上谕**　鲁迅在《病后杂谈之余》第一节中提到："我常说明朝永乐皇帝的凶残，远在张献忠之上，是受了宋端仪的《立斋闲录》的影响的。那时我还是满洲治下的一个拖着辫子的十四五岁的少年，但已经看过记载张献忠怎样屠杀蜀人的《蜀碧》，痛恨着这"流贼"的凶残。后来又偶然在破书堆里发见了一本不全的《立斋闲录》，还是明抄本，我就在那书上看见了永乐的上谕，于是我的憎恨就移到永乐身上去了。

37 张献忠祭梓潼神文见于《蜀碧》卷三和《蜀龟鉴》卷三，原文如下："咱老子姓张，你也姓张，为甚吓咱老子？咱与你联了宗罢。尚享。"（两书中个别字稍有不同）梓潼神，据《明史·礼志四》，梓潼帝君姓张名亚子，晋时人。

38 **杭世骏**（1696～1773）　字大宗，浙江仁和（今余杭）人，清代考据家。乾隆时官御史。著有《订讹类编》、《道古堂诗文集》等。《**订讹类编**》，六卷，又《续补》二卷，是一部考订古籍真伪异同的书。下面的引文是杭世骏照录钱谦益《列朝诗集》闰集卷四中的话。据《列朝诗集》："其论"作"其语"，"好事"作"好事者"。

39 《**国朝文纂**》　明代诗文的汇编。据《明史·艺文志》"集类"三"总集类"载："王栋《国朝文纂》四十卷"，又"张士瀹《明文纂》五十卷"。

321

论俗人应避雅人[1]

这是看了些杂志，偶然想到的——

浊世少见"雅人"，少有"韵事"。但是，没有浊到彻底的时候，雅人却也并非全没有，不过因为"伤雅"的人们多，也累得他们"雅"不彻底了。

道学先生是躬行"仁恕"的，但遇见不仁不恕的人们，他就也不能仁恕。所以朱子是大贤，而做官的时候，不能不给无告的官妓吃板子[2]。新月社的作家们是最憎恶骂人的，但遇见骂人的人，就害得他们不能不骂[3]。林语堂先生是佩服"费厄泼赖"的[4]，但在杭州赏菊，遇见"口里含一枝苏俄香烟，手里夹一本什么斯基的译本"的青年，他就不能不"假作无精打彩，愁眉不展，忧国忧家"（详见《论语》五十五期）的样子[5]，面目全非了。

优良的人物，有时候是要靠别种人来比较，衬托的，例如上等与下等，好与坏，雅与俗，小器与大度之类。没有别人，即无以显出这一面之优，所谓"相反而实相成"[6]者，就是这。但又须别人凑趣，至少是知趣，即使不能帮闲，也至少不可说破，逼得好人们再也好不下去。例如曹孟德是"尚通侻"[7]的，但祢正平天天上门来骂他，他也只好生起气来，送给黄祖去"借刀杀人"了。[8]祢正平真是"咎由自取"。

所谓"雅人"，原不是一天雅到晚的，即使睡的是珠罗帐，吃的是香稻米，但那根本的睡觉和吃饭，和俗人究竟也没有什么大不同；就是肚子里盘算些挣钱固位之法，自然也不能绝无其事。但他的出众之处，是在有时又忽然能够"雅"。倘使揭穿了这谜底，便是所谓"杀风景"，也就是俗人，而且带累了雅人，使他雅不下去，"未能免俗"了。若无此辈，何至于此呢？所以错处总归在俗人这方面。

譬如罢，有两位知县在这里，他们自然都是整天的办公事，审案子的，但如果其中之一，能够偶然的去看梅花，那就要算是一位雅官，应该加以恭维，天地之间这才会有雅人，会有韵事。如果你不恭维，还可以；一皱眉，就俗；敢开玩笑，那就把好事情都搅坏了。然而世间也偏有狂夫俗子；记得在一部中国的什么古"幽默"书里[9]，有一首"轻薄子"咏知县老爷公余探梅的七绝——

红帽哼兮黑帽呵，风流太守看梅花。

梅花低首开言道：小底梅花接老爷。

这真是恶作剧，将韵事闹得一塌胡涂。而且他替梅花所说的话，也不合式，它这时应该一声不响的，一说，就"伤雅"，会累得"老爷"不便再雅，只好立刻还俗，赏吃板子，至少是给一种什么罪案的。为什么呢？就因为你俗，再不能以雅道相处了。

小心谨慎的人，偶然遇见仁人君子或雅人学者时，倘不会帮闲凑趣，就须远远避开，愈远愈妙。假如不然，即不免要碰着和他们口头大不相同的脸孔和手段。晦气的时候，还会弄到卢布学

323

说[10]的老套，大吃其亏。只给你"口里含一枝苏俄香烟，手里夹一本什么斯基的译本"，倒还不打紧，——然而险矣。

大家都知道"贤者避世"[11]，我以为现在的俗人却要避雅，这也是一种"明哲保身"。

十二月二十六日。

☆ ★ ☆

1 本篇最初发表于一九三五年三月二十日《太白》半月刊第二卷第一期，署名且。

2 朱子 即朱熹。他给官妓吃板子一事，见宋代周密《齐东野语》卷二十："天台营妓严蕊……色艺冠一时……唐与正守台日，酒边尝命赋红白桃花……与正赏之双缣……其后朱晦庵（按即朱熹）以使节行部至台，欲摭与正之罪，遂指其尝与蕊为滥，系狱月余，蕊虽备受笞楚，而一语不及唐，然犹不免受杖，移籍绍兴，且复就越置狱鞫之，久不得其情……于是再痛杖之，仍系于狱。两月之间，一再受杖，委顿几死。"

3 指梁实秋等对作者的谩骂攻击。梁实秋在发表于《新月》第二卷第八号（一九二九年十月）的（"不满于现状"，便怎样呢？》一文中说："有一种人，只是一味的'不满于现状'，今天说这里有毛病，明天说那里有毛病，有数不清的毛病，于是也有无穷尽的杂感，等到有些个人开了药方，他格外的不满：这一副药太冷，那一副药太热，这一副药太猛，那～副药太慢。把所有的药方都褒贬得一文不值，都挖苦得不留余地，好像惟恐一旦现状令他满意起来，他就没有杂感可作的样子。"又说："'不满于现状'，便怎样呢？我们要的是积极的一个诊断，使得现状渐趋（或突变）于良善。现状如此之令人不满，有心的人恐怕不忍得再专事嘲骂只图一时口快笔快了罢？"

4 林语堂（1895～1976） 福建龙溪人，作家。早年留学美国德国，回国后任北京大学等校教授，三十年代在上海主编《论语》、《人间世》、《宇宙风》等杂志，提倡所谓性灵幽默文学。"费厄泼赖"，英语Fairplay的音译，意译为公正的比赛，原为体育比赛和其他竞技所用的术语，意思是光明正大的比赛，不要用不正当的手段。英国资产阶级曾有人提倡将这种精神用于社会生活和党派斗争。一九二五年十二月林语堂在《语丝》第五十七期发表《插论语丝的文体～～稳健、骂人、及费厄泼赖》一文，提倡所谓"费厄泼赖"精神。

5 林语堂在《论语》第五十五期（一九三四年十二月十六日）《游杭再记》中说："见有二青年，口里含一支苏俄香烟，手里夹一本什么斯基的译本，于是防他们看见我

324

'有闲'赏菊,又加一亡国罪状,乃假作无精打采,愁眉不展,忧国忧家似的只是走错路而并非在赏菊的样子走出来。"

6 **"相反而实相成"** 语出《汉书·艺文志》:"其言虽殊,譬犹水火,相灭亦相生也;仁之与义,敬之与和,相反而皆相成也。"

7 **曹孟德**(155~220) 曹操,字孟德,沛国谯县(今安徽亳县)人。东汉末官至丞相,封魏王,子曹丕称帝后追尊为武帝。他处世待人,一般比较放达,不拘小节。通侻,即此意。

8 **祢正平**(173~198) 即祢衡,字正平,平原般(今山东临邑)人,汉末文学家。据《后汉书·祢衡传》,祢衡屡次辱骂曹操,曹操想杀他而有所顾忌,就将他遣送与荆州刺史刘表;后因侮慢刘表又被送与江夏太守黄祖,终于为黄祖所杀。

9 **古"幽默"书** 清代倪鸿的《桐阴清话》卷一载有这首诗,其中"低首"作"忽地"。

10 **卢布学说** 指反动派诬蔑进步文化工作者受苏俄收买,接受卢布津贴的谣言。

11 **"贤者避世"** 孔丘的话,见《论语·宪问》。据朱熹《集注》,"避世"是"天下无道而隐"的意思。

325

半夏小集[1]

一

A：你们大家来品评一下罢，B竟蛮不讲理的把我的大衫剥去了！

B：因为A还是不穿大衫好看。我剥它掉，是提拔他；要不然，我还不屑剥呢。

A：不过我自己却以为还是穿着好……

C：现在东北四省失掉了，你漫不管，只嚷你自己的大衫，你这利己主义者，你这猪猡！

C太太：他竟毫不知道B先生是合作的好伴侣，这昏蛋！

二

用笔和舌，将沦为异族的奴隶之苦告诉大家，自然是不错的，但要十分小心，不可使大家得着这样的结论："那么，到底还不如我们似的做自己人的奴隶好。"

三

"联合战线"[2]之说一出，先前投敌的一批"革命作家"，就以"联合"的先觉者自居,渐渐出现了。纳款,通敌的鬼蜮行为,一到现在,就好像都是"前进"的光明事业。

四

这是明亡后的事情。

凡活着的,有些出于心服,多数是被压服的。但活得最舒服横恣的是汉奸;而活得最清高,被人尊敬的,是痛骂汉奸的逸民。后来自己寿终林下,儿子已不妨应试去了,而且各有一个好父亲。至于默默抗战的烈士,却很少能有一个遗孤。

我希望目前的文艺家,并没有古之逸民气。

五

A:B,我们当你是一个可靠的好人,所以几种关于革命的事情,都没有瞒了你。你怎么竟向敌人告密去了?

B:岂有此理!怎么是告密!我说出来,是因为他们问了我呀。

A:你不能推说不知道吗?

B:什么话!我一生没有说过谎,我不是这种靠不住的人!

六

A:阿呀,B先生,三年不见了!你对我一定失望了罢?……

B:没有的事……为什么?

A:我那时对你说过,要到西湖上去做二万行的长诗,直到现在,一个字也没有,哈哈哈!

Ｂ：哦，……我可并没有失望。

Ａ：您的"世故"可是进步了，谁都知道您记性好，"责人严"，不会这么随随便便的，您现在也学会了说谎。

Ｂ：我可并没有说谎。

Ａ：那么，您真的对我没有失望吗？

Ｂ：唔，无所谓失不失望，因为我根本没有相信过你。

七

庄生以为"在上为乌鸢食，在下为蝼蚁食"[3]，死后的身体，大可随便处置，因为横竖结果都一样。

我却没有这么旷达。假使我的血肉该喂动物，我情愿喂狮虎鹰隼，却一点也不给癞皮狗们吃。

养肥了狮虎鹰隼，它们在天空，岩角，大漠，丛莽里是伟美的壮观，捕来放在动物园里，打死制成标本，也令人看了神旺，消去鄙吝的心。

但养胖一群癞皮狗，只会乱钻，乱叫，可多么讨厌！

八

琪罗[4]编辑圣·蒲孚[5]的遗稿，名其一部为《我的毒》（Mes poisons）；我从日译本上，看见了这样的一条：

"明言着轻蔑什么人，并不是十足的轻蔑。惟沉默是最高的轻蔑。——我在这里说，也是多余的。"

诚然，"无毒不丈夫"，形诸笔墨，却还不过是小毒。最高的轻蔑是无言，而且连眼珠也不转过去。

九

作为缺点较多的人物的模特儿，被写入一部小说里，这人总以为是晦气的。

殊不知这并非大晦气，因为世间实在还有写不进小说里去的人。倘写进去，而又逼真，这小说便被毁坏。

譬如画家，他画蛇，画鳄鱼，画龟，画果子壳，画字纸篓，画垃圾堆，但没有谁画毛毛虫，画癞头疮，画鼻涕，画大便，就是一样的道理。

有人一知道我是写小说的，便回避我，我常想这样的劝止他，但可惜我的毒还不到这程度。

☆ ★ ☆

1 本篇最初发表于一九三六年十月《作家》月刊第二卷第一期。

2 "联合战线" 指抗日民族统一战线。

3 "在上为乌鸢食，在下为蝼蚁食" 语见《庄子·列御寇》。

4 琪罗 (V.Giraud, 1868～1953) 法国文艺批评家，著有《泰纳评传》等。

5 圣·蒲孚 (C.A.Sainte—Beuve, 1804～1869) 通译圣佩韦，法国文艺批评家。著有《文学家画像》《月曜日讲话》等。

"这也是生活"……[1]

这也是病中的事情。

有一些事，健康者或病人是不觉得的，也许遇不到，也许太微细。到得大病初愈，就会经验到；在我，则疲劳之可怕和休息之舒适，就是两个好例子。我先前往往自负，从来不知道所谓疲劳。书桌面前有一把圆椅，坐着写字或用心的看书，是工作；旁边有一把藤躺椅，靠着谈天或随意的看报，便是休息；觉得两者并无很大的不同，而且往往以此自负。现在才知道是不对的，所以并无大不同者，乃是因为并未疲劳，也就是并未出力工作的缘故。

我有一个亲戚的孩子，高中毕了业，却只好到袜厂里去做学徒，心情已经很不快活的了，而工作又很繁重，几乎一年到头，并无休息。他是好高的，不肯偷懒，支持了一年多。有一天，忽然坐倒了，对他的哥哥道："我一点力气也没有了。"

他从此就站不起来，送回家里，躺着，不想饮食，不想动弹，不想言语，请了耶稣教堂的医生来看，说是全体什么病也没有，然而全体都疲乏了。也没有什么法子治。自然，连接而来的是静静的死。我也曾经有过两天这样的情形，但原因不同，他是做乏，我是病乏的。我的确什么欲望也没有，似乎一切都和我不相干，所有举动都是多事，我没有想到死，但也没有觉得生；这就是所谓"无欲望状态"，是死亡的第一步。曾有爱我者因此暗中下泪；然而我有转机了，我要喝一点汤水，我有时也看看四近的东西，如墙壁，苍蝇之类，此后才能觉得疲劳，才需要休息。

象心纵意的躺倒，四肢一伸，大声打一个呵欠，又将全体放在适宜的位置上，然后弛懈了一切用力之点，这真是一种大享乐。在我是从来未曾享受过的。我想，强壮的，或者有福的人，恐怕也未曾享受过。

记得前年，也在病后，做了一篇《病后杂谈》，共五节，投给《文学》，但后四节无法发表，印出来只剩了头一节了。[2]虽然文章前面明明有一个"一"字，此后突然而止，并无"二""三"，仔细一想是就会觉得古怪的，但这不能要求于每一位读者，甚而至于不能希望于批评家。于是有人据这一节，下我断语道："鲁迅是赞成生病的。"现在也许暂免这种灾难了，但我还不如先在这里声明一下："我的话到这里还没有完。"

有了转机之后四五天的夜里，我醒来了，喊醒了广平。

"给我喝一点水。并且去开开电灯，给我看来看去的看一下。"

"为什么？……"她的声音有些惊慌，大约是以为我在讲昏话。

"因为我要过活。你懂得么？这也是生活呀。我要看来看去的看一下。"

"哦……"她走起来，给我喝了几口茶，徘徊了一下，又轻轻的躺下了，不去开电灯。

我知道她没有懂得我的话。

街灯的光穿窗而入，屋子里显出微明，我大略一看，熟识的墙壁，壁端的棱线，熟识的书堆，堆边的未订的画集，外面的进行着的夜，无穷的远方，无数的人们，都和我有关。我存在着，我在生活，我将生活下去，我开始觉得自己更切实了，我有动作的欲望——但不久我又坠入了睡眠。

第二天早晨在日光中一看，果然，熟识的墙壁，熟识的书堆……这些，在平时，我也时常看它们的，其实是算作一种休息。但我们一向轻视这等事，纵使也是生活中的一片，却排在喝茶搔痒之下，或者简直不算一回事。我们所注意的是特别的精华，毫不在枝叶。给名人作传的人，也大抵一味铺张其特点，李白怎样做诗，怎样耍颠，拿破仑怎样打仗，怎样不睡觉，却不说他们怎样不耍颠，要睡觉。其实，一生中专门耍颠或不睡觉，是一定活不下去的，人之有时能耍颠和不睡觉，就因为倒是有时不耍颠和也睡觉的缘故。然而人们以为这些平凡的都是生活的渣滓，一看也不看。

于是所见的人或事，就如盲人摸象，摸着了脚，即以为象的样子像柱子。中国古人，常欲得其"全"，就是制妇女用的"乌鸡白凤丸"，也将全鸡连毛血都收在丸药里，方法固然可笑，主意却是不错的。删夷枝叶的人，决定得不到花果。为了不给我开电灯，我对于广平很不满，见人即加以攻击；到得自己能走动了，就去一翻她所看的刊物，果然，在我卧病期中，全是精华的刊物已经出得不少了，有些东西，后面虽然仍旧是"美容妙法"，"古木发光"，或者"尼姑之秘密"，但第一面却总有一点激昂慷慨的文章。作文已经有了"最中心之主题"[3]：连义和拳时代和德国统帅瓦德西睡了一些时候的赛金花，也早已封为九天护国娘娘了。[4]

尤可惊服的是先前用《御香缥缈录》[5]，把清朝的宫廷讲得津津有味的《申报》上的《春秋》，也已经时而大有不同，有一天竟在卷端的《点滴》[6]里，教人当吃西瓜时，也该想到我们土地的被割碎，像这西瓜一样。自然，这是无时无地无事而不爱国，无可訾议的。但倘使我一面这样想，一面吃西瓜，我恐怕一定咽不下去，即使用劲咽下，也难免不能消化，在肚子里咕咚的响它好半天。这也未必是因为我病后神经衰弱的缘故。我想，倘若用西瓜作比，讲过国耻讲义，却立刻又会高高兴兴的把这西瓜吃下，成为血肉的营养的人，这人恐怕是有些麻木。对他无论讲什么讲义，都是毫无功效的。

我没有当过义勇军，说不确切。但自己问：战士如吃西瓜，是否大抵有一面吃，一面想的仪式的呢？我想：未必有的。他大概只觉得口渴，要吃，味道好，却并不想到此外任何好听的大道理。吃过西瓜，精神一振，战斗起来就和喉干舌敝时候不同，所以吃西瓜和抗敌的确有关系，但和应该怎样想的上海设定的战略，却是不相干。这样整天哭丧着脸去吃喝，不多久，胃口就倒了，还抗什么敌。

然而人往往喜欢说得稀奇古怪，连一个西瓜也不肯主张平平常常的吃下去。其实，战士的日常生活，是并不全部可歌可泣的，然而又无不和可歌可泣之部相关联，这才是实际上的战士。

八月二十三日。

☆ ★ ☆

1 本篇最初发表于一九三六年九月五日上海《中流》半月刊第一卷第一期。

2 《病后杂谈》 写于一九三四年十二月十一日，共四节。在《文学》月刊第四卷第二号（一九三五年二月）发表时，被国民党当局检查删去后三节。全文后收入《且介亭杂文》。

3 "最中心之主题" 指周扬在《关于国防文学》一文中说："国防的主题应当成为汉奸以外的一切作家的作品之最中心的主题。" "国防文学的创作必需采取进步的现实主义的方法。"

4 瓦德西 (A.von Waldersee，1832～1904) 德国人，义和团起义时侵略中国的八国联军总司令。赛金花，清末的一个妓女。据近人柴萼所著《梵天庐丛录》卷三《庚辛纪事》中载："金花故姓傅，名彩云（自云姓赵，实则姓曹），洪殿撰（钧）之妾也，随洪之西洋，艳名噪一时，归国后仍操丑业。" "瓦德西统帅获名妓赛金花，嬖之甚，言听计从，隐为瓦之参谋。"这里说赛金花被"封为九天护国娘娘"，是针对夏衍所作剧本《赛金花》以及当时报刊对该剧的赞扬而说的。

5 《御香缥缈录》 原名《老佛爷时代的西太后》，清宗室德龄所作。原本系英文，一九三三年在美国纽约出版。秦瘦鸥译为中文，一九三四年四月起在《申报》副刊《春秋》上连载，后由申报馆印行单行本。

6 《点滴》 《申报·春秋》刊登短篇文章的专栏。一九三六年八月十二日该栏发表姚明然的短文中说："当圆圆的西瓜，被瓜分的时候，我便想到和将来世界殖民地的再分割不是一样吗？"

死[1]

当印造凯绥·珂勒惠支（Kaethe Kollwitz）所作版画的选集时，曾请史沫德黎（A.Smedley）[2]女士做一篇序。自以为这请得非常合适，因为她们俩原极熟识的。不久做来了，又逼着茅盾先生译出，现已登在选集上。其中有这样的文字：

"许多年来，凯绥·珂勒惠支——她从没有一次利用过赠授给她的头衔[3]——作了大量的画稿，速写，铅笔作的和钢笔作的速写，木刻，铜刻。把这些来研究，就表示着有二大主题支配着，她早年的主题是反抗，而晚年的是母爱，母性的保障，救济，以及死。而笼照于她所有的作品之上的，是受难的，悲剧的，以及保护被压迫者深切热情的意识。

"有一次我问她：'从前你用反抗的主题，但是现在你好像很有点抛不开死这观念。这是为什么呢？'用了深有所苦的语调，她回答道，'也许因为我是一天一天老了！'……"

我那时看到这里，就想了一想。算起来：她用"死"来做画材的时候，是一九一○年顷；这时她不过四十三四岁。我今年的这"想了一想"，当然和年纪有关，但回忆十余年前，对于死却还没有感到这么深切。大约我们的生死久已被人们随意处置，认为无足重轻，所以自己也看得随随便便，不像欧洲人那样的认真了。有些外国人说，中国人最怕死。这其实是不确的，——但自然，每不免模模胡胡的死掉则有之。

大家所相信的死后的状态，更助成了对于死的随便。谁都知道，我们中国人是相信有鬼（近时或谓之"灵魂"）的，既有鬼，则死掉之后，虽然已不是人，却还不失为鬼，总还不算是一无所有。不过设想中的做鬼的久暂，却因其人的生前的贫富而不同。穷人们是大抵以为死后就去轮回[4]的，根源出于佛教。佛教所说的轮回，当然手续繁重，并不这么简单，但穷人往往无学，所以不明白。这就是使死罪犯人绑赴法场时，大叫"二十年后又是一条好汉"，面无惧色的原因。况且相传鬼的衣服，是和临终时一样的，穷人无好衣裳，做了鬼也决不怎么体面，实在远不如立刻投胎，化为赤条条的婴儿的上算。我们曾见谁家生了小孩，胎里就穿着叫化子或是游泳家的衣服的么？从来没有。这就好，从新来过。也许有人要问，既然相信轮回，那就说不定来生会堕入更穷苦的景况，或者简直是畜生道，更加可怕了。但我看他们是并不这样想的，他们确信自己并未造出该入畜生道的罪孽，他们从来没有能堕畜生道的地位，权势和金钱。

然而有着地位，权势和金钱的人，却又并不觉得该堕畜生道；他们倒一面化为居士，准备成佛，一面自然也主张读经复古，兼做圣贤。他们像活着时候的超出人理一样，自以为死后也超出了轮回的。至于小有金钱的人，则虽然也不觉得该受轮回，但此外也别无雄才大略，只豫备安心做鬼。所以年纪一到五十上下，就给自己寻葬地，合寿材，又烧纸锭，先在冥中存储，生下子孙，每年可吃羹饭。这实在比做人还享福。假使我现在已经是

336

鬼，在阳间又有好子孙，那么，又何必零星卖稿，或向北新书局[5]去算账呢，只要很闲适的躺在楠木或阴沉木的棺材里，逢年逢节，就自有一桌盛馔和一堆国币摆在眼前了，岂不快哉！

就大体而言，除极富贵者和冥律无关外，大抵穷人利于立即投胎，小康者利于长久做鬼。小康者的甘心做鬼，是因为鬼的生活（这两字大有语病，但我想不出适当的名词来），就是他还未过厌的人的生活的连续。阴间当然也有主宰者，而且极其严厉，公平，但对于他独独颇肯通融，也会收点礼物，恰如人间的好官一样。

有一批人是随随便便，就是临终也恐怕不大想到的，我向来正是这随便党里的一个。三十年前学医的时候，曾经研究过灵魂的有无，结果是不知道；又研究过死亡是否苦痛，结果是不一律，后来也不再深究，忘记了。近十年中，有时也为了朋友的死，写点文章，不过好像并不想到自己。这两年来病特别多，一病也比较的长久，这才往往记起了年龄，自然，一面也为了有些作者们笔下的好意的或是恶意的不断的提示。

从去年起，每当病后休养，躺在藤躺椅上，每不免想到体力恢复后应该动手的事情：做什么文章，翻译或印行什么书籍。想定之后，就结束道：就是这样罢——但要赶快做。这"要赶快做"的想头，是为先前所没有的，就因为在不知不觉中，记得了自己的年龄。却从来没有直接的想到"死"。

直到今年的大病，这才分明的引起关于死的豫想来。原先是仍如每次的生病一样，一任着日本的S医师[6]的诊治的。他虽不是肺病专家，然而年纪大，经验多，从习医的时期说，是我的前辈，又极熟识，肯说话。自然，医师对于病人，纵使怎样熟识，

337

说话是还是有限度的，但是他至少已经给了我两三回警告，不过我仍然不以为意，也没有转告别人。大约实在是日子太久，病象太险了的缘故罢，几个朋友暗自协商定局，请了美国的D医师[7]来诊察了。他是在上海的唯一的欧洲的肺病专家，经过打诊，听诊之后，虽然誉我为最能抵抗疾病的典型的中国人，然而也宣告了我的就要灭亡；并且说，倘是欧洲人，则在五年前已经死掉。这判决使善感的朋友们下泪。我也没有请他开方，因为我想，他的医学从欧洲学来，一定没有学过给死了五年的病人开方的法子。然而D医师的诊断却实在是极准确的，后来我照了一张用X光透视的胸像，所见的景象，竟大抵和他的诊断相同。

我并不怎么介意于他的宣告，但也受了些影响，日夜躺着，无力谈话，无力看书。连报纸也拿不动，又未曾炼到"心如古井"，就只好想，而从此竟有时要想到"死"了。不过所想的也并非"二十年后又是一条好汉"，或者怎样久住在楠木棺材里之类，而是临终之前的琐事。在这时候，我才确信，我是到底相信人死无鬼的。我只想到过写遗嘱，以为我倘曾贵为宫保[8]，富有千万，儿子和女婿及其他一定早已逼我写好遗嘱了，现在却谁也不提起。但是，我也留下一张罢。当时好像很想定了一些，都是写给亲属的，其中有的是：

一，不得因为丧事，收受任何人的一文钱。——但老朋友的，不在此例。

二，赶快收敛，埋掉，拉倒。

三，不要做任何关于纪念的事情。

四，忘记我，管自己生活。——倘不，那就真是胡涂虫。

五，孩子长大，倘无才能，可寻点小事情过活，万不可去做空头文学家或美术家。

六，别人应许给你的事物，不可当真。

七，损着别人的牙眼，却反对报复，主张宽容的人，万勿和他接近。

此外自然还有，现在忘记了。只还记得在发热时，又曾想到欧洲人临死时，往往有一种仪式，是请别人宽恕，自己也宽恕了别人。我的怨敌可谓多矣，倘有新式的人问起我来，怎么回答呢？我想了一想，决定的是：让他们怨恨去，我也一个都不宽恕。

但这仪式并未举行，遗嘱也没有写，不过默默的躺着，有时还发生更切迫的思想：原来这样就算是在死下去，倒也并不苦痛；但是，临终的一刹那，也许并不这样的罢；然而，一世只有一次，无论怎样，总是受得了的……。后来，却有了转机，好起来了。到现在，我想，这些大约并不是真的要死之前的情形，真的要死，是连这些想头也未必有的，但究竟如何，我也不知道。

九月五日。

☆ ★ ☆

1 本篇最初发表于一九三六年九月二十日《中流》半月刊第一卷第二期。

2 史沫德黎（1890～1950） 通译史沫特莱，美国革命女作家、记者。一九二八年来中国，一九二九年底开始与作者交往。著有自传体长篇小说《大地的女儿》和介绍朱德革命经历的报告文学《伟大的道路》等。这里所说的"一篇序"，题为《凯绥·珂勒惠支——民众的艺术家》。

3 一九一八年德国十一月革命成立共和国以后，德国政府文化与教育部曾授予凯绥·珂勒惠支以教授称号，普鲁士艺术学院聘请她为院士，又授予她"艺术大师"的荣誉称号，享有领取终身年金的权利。

4 轮回　佛家语。佛教宣扬众生各依所作善恶业因，在所谓天、人、阿修罗（印度神话中的一种恶神）、地狱、饿鬼、畜生六道中不断循环转化。《心地观经》："有情轮回生六道，犹如车轮无始终。"

5 北新书局　当时上海的一家书店，李小峰主持，曾出版过鲁迅著译多种。因拖欠版税问题，鲁迅于一九二九年八月曾委托律师与之交涉。

6 S医师　即须藤五百三，日本退职军医，当时在上海行医。

7 D医师　即托马斯·邓恩（Thomas Dunn），美籍德国人。当时在上海行医，曾由史沫特莱介绍为作者看病。

8 宫保　即太子太保、少保的通称，一般都是授予大臣的加衔，以表示荣宠。清末邮传大臣、大买办盛宣怀曾被授为"太子少保"，他死后其亲属曾因争夺遗产而引起诉讼。

编后记

郝永勃

1

一个人感召另一个人，一部书呼唤另一部书。

去年冬天，编选的鲁迅读本《故乡》，已收到样书了；今年夏天，选编的这部《鲁迅人生感悟》，也有望出版发行了。

信任带来的责任，也是义务。

《故乡》插有吴冠中的画，相得益彰；《鲁迅人生感悟》，也会有美的配图。

好的人，有好的梦；好的书，有好的图与好的装帧设计，还要有好的读者。

2

这套1981年版的《鲁迅全集》，16卷。也不知读过多少遍了。

每次有每次的收获。从前往后读，从后往前读；愿从哪一页读就从哪一页读……

选编一部心仪的书，既是学习的过程，也是享受的过程。

夜深人静，翻动书页的声音是悦耳的声音。在书上，画出不同的符号。感动过自己的，会不会感动别人？启发过自己的，会不会启发别人？也许会，也许不会。

3

一部书有一部书的命运，一个人有一个人的运命。

初选目录，有67篇，主要源自单行本：

《坟》、《热风》、《彷徨》、《野草》、《华盖集》、《华盖集续编》、《而已集》、《三闲集》、《二心集》、《南腔北调集》、《伪自由书》、《准风月谈》、《花边文学》、《且介亭杂文》、《且介亭杂文二集》、《且介亭杂文末编》、《集外集》、《集外集拾遗》、《集外集拾遗补编》。

还有《两地书》序言、《致李秉中》，是从书信集中选出的。书的字数，出版社要求20万字。统计起来，恰好对接上了。

尝试着将目录分为五部分：

一、即兴的随想录。灵感的火花，在这里闪烁。诗性的，哲理的，介于诗和散文之间的杂感。

二、写作上遇到的事，应该怎么写，不应该怎么写；文坛内外，清醒的认识，内心的感悟……

三、亲情的厚度，爱情的深度，友情的宽度。文化上的比较，人性的剖析，感伤与纪念。

四、敏锐的观察，犀利的语言，有感而发的檄文。在平静的叙述中，在跌宕自喜的议论中，蕴含着悲天悯人的情怀，预言家的思想。

五、自我的反省，自我的拷问，自我的升华。人都会病的，人都是要死的。在有限的生命中，释放出无限的能量……

相互渗透，相互弥补，相互感应。

作为非专业的鲁迅研究者，也很难做到精确的分类，只是尽心尽力而已。

5

人这一辈子，能做自己想做的事，是幸福的。

自觉自愿地编一部书，让更多的人从中受益。

一切都是良心活。

"我曾经选择了最好的，最好的也曾经选择了我。"

感谢友人给了我这一次机会，感谢读者！

写于2012年7月31日

（京）新登字083号

图书在版编目（CIP）数据

鲁迅人生感悟 ／ 鲁迅著. —— 北京 ：中国青年出版社，2014.1
ISBN 978-7-5153-2083-0

Ⅰ．①鲁… Ⅱ．①鲁… Ⅲ．①鲁迅著作－选集 Ⅳ．①I210.2

中国版本图书馆CIP数据核字(2013)第284184号

责任编辑：孙梦云

书籍设计：孙初＋林业

中国青年出版社 出版 发行

社址：北京东四12条21号

邮政编码：100708

网址：www.cyp.com.cn

编辑部电话： （010）57350505

门市部电话： （010）57350370

北京中科印刷有限公司印刷　　新华书店经销

700mm×1000mm　1/16　23印张　257千字

2014年1月北京第1版　2014年1月北京第1次印刷

印数：0001—6000册

定价：35.00元

本书如有印装质量问题，请凭购书发票与质检部联系调换

联系电话： （010）57350337